Dughal

Silent Stills

Ein Schottland Krimi

May the Spirit be with you

Anmerkung des Autors

Die Personen und Ereignisse dieses Romans sind weitgehend fiktiv. Sofern real existierende Personen oder Unternehmen erwähnt werden, dient dies ausschließlich der Authentizität des Umfeldes der Geschichte dieses Buches.

Originalausgabe Oktober 2020

©Uwe Schmitt

Alle Rechte vorbehalten. Das Werk darf - auch teilweise - nur mit Genehmigung des Autors wiedergegeben werden.

Coverabbildung: Marco James Schmidt

Karte: Uwe Schmitt

ISBN: 979-8-5520-8905-5

Dughall Smith ist das Pseudonym des Autors Uwe Schmitt, der 1964 in Werneck geboren wurde. Er ist einer der Köpfe von Single Malt Spirit und veröffentlicht nach seinen beiden Gedichtbänden »Gedanken á la Carte« und »Einblicke« seinen ersten Roman. Der Name Dughall wurde ihm 2013 von der Isle of Jura Distillery mit der Ernennung zum »Honorary Diurach« gegeben. Schottland und seine Destillerien hat er schon mehrfach bereist.

Danksagung

Ich bedanke mich bei meiner Frau Sabine für ihre Unterstützung und ihr Verständnis, welche bei der Erschaffung dieses Buches unverzichtbar waren.

Madeleine Hahn und Claudia Schmidt danke ich für das verständnisvolle Lektorat.

Für die Überlassung der Rechte am Titelbild danke ich Marco James Schmidt, meinem Partner bei Single Malt Spirit.

Und nicht zuletzt möchte ich allen meinen Lesern und den Gästen unserer Tastings danken, die mich immer wieder zu neuen Taten motiviert haben.

Prolog

Colin lag mit dem Gesicht im nassen Gras. Feuchtigkeit stieg aus dem Torf auf und durchtränkte seine Kleidung. Es war ihm fürchterlich kalt. Die Last des auf ihm liegenden Balkens drückte ihn immer tiefer in den Morast und machte das Atmen zu einer unerträglichen Qual. Von den hoch in den Nachthimmel schlagenden Flammen der brennenden Scheune wurde die Umgebung den ganzen Bachlauf entlang bis hinunter zur Machir Bay in eine gespenstische Szenerie verwandelt. Die markdurchdringenden Schreie hatten sich in ein leises Wimmern verwandelt und die menschlichen Fackeln waren erloschen.

Er konnte sich nicht bewegen. Die Muskeln zogen sich krampfartig zusammen, er rang verzweifelt nach Luft und die Umgebung, um ihn herum verschwamm zu einem Brei aus Licht und Dunkelheit. Als er zu zittern begann, wusste er, dass ihm nicht mehr viel Zeit blieb. Er schloss die Augen und Bilder seiner Kindheit auf Islay zogen an ihm vorbei. Er blickte von OA auf Lochindaal, dass in der Abendsonne glänzte als sei es aus purem Silber. Sheenas rotblondes Haar duftete wie die

Blumenwiesen des Frühlings. Er drückte Sie fest an sich und sie erwiderte dies mit dem schönsten Lächeln das er je gesehen hatte. Ein Gefühl von Wärme durchströmte ihn und Dunkelheit breitete sich aus.

Kapitel I
Dienstag 12.03.2019 Edinburgh

Das monotone Quietschen des Gepäckbandes durchdrang die Geräuschkulisse, welche die überschaubare Ankunftshalle des Edinburgh Airport erfüllte. Eine Gruppe gut gewachsener Männer im besten Alter, die an ihm vorbeizog, war offensichtlich als Whiskyreisegruppe erkennbar. Sie trugen alle schwere Outdoorkleidung und zierten ihr Haupt mit Beanies, die den Aufdruck „Single Malt Spirit" trugen. Ob dieses unüberwindlichen Hangs der Deutschen zur Uniform konnte er sich ein Schmunzeln nicht verkneifen. Aber auch Geschäftsreisende und Pärchen warteten in seiner Nähe auf ihr Gepäck. Da jetzt, Mitte März, noch nicht viel Betrieb war, spuckte der schwarze Schlund am Beginn des lächerlich kurzen Gepäckbandes seinen Koffer recht schnell aus. Anhand des monumentalen Aufklebers mit dem roten Kreuz und der Aufschrift „Whisky Doc." war dieser unverwechselbar.

Tom schnappte sich seinen Koffer und ging zügig in Richtung Passkontrolle. Es waren alles altbekannte Wege für ihn, die er von seinen zahllosen

Aufenthalten in Schottland nahezu auswendig kannte. Da er dieses Mal ohne Sabine reiste und nur einen kurzen Aufenthalt in Edinburgh geplant hatte, war das IBIS Hotel am Hunter Square sein Ziel. Tom bestieg den Airlink 100 Bus, der ihn direkt bis zur Waverley Bridge oberhalb des gleichnamigen unterirdischen Bahnhofs brachte. Als der Bus zum Stehen kam, wuchtete er seinen Koffer aus der Halterung und hinaus auf den Gehweg. Die letzten 250 Meter legte er auf der steil ansteigenden North Bridge zu Fuß zurück. Obwohl es bewölkt und mit maximal zehn Grad recht frisch war, musste er beim Erreichen der Royal Mile eine kurze Pause einlegen. Die fast fünf Jahrzehnte auf dieser Welt hatten bei ihm doch ihre Spuren hinterlassen. Er würde sich immer noch als schlank und fit beschreiben. Eine Meinung, die seine Frau jedoch nicht mehr vorbehaltlos teilte. Sie behauptete sogar das Blond seiner Haare würde inzwischen einem hübschen Grauton weichen. Lächerlich! Stand er doch noch voll im Saft und hatte gerade den Zenit seiner Schaffenskraft erreicht.

Nachdem er die letzten fünfzig Meter zurückgelegt hatte, betrat er die Hotellobby, die aus einigen Sitzmöbeln im IKEA-Stil und einer großen Theke bestand. Von einem Display an der Wand wurde er darüber informiert, dass es heute am Dienstag

12.03.2019 um 1:51 pm genau acht Grad Celsius in Edinburgh hatte.

»Welcome Sir«, schmetterte ihm ein zierliches, südländisch aussehendes Persönchen Anfang zwanzig entgegen. »Ich bin Isabell. Wie kann ich ihnen helfen?« Noch während sie ihre Frage stellte, eilte sie mit einem Handy auf ihn zu.

»Ich habe ein Zimmer gebucht.«

»Auf welchen Namen?«

»Schmitt, Tom Schmitt.« Er wusste, dass dieser alte Kalauer bei Sean Connery oder Roger Moore wesentlich cooler wirkte, dennoch konnte er sich diesen nie verkneifen. »Und Schmitt immer hart.«, setzte er noch einen drauf.

»Ja, Tom Schmitt, Einzelzimmer, 12.03. bis 14.03.«, antwortete Isabell sichtlich unbeeindruckt von seinem imposanten Auftritt. Sie klimperte auf ihrem Handy herum und gab ihm dann eine Karte für das Zimmer 207.

»Ich wünsche einen schönen Aufenthalt in Edinburgh!«, rief sie ihm auf dem Weg zum Aufzug, der sich links neben dem Eingang befand, noch nach. Die Türe zu Zimmer 207 öffnete sich und gab den Blick auf eine karg ausgestattete Schlafkabine frei. Anstelle eines Schrankes fand er einen Kleiderständer vor und der Blick aus dem

Fenster eröffnete den ganzen Horizont eines drei mal drei Meter großen Lichtschachtes, den irgendwelche Scherzbolde mit einem Liegestuhl und Sonnenschirm dekoriert hatten. Aber Tom hatte das Ibis Hotel ja nicht wegen seines gediegenen schottischen Ambientes, sondern wegen der herausragenden zentralen Lage gebucht.

Er richtete sich ein, machte sich kurz frisch und schickte eine WhatsApp Nachricht über seine gute Ankunft an Sabine, die zu Hause das Single Malt Castle, das Whisky Mekka in Süddeutschland, am Laufen hielt.

Es war jetzt kurz nach zwei, so dass er bis zu seinem Treffen mit Jeff Cooper in der Scottish Single Malt Association um halb sechs noch Zeit für ein kleines Nickerchen hatte. Auf diesen Termin hatte er fast ein Jahr hingearbeitet und er konnte es kaum erwarten, was Jeff ihm zum Untergang und der Schließung der Old Allan Distillery auf Islay zu erzählen hatte. Tom hatte Mr. Cooper schon vor einiger Zeit um ein Interview gebeten, war aber nie bis zu ihm durchgedrungen. Jetzt kam plötzlich diese kurzfristige Einladung zu einem Gespräch. Tom musste sie wahrnehmen. Es war eine einmalige Chance.

Er stellte seinen Handywecker, legte sich auf das spartanisch gefederte Bett und schloss die Augen.

Doch die zahllosen Gedanken, die in seinem Kopf herumschwirrten, und die Aufregung, endlich Jeff Cooper persönlich zu treffen, ließen ihn keine Ruhe finden. Jeff Cooper war eine der führenden Whiskypersönlichkeiten Schottlands. Er nutzte Mitte der Achtziger Jahre die Chance, seine eigene Firma, die Faboulus Malts of Scotland – kurz FMOS – zu gründen. Cooper kaufte die Lagerhäuser der stillgelegten Rushburn Distillery und begann, diese mit gekauften Fässern nahezu aller schottischen Destillerien zu füllen. Neben Dalmores, Macallans, Highland Parks und zahllosen weiteren Highland und Speyside Brennereien setzte er schon zu Beginn auf Islay Malts, die zu dieser Zeit noch nicht so sehr in Mode und daher erschwinglich waren. So kam es, dass er sich schon früh ein großes Lager an Ardbegs, Lagavulins, Bunnahabhains und Whiskys der Destillerie Old Allan, die bereits geschlossen war, zu moderaten Preisen zulegen konnte. Er hatte beste Verbindungen nach Islay und fand ausgefallene Wege, um auch an ältere Fässer zu gelangen. Gleichzeitig begann er, unter der Marke FMOS herausragende Single Malts zu vermarkten. Da er neben kaufmännischem Geschick auch noch vorzügliche sensorische Fähigkeiten besaß, machte er sich schnell einen Namen in der schottischen Whiskywelt und darüber hinaus. Mit dem Ruhm wuchs auch sein Vermögen und er wurde zu einem gern gesehenen Gast bei allen Society- und Whiskyevents.

Aber vor allem war Jeff Cooper ein Grandseigneur und intimer Kenner der Whiskyindustrie weltweit. Und heute würde er Tom helfen, das Rätsel über den Untergang der Old Allan Distillery zu lösen.

»ON THE BONNY; BONNY BANKS OF LOCH LOMOND«, dröhnte es aus Toms Handy. Er hatte diesen Rock Klassiker der Band Runrig als Weckton gespeichert. Auch wenn er selbst jedes Mal fast einen Herzinfarkt bekam, Vogelgezwitscher war einfach etwas für Weicheier. Er hatte noch eine Stunde bis zu seinem Treffen mit Jeff Cooper, dem Whiskygott.

Kapitel II

September 1978 Islay

Im Fernseher lief das Derby zwischen den Rangers und Celtic. Greig hatte für die Rangers in der siebenunddreißigsten Minute das 2:0 erzielt und das nur zwei Minuten nach dem 1:0 durch Smith, als jubelnd Colin aufsprang und dabei vergaß, dass er ein Pint Belhaven in der Hand hatte. Der Inhalt ergoss sich mit Schwung auf den Tisch und lief in einem Sturzbach auf Andrews Hose.

»Idiot!«, herrschte ihn Andrew an. »Das gute Bier!«

»Sorry, ich regle das.«, versuchte Colin ihn zu beruhigen. »Sheena! Zwei Belhaven«, grölte er quer durch das vollbesetzte Lochindaal Pub. Dass sich so viele Männer an einem Samstag um ein Uhr mittags schon das eine oder andere Bier gönnten, war selbst auf Islay ungewöhnlich. Aber das Glasgower Derby war einer der Höhepunkte des Jahres und es war das erste Mal, dass er legal im Pub dabei sein durfte, was bisher nie jemanden interessiert hatte. Das Lochindaal Pub bestand eigentlich aus zwei Räumen mit zwei Eingangstüren. Zur Rechten betrat man den Restaurantbereich, in dem fünf Tische und eine große Theke Platz fanden. Hier gab es bodenständiges, einfaches Essen und eine mit reichlich Whisky ausgestattete Bar. Zur Linken befand sich der eigentliche Pub mit einer Größe von rund zwanzig Quadratmetern und schlichter Möblierung. Rohe Holztische und Stühle, einige alte Fotos an der Wand, ein Fischkutter als Modell und eine Karte von Islay zierten den Raum mehr schlecht als recht. Doch das Wichtigste war vorhanden: eine Theke mit drei Zapfanlagen und ein dahinter befindliches gut gefülltes Whiskyregal.

Islay war überschaubar und nahezu jeder kannte jeden. Die Polizeistation in Bowmore war eher damit beschäftigt, entlaufene Schafe einzufangen und verirrten Touristen zu helfen, als die Pubs zu kontrollieren. Mit Ausnahme einiger Gruppen von Vogelbeobachtern und vereinzelten Whiskytouristen kamen wenige Fremde auf die Insel. Das Leben ging seinen ruhigen, gleichmäßigen Gang. Es kamen Ebbe und Flut, Tag und Nacht, Sommer und Winter und alle waren zufrieden damit. Essen, guten Whisky, Bier, eine gute Frau und ein dichtes Dach über dem Kopf - mehr brauchte man auf Islay nicht. Man lebte in seiner eigenen Zeit in seiner eigenen Welt.

Der Schiedsrichter hatte schon zur Halbzeit gepfiffen als Sheena endlich mit den zwei Pints zu ihnen kam.

»Eh Sheena, du bewegst dich genauso langsam wie diese Celtic Looser!«, trötete Andrew ihr entgegen.

»Kleiner, wer sich in die Hose gepisst hat, sollte lieber seine Klappe halten und sich von Mama wickeln lassen.«, gab sie ihm gelassen mit einem mitleidigen Blick auf seine nasse Hose zurück.

»Er hat es nicht so gemeint.«, versuchte Colin zu beschwichtigen. »Das mit der Hose war meine Schuld.«

Sheena stellte die Pints auf den Tisch und schenkte ihm ein kurzes, aber deutlich wahrnehmbares Lächeln. Dann ging sie zurück zu ihrem Vater, der hinter der Theke den Umsatz des Jahres machte.

Neben dem Pub war er auch stolzer Besitzer des gleichnamigen »Lochindaal Hotel«, welches über sechs Zimmer, besser Schlafkammern, verfügte. Hotel war somit eine sehr wohlwollende Bezeichnung für dieses Etablissement. Aber es hatte ein dichtes Dach, trockene Betten und Etagentoiletten. »Mehr braucht man nicht«, sagte er immer. Seine Frau kochte und kümmerte sich um die Zimmer. Mit dem Pub wollte sie nichts zu tun haben. Die ganzen Besoffenen widerten sie an. Deshalb hatte Sheena schon mit vierzehn Jahren begonnen, als Kellnerin ihren Vater zu unterstützen und sich die für den Job nötige Durchsetzungskraft angeeignet. Wie fast alle auf Islay konnte sie von nur einem Job nicht leben und begann mit sechzehn Jahren eine Ausbildung zur Krankenschwester im Islay Hospital in Bowmore.

Die zweite Halbzeit lief bereits zwanzig Minuten als dieser blöde Schwede mit dem komischen Namen das erste Tor für Celtic schoss. MacArthur und seine Kumpels sprangen johlend auf und grölten: »Jetzt zeigen wir´s den Hunnen!«

Diese zwar gängige, aber völlig inakzeptable Beleidigung der Celtic Fans konnte man natürlich nicht auf sich sitzen lassen und war eine unmissverständliche Einladung. Es kam zu einem Wortgefecht, welches zu erwarteten Handgreiflichkeiten führte. Colin und Andrew unterstützten den Celtic Block hierbei schlagkräftig. Es flogen Fäuste in und aus allen Richtungen. Ein massiv gebauter Stuhl zerbarst auf MacArthurs ebenfalls massiven Rücken. Colin sah den wild um sich schlagenden Andrew neben sich. Dann sah er wie ein Pint auf ihn zukam und dann sah er nichts mehr. Irgendjemand hatte ihm das Licht ausgeschaltet.

Als er wieder zu sich kam und die Augen öffnete, blickte er durch einen roten Schleier in Sheenas Augen. Diese hatte sich über ihn gebeugt und tupfte das Blut von seinem Gesicht.

»Was ist heute für ein Tag?«, fragte sie ihn, als er wieder ansprechbar war. Die Antwort fiel ihm schwer. Er blickte sich um. Pub, Männer mit Bier, Fernseher, Fußball? »Samstag 09.09.78 Derby, Rangers gegen Celtic 2:1«, schoss es aus ihm heraus.

»Falsch!« korrigierte ihn Sheena.

»Aber ich bin doch mit Andrew ins Pub zum Derby und dann hat dieser MacArthur mit seinen Kumpels Stunk gemacht.«, grübelte er laut.

»Richtig. Aber das Spiel ist aus und Parlane hat in der siebenundachtzigsten Minute das 3:1 geschossen.« Sheena blickte ihn erleichtert an. »Und du hast dich eine halbe Stunde ausgeruht.«

Als er sich hochrappelte, bemerkte er, wie sein ganzer Körper schmerzte und sein Schädel zu brummen begann. Er setzte sich wieder auf seinen Platz und sah um sich herum diskutierende Männer, von denen einige etwas verbeult und zerzaust aussahen. Obgleich sie zum Stehen einen Halt benötigten, waren sie in der Lage, ein Bierglas zu halten. Die Lage hatte sich offensichtlich beruhigt und auch MacArthur und seine Kumpanen saßen wieder friedlich an ihrem Tisch. Andrew hatte die kleine Meinungsverschiedenheit bis auf ein paar blaue Flecken offensichtlich ganz gut überstanden. Immerhin kam er mit zwei frischen Belhaven grinsend auf ihn zu.

»Eh, alter Fassschubser, alles klar?«, versuchte er Colin etwas zu provozieren. Andrew war in der Ausbildung zum Brenner in der Lagavulin Destillerie. Ein Job, den er durch seinen Vater George, der seit Urzeiten dort arbeitete, bekommen hatte. Die Heads waren seit Generationen Brennmeister und diese waren seit jeher höher angesehen als Lagerhausarbeiter wie er. Dabei war der Brennmeister nur für die Geburt des Whiskys verantwortlich. Die Lagerhausarbeiter formten den Whisky, gaben ihm eine Seele und brachten ihn zur Blüte. Er würde dies bei Old Allan perfektionieren und den besten Whisky der Welt produzieren.

Sein Schädel dröhnte und aus der Platzwunde oberhalb des linken Auges tropfte Blut auf den Tisch.

»Ich hole etwas.«, bot Andrew Hilfe an und ging zur Theke. Kurze Zeit später kam er mit Sheena zurück, die Mullbinden und eine Flasche Ardbeg und Gläser bei sich hatte.

»Du versaust uns ja die ganzen Möbel!«

Noch ehe er antworten konnte, saß sie neben ihm. Colin spürte ihren weichen Körper und ihren Busen, der ihn unbeabsichtigt berührte. Er roch ihr leichtes Parfüm und dahinter roch er ihren verschwitzten Körper. Und sie roch gut. Als nächstes roch er verbrannte Autoreifen, Kohle, Jod, als sei er in einen

Schornstein gefallen. Doch er kannte den Geruch und ahnte was kommen würde.

»Jetzt aber richtig.«, grinste Sheena ihn an und drückte ein mit Ardbeg getränktes Taschentuch auf seine Wunde. Dann wickelte sie die Mullbinde um seinen Kopf bis er aussah als trüge er einen Turban. Der Alkohol brannte höllisch, er roch nach Torffeuer und sein Schädel drohte zu explodieren. Dennoch war er in diesem Moment irgendwie glücklich und es war ihm wohlig warm.

»So, jetzt noch einen Doppelten gegen den Schmerz und dann gehst du am besten nach Hause und schläfst dich aus.«, riet sie ihm mit einem fast mütterlichen Blick, während sie ihm einen Tumbler halbvoll mit Ardbeg füllte.

»Danke!«, mehr konnte er in diesem Moment nicht sagen.

»Sie mag dich.«, grinste ihn Andrew an, als sie gegangen war. »Ich habe keinen bekommen.«

So teilten sie sich den vierfachen Ardbeg brüderlich und Colin ging, wie ihm geheißen, nach Hause. Er hatte nur 200 Meter zu Fuß. Andrew legte den Weg von Port Charlotte bis nach Bridgend wie immer mit dem eigenen Auto zurück.

Kapitel III

Dienstag 12.03.2019 Edinburgh

Tom machte sich frisch, zog seinen leicht zerknitterten Anzug an und warf sich den dicken Mantel über. Es war an der Zeit loszugehen und dem Rätsel um Old Allan näher zu kommen. In vielen Veröffentlichungen und zwei Büchern hatte er sich bereits ausführlich mit der Geschichte des Schottischen Whiskys und der Entwicklung der Brennereien von „Hand Crafted" bis zu „Industry" beschäftigt. Wirtschaftliche Probleme der Destillerien oder Generationswechsel führten häufig zu Schließungen oder Übernahmen und im Laufe der Zeit zu einer Konzernbildung. Oft wurde dies durch politische Einflüsse, wie die Prohibition oder Kriege, verstärkt. In der Regel war Ursache und Wirkung immer schlüssig zu erklären.

Bei Old Allan hatte er aber, trotz langjähriger Recherche, den Schlüssel zur Lösung des Rätsels noch nicht gefunden. In einem Gastbeitrag in der Dezember-Ausgabe des Malt Ambassadors hatte Tom nochmals seinen letzten Kenntnisstand zum Ende der Destillerie veröffentlicht. Circa ab dem Jahr 1980 war es zu starken Qualitätsschwankungen in der Produktion gekommen. Der New Make war völlig in Ordnung. Jedoch wiesen viele junge Whiskys und später auch einige ältere Fässer starke Fehlnoten, welche auf einen unsauberen Brennvorgang hindeuteten, auf. Es waren jedoch nach offizieller Darstellung keine Veränderungen beim Personal, der Technik oder der Rohstoffbeschaffung vorgenommen worden. Nachdem die Probleme nicht in den Griff zu bekommen waren, sah sich der Mutterkonzern SID gezwungen, die Destillerie still zu legen, um den Ruf von SID nicht zu gefährden.

Nach einer kurzen Ruhephase sollte Old Allan wieder in Betrieb gehen, wozu es aufgrund der Übernahme durch Diageo nicht mehr gekommen war. Die ganzen zusammengetragenen Fakten ließen ihn zu dem Schluss kommen, dass Old Allan Opfer gezielter Manipulationen durch Mitbewerber geworden sein musste.

Vielleicht lag er auch völlig falsch. Aber Jeff Cooper würde ihm wertvolle Informationen zu der Zeit geben können. Er hatte nach der Veröffentlichung des Artikels einen Hinweis per E-Mail hierauf erhalten. Leider konnte er keine weiteren Informationen mehr vom Tippgeber erhalten, da sich dieser nicht mehr meldete.

Da er vor Elan nur so strotzte, hatte Tom beschlossen, zu Fuß zur Scottish Single Malt Association in der Queen Street zu gehen. Es war nur ein Weg von einem knappen Kilometer. Er betrat den Hunter Square und überquerte die Royal Mile, welche sich langsam von den Touristen leerte. Es war noch kühler und feuchter als vor drei Stunden und das Licht wurde langsam dämmrig. Über die Cockburn Street ging es hinunter zu Waverley durch die Parkanlagen der Prinzess Street, vorbei am Scott Monument und dann wieder hinauf zur Queen Street. Und dieses Mal lief es sich fast wie von selbst. Tom war so voller Vorfreude auf das Treffen, dass er gar nicht bemerkt hatte wie zügig und voller Elan er den Weg zurückgelegt hatte. Es war 17:15 als er vor seinem Ziel stand.

Die Queens Street 16 war ein typisches Gebäude aus dem 18. Jahrhundert mit einer reichlich pflanzenverzierten grauen Steinfassade. Trotz des nasskalten Wetters, hatten sich einige Whiskybegeisterte an den Tischen vor dem Eingang niedergelassen. Sie genossen das letzte Tageslicht, sicherlich hervorragende Single Malts und einige taten das Unaussprechliche. Sie rauchten Zigarren zu ihrem Whisky. Natürlich hatte er dies, rein aus beruflichem Interesse, auch schon versucht, das Experiment jedoch schnell als gescheitert erklärt. Whiskys wiesen eine Vielzahl von feinen Haupt-

und Nebenaromen auf. Es bedarf langer Schulung und feiner Geruchs- und Geschmacksnerven, die Noten herauszuarbeiten. Er verglich es immer mit dem Fingerspitzengefühl mit dem man feine Holzmaserungen ertasten und die Holzart erkennen konnte. Doch auch die edelste Cohiba wirkte bei ihm wie ein Lederhandschuh und beraubte ihn allen Feingefühls. Er war dann bestenfalls noch in der Lage, einen Ardbeg von einem Auchentoshan zu unterscheiden. Durch die schwere, dunkelblaue Türe betrat er den ihm bekannten öffentlichen Gastronomiebereich der Association.

»Willkommen in der Scottish Single Malt Association. Kann ich Ihnen helfen?«, begrüßte ihn die Dame am Empfang mit einem freundlichen Lächeln.

»Mein Name ist Schmitt, Tom Schmitt. Ich habe eine Verabredung mit Sir Jeff Cooper.«, gab er der Dame am Empfang zu verstehen. Kein Schmunzeln, kein Lächeln, obwohl er es ganz deutlich betont hatte. Eine gewisse Enttäuschung konnte er nicht leugnen.

»Einen kleinen Moment Geduld, ich werde ihn informieren.«, bat sie und griff zum Telefon. »Hallo, hier Lana vom Empfang. Ein Mr. Schmitt möchte zu Mr. Cooper. Ja.«

»Sie werden gleich geholt. Wenn Sie sich so lange setzen möchten.«, gab sie die Information an ihn weiter. Tom setzte sich auf ein klassisches dunkelbraunes Chesterfield Sofa und wartete rund drei Minuten.

»Hallo Mr. Schmitt, ich hoffe, Sie hatten eine gute Reise. Sir Jeff Cooper erwartet Sie bereits.« Der osteuropäische Akzent der attraktiven, dunkelhaarigen, hochgewachsenen, jungen Dame war nur noch schwer wahrnehmbar. Sie strahlte eine gewisse kühle Unnahbarkeit aus, lächelte ihn kurz an und bat ihn, ihr zu folgen, was er ob ihrer überwältigenden Rückansicht nur zu gerne tat. Leider viel zu schnell hatten sie eine Tür mit der Aufschrift „Library" erreicht.

Mit den Worten »Sir Jeff kommt sofort.« öffnete sie schwungvoll die Türe zur Bücherei.

Er hatte erwartet auf büchergefüllte Regale mit historischen Schriften zu blicken. Stattdessen fand er sich in einem ovalen circa zwanzig Quadratmeter großen, mit dunkelroten Wänden und Türen versehenen Raum wieder, dessen Mitte ein ebenfalls ovaler, von acht hell gepolsterten Stühlen umgebener Tisch bildete. Der darüber hängende Leuchter hatte die Form des Tisches aufgenommen und sendete sein Licht zu dem einzigen Regal, das sich in der Bücherei befand. In diesem, zentral in der Wand platzierten, Regal fand er jedoch keine

Bücher, sondern edelste Abfüllungen der Scottish Single Malt Association.

So hatte er sich sein Oval Office immer erträumt.

Die Türe hinter ihm schloss sich und er befand sich alleine im Raum. Kein Jeff Cooper weit und breit. 17:22 verriet ihm der Blick auf die Uhr. Er war etwas zu früh. Tom nutzte die Zeit, um die edlen Malts im Regal zu begutachten. Es waren wirklich ausgefallene Abfüllungen, darunter auch ein Bowmore aus seinem Geburtsjahr 1971. Kurz überlegte er, ob seine Manteltaschen wohl groß genug wären.

Bevor er in Versuchung kam, hörte er, wie sich die Türe öffnete und drehte sich um. Jeff Cooper kam herein, und Tom spürte geradezu körperlich wie er den Raum erfüllte. Dieser maximal 180 cm große, von lichtem weißem Haar und Bart gezierte, ältere Herr mit sommerlichem Teint hatte eine derartige Präsenz, dass selbst Tom sich ausnahmsweise klein fühlte.

»Hallo Mr. Schmitt, es freut mich Sie endlich zu treffen. Ich habe schon viel von Ihnen gehört und gelesen.« Noch bevor Tom antworten konnte fand er sich in der kraftvollen Umarmung durch Jeff Cooper wieder. Für seine 66 Jahre hatte er ihn doch noch recht heftig gedrückt.

»Es ist mir eine Ehre, Sie treffen zu dürfen.«, erwiderte Tom überrascht und nahezu unterwürfig. Was ihn wiederum selbst überraschte, da es so gar nicht seine Art war.

»Die Ehre ist ganz auf meiner Seite, Mr. Schmitt. Bitte nehmen Sie doch Platz!«

»Danke Sir.«

»Darf ich Ihnen ein Dram servieren lassen? Peated oder unpeated?«

»Gerne Sir. Ich würde mich gerne Ihrer Wahl anschließen.«

»Gefällt mir.«, bemerkte Mr. Cooper während er auf einen Knopf in der Mitte des Tisches drückte.

Es dauerte keine 30 Sekunden ehe die bezaubernde Rückansicht das Zimmer betrat.

»Sie wünschen Sir?«

»Elena, bringen Sie uns bitte je zwei Dram Old Allan 1978 und 1983.«

Mit einem »Gerne Sir!« wandte sie ihnen wieder ihre Schokoladenseite zu. Dass diese eine gewisse Faszination auf ihn ausübte, konnte Tom offensichtlich nicht verbergen.

»Der Niedergang des Kommunismus hat uns viele schöne Aussichten beschert. Ganz zu schweigen von den qualifizierten und günstigen Arbeitskräften.«, bemerkte Jeff süffisant.

»Aber zurück zu Ihnen. Sind Sie mit meiner Wahl zufrieden?«

»Aber natürlich, das Lineup hört sich vielversprechend an.«

»Wie bereits erwähnt habe ich schon viel von Ihnen gehört und gelesen und gehe nicht davon aus, dass Sie mich wegen meiner schönen, blauen Augen treffen wollten. Vielmehr vermute ich, dass Ihre Recherche zur Schließung von Old Allan der Grund für unser Treffen ist.«, sagte Cooper, den man vor ihm gewarnt hatte.

Tom war überrascht und geschmeichelt zugleich. Jeff Cooper, Whiskygott, hatte schon von ihm gehört und seine Artikel gelesen. Er wusste bisher nicht, dass er so prominent wahrgenommen wurde. Offensichtlich war er, der Whisky Doc, fast in der Hautevolee der Branche angekommen.

Die Türe öffnete sich und Elena, die das Tablett hereintrug, brachte ihn urplötzlich auf andere, völlig deplatzierte, Gedanken.

»Herzlichen Dank, Elena!«, bat Jeff sie wieder nach draußen. Und wieder wurde Tom unruhig.

Jeff Cooper nahm dies wahr und konnte ein Schmunzeln nicht unterdrücken. Das Tablett stand nun vor ihnen. Vor jedem Glas lag ein Kärtchen mit der Bezeichnung des Glasinhaltes. In der Mitte befand sich eine kleine Karaffe mit Wasser. Davor ein Kärtchen mit der Aufschrift "Loch Leorin Spring". Passend zum Whisky wurde das Quellwasser der Destillerie serviert. *Edel,* dachte er sich.

»Zurück zum Grund unseres Treffens. Wie kann ich Ihnen helfen?«

»Ich hoffe, dass Sie als intimer Kenner der Szene und bestens verknüpfter Fachmann vielleicht mehr als das bisher Bekannte über die Probleme bei Old Allan wissen. Soweit ich weiß, waren Sie seinerzeit ja bei SID beschäftigt und könnten daher ein paar Insiderinformationen für mich haben.«

»Das ist alles sehr lange her. Ende der 70er war ich gerade Mitte zwanzig und bei SID im Vertrieb tätig. Mit der Herstellung hatte ich nichts zu tun. Mein Schwerpunkt lag mehr auf der Vernichtung von Whisky.«, erwiderte er mit einem Lachen. »Ich habe mich damals mit der Produktion nicht zu sehr beschäftigt. In den 80ern kam es immer wieder vor, dass eine Destillerie aufgrund der wirtschaftlichen Lage oder technischer Überalterung geschlossen wurde. Dass hier manipuliert wurde, kann ich mir beim besten Willen nicht vorstellen. Ich habe mich aber bereits etwas umgehört und wie Sie selbst ausführen, hatte der New Make eine konstant gute Qualität. Die Qualitätsschwankungen müssten meiner Meinung nach also auf Fehler bei der Fasswahl oder der Lagerung zurückzuführen sein. Aber wie gesagt, Old Allan war nur eine von vielen Destillerien, die wir bei SID vertrieben. Die einzige lebende Person mit direktem Kontakt zu Old Allan, die ich ausfindig machen konnte, ist Luther MacDonald. Er war damals einer der Brennmeister dort und wechselte nach der Schließung zu Glenkinchie, wo er bis zur Rente blieb. Er lebt noch heute in East Saltoun, zwanzig Kilometer von Edinburgh entfernt. Hier sind seine Adresse und Telefonnummer.«

Er reichte ihm einen Zettel mit den Daten und widmete sich dem Tablett.

»So, jetzt zur Arbeit. Lassen Sie uns die Whiskys genießen. Es handelt sich um zwei Abfüllungen aus meiner FMOS Serie. Ich habe hier einen 78er und den 83er gewählt. Diese lagerten vierunddreißig und zweiunddreißig Jahre in First Fill Hogsheads, um den Destillerie-Charakter möglichst zu bewahren. Also sehr ähnliche Lagerung, ähnliches Alter, Fasstärke und der Zweite aus dem letzten Jahr der Produktion.«

Er reichte Tom zunächst den 1978er, der fast so alt war wie er. Jetzt begann für ihn ein oft geübtes Ritual aus Riechen, Drehen, Absetzen, wieder Riechen und so weiter. Bevor er den ersten Schluck genoss, vergingen oft zwanzig Minuten des Vorspiels. Und er genoss zunächst raffiniert unaufdringlichen, leichten Rauch. Dann entfaltete sich eine Welle ihm bekannter süßer und rauchiger Noten, begleitet von Jute und warmen Holztönen. All dies wies auf ein hohes Alter hin. Ferner Rauch kam näher und wurde duftiger, während darüber die angenehmen Aromen von in Honig mariniertem, geräuchertem Fleisch oder Wurzelgemüse schwebten. Durch alles hindurch entwickelte sich eine frische reinigende Note, die mit süßer Minze, spritziger Zitrone und weinigen Tönen wetteiferte.

Schließlich tauchten weiche Noten von dunklem Kakao auf sowie etwas Vanille und weiterer Holzrauch.

In diesem Moment war er ganz bei sich. Die Gegenwart von Jeff hatte er völlig ausgeblendet.

Er führte das Glas zu den Lippen und nahm den ersten kleinen Schluck. Er wurde von einem Feuerwerk der Aromen überwältigt. Süß, prickelnd und trocken, mit einer großartigen Mischung aus Holzasche, gebrannten Marmeladentörtchen, Toffee und karamellisierter Orange. Dann alles durchdringender Rauch mit würzig-kräuteriger Note und Nelken. Zuerst dunkles Toffee, dann Räucherfleisch, Bücklinge, Asche und reinigende Phenole. Und als er ihn hinuntergeschluckt hatte, nahm er ihn lang, kühlend und komplex, trocken, aber auch umhüllend war. Er erinnerte an kandierten Apfel, angebrannten Toast, Zitronenzesten, reifen roten Äpfeln und gebrannten Pflaumenkuchen. Ausgesprochen kräuterbetont und schwer mit holzigem Rauch.

Jeff hatte Tom beobachtet und seine Verzückung wohlwollend zur Kenntnis genommen. Sie hatten wohl eine Viertelstunde kein Wort gewechselt als er das Schweigen brach. »Und? Ich glaube er schmeckt Ihnen? Lassen Sie mich an Ihrer Erfahrung teilhaben.«

Tom zählte alle Geruchs- und Geschmacksnoten auf, die er erahnte und schwelgte geradezu in blumigen Erläuterungen. Als er zu Jeff sah, blickte er in ein ernstes, beeindrucktes Gesicht.

»Finden Sie, ich erzähle Unsinn?« Er war selbst über diese Frage erschrocken.

»Ganz im Gegenteil! Ihre Ausführungen waren äußerst beeindruckend.«, gab er mit einem freundlichen Lächeln zurück.

Dieses Lob einer solchen Koryphäe schmeichelte ihm zutiefst und ließ ihn fast erröten.

»Lassen Sie uns nun den 1983er probieren. Einer der letzten Brände vor der Schließung.«, lenkte Jeff das Gespräch zurück auf den Whisky.

Tom nahm sich das Glas und das Ritual begann von Neuem. Wieder kehrte absolute Ruhe ein und er bemühte sich, einen Unterschied zu entdecken. Nach zehn Minuten bildete er sich ein, etwas weniger Rauch dafür etwas Vanille und strohige Noten wahrzunehmen. Auf dem Gaumen bemerkte er nur ganz geringe Unterschiede, die auch eine leichte Störung der Wahrnehmung sein konnten. Im Nachklang war er nahezu identisch.

Als er sich wieder auf die Umgebung konzentrieren konnte, saß ihm Jeff Cooper fast angespannt und nervös gegenüber. »Und? Ganz anders oder?«

Völlig verwirrt versuchte Tom seine Gedanken zu ordnen. Er hatte allenfalls minimale Unterschiede festgestellt. Beide waren herausragende Single Malts, die für die hochwertige Tradition von Old Allan standen. Es war nichts von einem Qualitätsunterschied, der den Niedergang der Brennerei begründen würde, erkennbar. Aber was meinte Jeff mit seiner Frage?

»Und? Sagen Sie schon.« Sein Gegenüber rutschte auf seinem Stuhl hin und her.

»Nun…« Tom sortierte seine Gedanken, kam jedoch zu keinem Ergebnis. »Nun, ich muss Sie jetzt leider enttäuschen. Ich stoße hier an die Grenzen meiner Fähigkeiten. Ich kann bestenfalls minimale Unterschiede erkennen. Beide sind hervorragend und in der Aromatik nahezu identisch. Keine Fehlaromen, keine Fassfehler. Wo ist der große Unterschied?«

Jeff sprang vor Freude auf und umarmte ihn. »Es gibt keinen! Es gibt keinen!« Und wieder dieser jugendlich kräftige Druck seiner Arme. Er grinste vor Freude über das ganze Gesicht.

»Es gibt fast keinen Unterschied. Der Brand ist bei beiden erstklassig. Die Qualitätsprobleme müssen somit bei den Fässern liegen. Das ist die These, die Sie eben bewiesen haben. Sie sind grandios!«

Sie stießen beide auf ihre neue Erkenntnis an und unterhielten sich noch eine gute Stunde über Themen aus der Whiskywelt und gemeinsame Bekannte.

Irgendwann blickte Jeff auf die Uhr: »Es ist schon Viertel nach sieben. Ich habe um acht einen PR-Termin. Ich müsste mich jetzt leider verabschieden. Wir bleiben aber auf jeden Fall in Kontakt und informieren Sie mich, wenn sie neue Erkenntnisse gewonnen haben!« Mit diesen Worten übergab er ihm seine Visitenkarte. »Wenn ich etwas Interessantes erfahre, melde ich mich persönlich bei Ihnen oder Elena informiert Sie.«

»Danke für Ihre Zeit und Ihre Hilfe! Es war mir eine Ehre!« Dann drückte Jeff Cooper wieder zu und Tom blieb die Luft weg.

»Danke und einen schönen Aufenthalt in Edinburgh.«, waren die letzten Worte, bevor sich die Türe hinter dem entschwindenden Whiskygott schloss.

Da stand er nun, blickte noch einmal sehnsüchtig auf das Regal mit dem Bowmore 1971 und konnte nur schwer das Zucken seiner rechten Hand unterdrücken.

Die Türe öffnete sich erneut und Elena trat lächelnd ein. »Mr. Schmitt, ich hoffe Sie hatten eine angenehme Unterhaltung mit Mr. Cooper. Er hat mich gebeten, Sie nach draußen zu begleiten.« Sie hakte sich leicht bei ihm ein, duftete köstlich und geleitete ihn zur Türe. Er wäre so viel lieber hinter ihr gelaufen… »Wenn Sie etwas benötigen, rufen Sie einfach an. Unsere Nummer haben Sie ja.« Sie schenkte ihm ein letztes Lächeln, bevor sie ihn in die Kälte der beginnenden Nacht hinausschickte. *La vie est belle von Lancôme,* fuhr es ihm durch den

Kopf. Dann drückte er ihr schnell noch seine Karte in die Hand und ging hinaus in die kalte Nacht.

Kapitel IV

Herbst 1978 Islay

Er war gerade mit blanken Füßen, umspült vom kühlen Wasser des Atlantiks, über den feinen Sand der Machir Bay gelaufen. Oben auf den Dünen stand eine Frau, deren weibliche Umrisse sich vor dem Horizont abzeichneten. Unter den Wolken schien die flachstehende Abendsonne hindurch, die ihr rotblondes Haar wie eine Fackel erleuchten ließ. Das Rauschen der Brandung wurde immer mehr vom Donnergrollen eines herannahenden Gewitters übertönt. Die Sonne verdunkelte sich und das Dröhnen der Donnerschläge wurde unerträglich.

Colin schrak auf. »Du versoffener Faulpelz... aufstehen!«, grölte sein Vater während er wie ein Irrer an seine Zimmertüre klopfte. Sein Kopf dröhnte immer noch und der Verband, den Sheena angelegt hatte, hing schräg über seinem Auge.

»Was ist los?«, konnte er gerade noch herausquetschen, wobei jedes Wort einen Stich in seinem Kopf verursachte.

»Komm zum Essen, sonst bekommst du heute nichts mehr, du Nichtsnutz!«, setzte sein Vater nach.

Sein Wecker zeigte 12:10 Uhr an… er musste nahezu fünfzehn Stunden geschlafen haben und fühlte sich als wären es fünfzehn Minuten gewesen. Offensichtlich hatte er einen Wirkungstreffer kassiert, dessen Absender er noch nicht einmal kannte. Nach einem kurzen Toilettengang schleppte er sich über die steile Treppe hinunter in die Küche, wo seine Eltern mit der Nervensäge schon am Tisch saßen. Seine Schwester Emma war drei Jahre jünger als Colin, hatte aber mindestens dreißig Jahre Lebensweisheit mehr als er aufzuweisen. Sie musste zu Allem und Jedem ihren Senf dazugeben und verschonte ihn selten mit guten Ratschlägen. Seit sie ihren Job in der Gemeindeverwaltung in Bowmore angetreten hatte, zählte sie sich auch zu den besseren Kreisen der Insel.

»Na, hat der feine Herr wieder gesoffen?«, versuchte sie ihm schnippisch ein Gespräch aufzudrängen. Er erwiderte nichts. Er war einfach nicht in der Lage dazu.

»Was ist denn mit dir passiert, Junge?«, sorgte sich seine Mutter.

»Nichts. Alles in Ordnung. Nur ein kleiner Unfall.«, presste er heraus.

Sein Vater saß nur da und sagte nichts. Seine besondere Art eines Wutausbruches. Sie mochten sich eigentlich, konnten es sich aber nicht zeigen.

Dazu waren sie sich zu ähnlich und das nicht nur in ihrer Persönlichkeit. Auch optisch konnte Mr. Brown seinen Sohn nicht verleugnen. Zwar war dieser noch größer geworden als er, hatte aber das gleiche dominante Kinn und die gleichen dunkelblonden Haare, die er selbst in diesem Alter gehabt hatte. Das unverkennbarste Zeichen seiner Abstammung waren jedoch die großen kräftigen Hände, die auch Großvater Brown schon durch das Leben geholfen hatten.

Den köstlichen Lammeintopf seiner Mutter konnte er an diesem Tag nicht würdigen, lies die Hälfte stehen und verkroch sich wieder in seinem Bett, um sich dem Presslufthammer in seinen Schädel zu ergeben.

4:10 zeigte der Wecker, als er erwachte. Durch das Fenster fiel kein Lichtstrahl herein. Es war noch stockdunkel und er war hellwach. Er hätte noch zwei Stunden schlafen können, aber sein Körper hatte sich offensichtlich den Schlaf geholt, den er gebraucht hatte. So saß Colin in seinem Bett und war erleichtert, dass sein Kopf fast wieder normal funktionierte. Die Erinnerungen an den Samstag waren etwas verschwommen. Erst als er sich an den Kopf fasste, wurden sie klarer und ein lächelndes Gesicht tauchte vor ihm auf. Wieder machte sich diese Wärme in ihm breit, als er Sheena erkannte. So saß er zwei Stunden in wohliger Wärme in seinem Bett und wartete auf den kommenden Tag.

Nachdem seine Mutter ihm ein kräftiges Frühstück mit Bohnen, Speck, Pilzen und Haggies bereitet hatte, schnappte er sich seine Brotzeit und seinen Trinkbeutel und machte sich auf den Weg zur Arbeit. Obwohl Islay eine sehr überschaubare Insel war, musste er von Port Charlotte bis Old Allan täglich 30 km zurücklegen. Er fuhr in seinem Ford 17 M auf der Küstenstraße vorbei an Bruichladdich, entlang dem Lochindaal. In Bridgend sammelte er Andrew auf, der wesentlich ausgeruhter aussah als er.

»Froschexpress in den Süden.«, begrüßte Colin ihn in Anspielung auf die wenig männliche grüne Farbe seines Fahrzeuges. Aber Colin konnte nicht wählerisch sein. Der sechzehn Jahre alte klapprige Ford war das Einzige, was er sich leisten konnte. Dann verließen sie die Küste und fuhren immer geradeaus durch die Torffelder Richtung Süden. Sie waren sich einig, dass der letzte Samstag beim Rückspiel unbedingt fortgesetzt werden musste. Dann würden aber die Anderen auf dem Boden liegen.

»Bis um Fünf!«, rief Andrew ihm zu, als er vor Lagavulin ausstieg. Dann fuhr Colin zurück zu Old Allan und begann sein Tagwerk, das aus dem

Befüllen, Beschriften und Verbringen der Fässer in die Lagerhäuser und der Kontrolle der gelagerten Fässer bestand. Natürlich half er auch überall sonst in der Destillerie mit, wenn kräftige Hände gebraucht wurden. Es war zwar eine Arbeit, für die man sich Zeit lassen konnte, sie war jedoch körperlich sehr anstrengend. Aber Colin war fast einsneunzig groß und kräftig gebaut, konnte zufassen und war sich für nichts zu schade.

An diesem Nachmittag war er im Warehouse 4, zum Prüfen der Fässer auf undichte Stellen, eingeteilt. In Gang 3 lag eine größere Anzahl schöner spanischer Sherryfässer aus dem Jahr 1968. Er zog aus einem den Verschlussstopfen heraus und roch an dem köstlichen Inhalt. Der Duft von Rosinen, Kaffee, Schokolade und Eichenholz stieg ihm in die Nase und vernebelte seine Sinne. Er blickte sich um. Niemand weit und breit. Er entleerte seinen Trinkbeutel, schnappte sich einen Valinch, steckte ihn ins Fass, zog ihn wieder heraus und leerte den Inhalt in seine Trinkflasche. Er wiederholte dies, bis der Beutel voll war. Dann hängte er ihn sich quer über die Brust und verschloss seine Jacke darüber. Natürlich bekamen sie von der Brennerei auch immer etwas Whisky als Haustrunk. Aber nichts von den Guten. Und das hier, er konnte es schon am Geruch erkennen, war ein richtig Guter!

»Heute um sieben im Adlerhorst an der Machir Bay.«, begrüßte er Andrew als dieser wieder zustieg, öffnete seine Jacke und zeigte lächelnd auf den Beutel.

»Soll ich Dennis auch mitbringen?«, lächelte dieser zurück.

»Klar, reicht locker für Drei.«

Der Adlerhorst war nichts anderes als eine Kuhle in den Sanddünen oberhalb der Machir Bay vor dem Militärfriedhof. Dort hatten sie mit Holzbalken und Planen ein kleines geheimes Nest in den Sand gegraben. Von Land aus war es wegen der Hügel nicht zu sehen und von der Strandseite war es durch die steil aufragende Küste verdeckt.

Als Colin ankam, saßen die beiden schon auf Baumstümpfen im Horst und qualmten genüsslich vor sich hin.

»Wo bleibt der Stoff?«, rief Dennis als er ihn sah.

»Ganz ruhig, Blechbatscher, der Whisky ist schon unterwegs!«, gab Colin zurück. Andrew arbeitete in Bridgend in der Werkstatt seines Vaters, wo er Fahrzeugen, die Bekanntschaft mit anderen gemacht hatten, ihr altes Aussehen zurückgab. Daneben betrieben sie einen kleinen Fuhrbetrieb auf der Insel, der auch Material für die Destillerien und kleinen Gewerbebetriebe beförderte.

»Heute hat der Papa was ganz Feines mitgebracht.«, strahlte Colin, »Sherrybutt, First Fill, Neun Jahre und Zehn Monate.«

Dann buddelten sie die Kiste mit den Gläsern aus.

»Sind die sauber?«, fragte Colin, worauf er als Antwort »bachsauber« erhielt. Das musste genügen. Sie schenkten sich ein, tranken und der Whisky hielt was er versprochen hatte. Ein Feuerwerk von schweren, süßen Beerenaromen mit reichlich Torfrauch und Kaffeeröstaromen. Ein Traum.

»Hammer!«, urteilte Dennis, »Was denkt Ihr, was eine Pulle von dem so kosten würde?«

»Wenn es ein Lagavulin wäre, dreißig Pfund.«, heizte Andrew die Stimmung etwas an, »Bei Old Allan maximal neunundzwanzig.«, schob er grinsend nach. »Aber den kannst du hier auf der Insel nicht verkaufen. Das ist zu riskant. Da weiß jeder gleich aus welcher Destillerie der kommt und Ruck Zuck haben sie unseren Colin am Arsch.«

Nach dem dritten Dram begannen sie zu berechnen, wieviel man verdienen würde, wenn man pro Tag nur einen Beutel für zwei Flaschen herausbringen könnte.

»Eintausend zweihundert Pfund pro Monat. Colin, da könntest du dir fast ein richtiges Auto leisten!«, goss Dennis noch Öl ins Feuer.

»Das ist das Doppelte von dem was ich jetzt habe.«, dachte Colin laut und genoss sein viertes Dram und es war ein Traum.

Sie trafen sich noch einige Male im Adlerhorst und träumten, was man mit dem vielen Geld so machen könnte.

»Wir machen unsere eigene Destillerie auf, wenn wir Kohle haben.«, entschied Andrew voller Überzeugung und die beiden anderen stimmten zu. »Unsere eigene Destillerie.«

Andrew war der Unscheinbarste der drei Freunde. Wesentlich kleiner und schmächtiger als Colin und auch kleiner als Dennis, wurde er immer etwas übersehen. Colin beeindruckte durch Größe und Kraft, Dennis durch sein eher südländisches Erscheinungsbild und seinen Charme und Andrew war einfach der unscheinbare, clevere dritte Mann.

Die Tage wurden immer kürzer und die Herbststürme setzten langsam ein. Die Planen des Adlerhorstes boten keinen ausreichenden Schutz mehr gegen das vom Nordatlantik hereindrückende Wetter. Es war an der Zeit, den Horst für den Winter zu verlassen. Für Colin war das Lochindaal Pub der perfekte Ort zum Überwintern. Dort konnte er Sheena fast immer antreffen, da sie nach ihrer Arbeit auf der Krankenstation in Bowmore meist ihrem Vater zur Hand ging. Sie sprachen häufig miteinander und sie setzte sich gerne zu ihm, wenn der Betrieb es zuließ.

An einem Freitag Ende Februar, Andrew und Dennis waren nicht von Bridgend herübergekommen, saß er alleine, bei einem Bierchen, an einem Tischchen im Lochindaal. Der fette Richard McNeil lehnte mit reichlich Schlagseite und einem Pint in der Hand an der Theke. Als Sheena mit einem Teller Fish & Chips an ihm vorbeiging, haute er ihr auf den Hintern. »Was geht mit uns zwei?«, lallte er. Sheena drehte sich langsam um, schaute ihn lange an und konterte: »Ihr zwei geht jetzt nach Hause.« Richard brauchte einige Zeit, das Gehörte zu verarbeiten.

»Willst du Schlampe etwa sagen, dass ich fett bin..? Hä..? Du wartest doch bloß darauf, dass es dir einer ordentlich...«, weiter kam er nicht. Noch bevor er seine geistigen Ergüsse zu Ende gebracht hatte, war Colin aufgesprungen und hatte ihn in den Schwitzkasten genommen. »Spricht man so mit einer Dame? Nein! Und du wirst nie wieder so mit ihr sprechen!«, rief er ihm nach, während er ihn mit einem Tritt auf die Straße beförderte. Der Thekenmaulheld saß vor Wut heulend auf der Straße im Dreck und überschüttete sie mit Flüchen. Colin schloss die Türe, drehte sich um und sah wie Sheena ruhig den Teller auf den Tisch stellte. Dann ging sie mit ernstem Blick auf ihn zu, küsste ihn auf den Mund und hauchte ihm ein »Danke, mein Held!« entgegen. Colin stand wie angewurzelt sprachlos da. Es wurde ihm heiß, furchtbar heiß. Dann setzte er sich auf seinen Platz und trank sein Bier aus.

»Na was geht mit uns zwei?«, fragte Sheena und blickte ihm tief in die Augen, als sie ihm das nächste Glas hinstellte.

Kapitel V
Mittwoch 13.03.19 Edinburgh

Tom hatte noch am Vorabend mit Sabine telefoniert und ihr von seinem Treffen mit Jeff Cooper erzählt. Er war immer noch beeindruckt von der Herzlichkeit mit der dieser ihn verabschiedet hatte. Elena und ihre Reize erwähnte er sicherheitshalber nicht. *Man soll ja keine schlafenden Hunde wecken.* Dies hätte nur zu unnötigen Fragen geführt. Nach dem Frühstück fuhr er mit der Line 100 zurück zum Flughafen, um den noch am Vorabend reservierten Mietwagen in Empfang zu nehmen. Der fast neue Vauxhall Astra war zwar nicht ganz sein Standard, würde ihn aber sicher an seine Ziele bringen. Er fuhr um Edinburgh herum Richtung Südosten nach East Saltoun, um Luther MacDonald, den Ex Brennmeister, aufzusuchen. Nach nicht einmal dreißig Minuten hatte er das kleine Örtchen erreicht. In nicht allzu großer Entfernung sah er Dampfwolken über der Glenkinchie Destillerie aufsteigen. Er hatte die in große Backsteingebäuden errichtete Brennerei bereits mehrfach besucht, weshalb er die Gegend recht gut kannte. Obwohl er ohne Anmeldung bei Luther MacDonald klingelte, ließ dieser ihn problemlos ein, bewirtete ihn und gab mehr als zwei Stunden Anekdoten aus seinem Leben zum Besten. Er schwärmte von der Guten Alten Zeit auf Islay und öffnete seinen Schrank mit einer kleinen Sammlung von Privatflaschen. Tom kam nicht umhin, drei der edlen Unikate zu probieren. Es waren wirklich schöne Whiskys, doch er konnte sich nicht auf die Aromen konzentrieren. Er wartete immer noch auf hilfreiche Informationen zu Old Allan. Er wartete jedoch vergeblich. Der doch schon erheblich in die Jahre gekommene Luther wusste nichts, was Tom weitergeholfen hätte.

»Wir wurden am Ende vom Konzern geopfert, obwohl wir hervorragenden Whisky gemacht haben.«. war sein Resümee. Bei gezielten Rückfragen konnte er sich nicht mehr genau erinnern und geriet immer wieder ins Erzählen, was letztlich seinem Alter geschuldet sein musste. Es war an der Zeit den Rückweg anzutreten.

»Hi, hier ist Luther. Er ist gerade wieder gegangen; Nein, nichts Genaues; Ja, der hält mich jetzt für einen senilen Trottel; immer gerne Sir.«, informierte er seinen Gesprächspartner.

Tom spürte leicht die Wirkung des Alkohols als er sein Auto startete und zurück nach Edinburgh fuhr.

»You are my sunshine, my only sunshine...«, informierte ihn sein Telefon, dass Sabine ihn zu sprechen wünschte.

»Hallo Schatz!«, meldete sich Sabine, »Wie läuft's bei dir im gelobten Land?«

»Ich war gerade bei diesem Luther MacDonald von dem ich gestern erzählt hatte. Das war für den Arsch. Der ist total senil und kann sich eigentlich an nichts mehr erinnern.«

»Schade.«, erwiderte Sabine, »Ich habe heute Morgen auch noch ein bisschen zu diesem Jeff Cooper recherchiert. Der war bis 1984 bei SID Verkaufsleiter für Südeuropa und hatte wohl beste Beziehungen nach Frankreich, Italien und Spanien. Es gibt im Internet einige alte Bilder von ihm und seinen Geschäftspartnern. Der hat wohl schon damals auch als Brand Ambassador für Old Allan gearbeitet. Da hast du einen tollen Kontakt aufgemacht. Den musst du dir warmhalten.«

»Ja, wenn aus dem Buch über Old Allan nichts wird, habe ich wenigstens eine tolle Quelle mit Insiderwissen aufgetan.«

»Hast du jetzt noch irgendeine Idee, wie du weitermachst?«

»Ich schlafe heute noch einmal in Edinburgh und fahre morgen nach Islay. Ich habe ja noch bis

Sonntag Zeit. Vielleicht erfahre ich dort noch irgendetwas Brauchbares. Wenn nicht, schreibe ich einen schönen Artikel über mein neues Fachgebiet, die Vögel auf den Hebriden.« Er hörte Sabines Lachen und seine Enttäuschung verflog.

Kurz vor seiner Ankunft in Edinburgh klingelte sein Handy einfach nur. Das Display zeigte eine unbekannte Nummer.

»Hallo Mr. Schmitt, hier ist Elena. Erinnern Sie sich noch?«

»Natürlich!« *Wie könnte er diesen Hintern jemals vergessen*?, dachte er. »Was verschafft mir die Ehre?«

»Sie sind ja sicher noch ein paar Tage in Edinburgh und da dachte ich, wir könnten etwas zusammen unternehmen.«, säuselte sie in den Hörer.

»Ich bin nur noch heute Abend hier. Morgen fahre ich nach Islay.«, erwiderte er leicht irritiert.

»Oh Schade… aber wir könnten heute Abend essen gehen? Ich reserviere in der Witchery um sieben Uhr.«, schlug sie vor.

»Witchery am Castle Hill? Da muss man doch Monate voraus reservieren?«

»Lassen Sie das meine Sorge sein! Ich habe meine Verbindungen… Also um sieben Uhr in der Witchery! Ich freue mich!«

Mit diesen Worten legte sie auf und Tom war ein wenig stolz, dass er offensichtlich immer noch Eindruck bei den Frauen hinterließ.

Die Witchery war nur fünf Gehminuten von seinem Hotel entfernt. Er schlenderte über die fast leere Royal Mile hinauf Richtung Castle Hill und bog nach links in den Eingangsbereich der Witchery, den er leer vorfand, ab.

Eine junge Dame am Empfangstisch schenkte ihm ein freundliches: »Guten Abend, kann ich Ihnen helfen?«

»Mein Name ist Schmitt, Tom Schmitt.« und wieder keine Reaktion.

»Ich bin mit einer jungen Dame verabredet.« »Elena.«, unterbrach sie ihn, »Sie ist noch nicht hier. Ich würde darauf tippen, dass sie um Viertel nach sieben kommt.«

»Sie sagte, sie würde für sieben Uhr reservieren.«

»Das ist richtig. Warten Sie einfach ab.«, antwortete sie mit einem wissenden Lächeln.

Exakt um Viertel nach sieben trat Elena in den Vorraum der Witchery. Oder besser gesagt: Sie betrat die Bühne. Ihr langes, glänzendes, braunes Haar fiel stilvoll über ihre Schultern. Das leuchtende Rot ihrer Lippen setzte sich in der Farbe ihres körperbetonten Kleides fort. Die Konturen ihres Körpers zeichneten sich durch den leichten Stoff in betörender Weise ab und sein Mund wurde schlagartig trocken. Tom spürte seinen Herzschlag, er spürte ihn wie lange nicht mehr und er dachte sich: *Herr, womit habe ich das verdient?*

»Hallo, entschuldigen Sie, ich habe mich ein klein wenig verspätet.«, begrüßte sie ihn mit einem gekonnten Augenaufschlag. Sein Herz schlug noch schneller.

»Macht nichts. Auf Sie habe ich gerne etwas gewartet.«, konnte er gerade noch seinem trockenen Mund entreißen.

Dann betraten sie die dunklen holzvertäfelten Räume der Witchery, deren Wände mit Ornamenten und Säulen aus Holz überzogen waren. Die Bänke und Stühle waren in edlem braunem Leder bezogen und auf den Tischen und an den Wänden befanden sich zahllose Kerzenleuchter, die den Raum in ein mystisches Licht tauchten. Zu allem Überfluss hatte er Elena den Vortritt überlassen, was ihm wieder die verstandraubende Sicht auf ihre Rückseite bescherte. Er wusste nicht, wohin dieser Abend führen würde, aber er war sich nicht sicher, ob er danach immer noch würde sagen können, dass er Sabine immer treu geblieben ist.

»Die Weinkarte, Sir?«, riss ihn die Kellnerin aus seinen verbotenen Träumen.

Noch bevor er antworten konnte, hatte er diese auch schon geöffnet in der Hand. Leider konnte er sie nicht mehr schnell genug schließen, um die ausgewiesenen Preise nicht zu sehen. Sein Mund wurde erneut kurz trocken. Dann blickte er auf, sah in Elenas lächelndes Gesicht und wusste, dass er eben etwas investieren musste.

»Wäre Ihnen zum Start ein Fränkischer Grauburgunder recht?«, fragte er Elena.

»Für dich, Elena, bitte und natürlich vertraue ich beim Wein und den Speisen immer auf die Wahl des Kenners.« Was für ihn die Aufforderung war, den gewählten Wein zu bestellen.

»Jetzt nur nicht geizig sein!«, ermahnte er sich und orderte als Vorspeise eine Variation von Meeresfrüchten gefolgt von Fasanenbrüstchen auf Kräuterjus. Den krönenden Abschluss des Abends sollte ein Dessert aus fünf Variation von Waldfrüchten bilden.

Elena schenkte ihm ein wohlwollendes Lächeln.

»Was verschafft mir die Ehre, mit Ihnen Essen gehen zu dürfen?«, wandte er sich an seine Begleitung.

»Sie sind ein attraktiver Mann mit viel Wissen in der Whiskybranche und einer gewissen Ausstrahlung.«, erwiderte sie und begann, mit den Fingern an ihren Haaren zu spielen. »Was führt Sie denn eigentlich in diese schöne Stadt?«

»Nun, ich arbeite an einem Buch über die stillgelegte Destillerie Old Allan und bin auf einer Recherchereise. Deshalb habe ich mich auch mit Mr. Cooper getroffen.«

»Und konnte er Ihnen weiterhelfen?«

»Ein wenig. Aber es setzt sich alles zu einem Bild zusammen.«

Er wusste, dass seine Zeit gekommen war und er schmückte seine Vermutungen so aus, dass sie wie unumstößliche Wahrheiten klangen. Alles könne er natürlich erst zu gegebener Zeit sagen. Und sie musste erkannt haben, dass er der starke Mann ist, der diesen alten Skandal aufdecken und den Mythos Old Allan für immer klären würde. Beeindruckt himmelte sie ihn an.

Die Vorspeise und das Hauptgericht waren vorzüglich. Beim Wein waren sie inzwischen bei einem wunderbaren Primitivo angelangt und Tom war sich im Klaren, dass er heute sein Ehegelübde brechen würde. Er hatte so dick aufgetragen, dass der Rest ein Leichtes sein würde. Mitten in diese

Gedanken platzte »You are my sunshine..« *Warum jetzt?*, dachte er, entschuldigte sich und ging nach Draußen.

»Hallo Bine, wie geht's?«

»Ganz gut. Was machst du gerade?«

»Och nur ein paar Recherchen und eine Kleinigkeit essen. Ich bin mit einem Whiskyinsider in einer Kneipe.«

»Männlich oder weiblich?«, hakte Sabine mit einem Kichern nach.

»Eindeutig männlich. Einer aus der Firma von Jeff Cooper. So richtig weiter bringt der mich aber auch nicht. Noch ein halbes Stündchen, dann verkrieche ich mich im meine Schlafbox.«, log er sie an.

»Ich habe noch etwas über diesen Cooper gegoogelt. Der hat ja wirklich tolle Old Allan Whiskys aus den 70ern und frühen 80ern. Da sollten wir versuchen, ob wir den nicht über ihn billiger bekommen. Da könnten wir einen schönen Schnitt machen. Sprich doch noch einmal mit ihm. Wir könnten auch Importeur für FMOS in Deutschland werden. Die haben über zehntausend Fässer und da sind massig alte Islay Whiskys dabei. Allein über vierhundert Old Allan!«, geriet sie ins Schwärmen.

»Ich schau mal. Morgen fahre ich aber erst einmal nach Islay. Vielleicht erfahre ich da noch etwas. Du könntest aber noch versuchen, im Internet etwas zu finden.«, bat er Sabine.

»Was genau kann ich für dich tun, mein Schatz?«

»Recherchiere einmal zu irgendwelchen außergewöhnlichen Vorkommnissen, die es so um 1980 auf Islay gegeben hat. Vielleicht sind auch irgendwelche Mitarbeiter gewechselt oder so. Nur wenn du Zeit hast natürlich.«, bat er sie, wünschte mit schlechten Gewissen eine gute Nacht und legte auf.

Er war nur knapp drei Minuten draußen gewesen, dennoch war sein Wein inzwischen irgendwie abgestanden und hatte offensichtlich mit dem Sauerstoff reagiert. Er schmeckte irgendwie anders. Das vielversprechende Lächeln von Elena hatte sich nicht geändert. Zwischen ihnen stand nur noch das Dessert.

Die Variationen von Waldfrüchten sahen grandios aus. Ein Gesamtkunstwerk aus Formen und Farben welches er jedoch nicht ungestört genießen konnte. Sein Verdauungsapparat fand das Menü offensichtlich nicht so köstlich wie er, was sich in lauten Geräuschen in seinem Bauch äußerte. Ihm war etwas übel, sodass er auch nur mit einem Ohr den

Belanglosigkeiten lauschen konnte, die sein Date von sich gab.

Die feuchten Hände und der kalte Schweiß auf seiner Stirn waren für ihn das Zeichen, die Rechnung zu ordern und die Lokalität zu wechseln.

Zweihundertsiebenundachtzig Pfund, der Betrag der Rechnung, ließen es ihm noch übler werden. Da dies natürlich nicht auf seiner Kreditkartenabrechnung auftauchen durfte, plünderte er seine Bargeldreserven und legte mit einem hastigen »Stimmt so!« dreihundert Pfund auf das Tablet.

In der Hoffnung, die frische Luft würde ihm zu alter Tatkraft verhelfen, führte er Elena hinaus auf die Royal Mile.

Kaum hatte er ein lässiges »Und wo beenden wir den Abend?« in Richtung Elena gehaucht, machten sich seine Darmwindungen so stark bemerkbar, dass er wusste, dass die Antwort für ihn nur »Toilette« lauten konnte.

Elena blickte ihn mitleidvoll an, gab ihm mit einem »Du Ärmster!« einen Kuss auf die Wange und sah ihn dann nur noch die Royal Mile hinunterrennen. Als er verschwunden war, griff sie zum Telefon und führte ein langes Gespräch.

Tom bog nach zwei Minuten rechts auf den Hunter Square ab und schoss durch die Lobby direkt zu den Aufzügen des Ibis Hotels. Die Krämpfe waren inzwischen so intensiv geworden, dass er Angst hatte es nicht mehr bis auf das Zimmer zu schaffen. Mit letzter Körperbeherrschung gelang es ihm dennoch und er verbrachte die nächsten zwei Stunden auf der Toilette. »Der Plan war irgendwie anders.«, dachte er sich. Als die Krämpfe nachließen und nichts mehr seinen Körper verlassen wollte, sah er Elena in ihrem roten Kleid, in dem sich ihr traumhafter Hintern abzeichnete, vor sich stehen. Das Bild verblasste und wurde von einer lächelnden Sabine, deren kleine Fältchen sich um ihre gütigen Augen warfen, überlagert. Er legte sich auf das Bett, sein Schmerz ließ nach und mit einem »Du alter Depp!« schlief er ein.

Kapitel VI

März 1979 Islay

Der kalte, nasse und stürmische Winter auf Islay zehrte an den Kräften von Mensch und Tier. Doch jetzt, um Ostern, kam wieder die Zeit in der unzählige Lämmer auf den sattgrünen Wiesen ihre ersten Gehversuche machten. Die Tage wurden länger und mit den Zugvögeln kehrten auch Gäste auf die Insel zurück.

»Sehen wir uns morgen Abend?«, fragte sie Ihren Colin, als dieser das Lochindaal Pub am Abend verließ.

»Sorry, Sheena morgen geht es nicht. Ich habe mich mit Andrew am Adlerhorst verabredet, um den für den Sommer auf Vordermann zu bringen.«

»Dass mir da aber keine fremden Frauen dabei sind.«, lachte sie in der Sicherheit, dass er ihr gehörte. Und sie würde ihn auch nie mehr hergeben. Colin war groß, kräftig und gesund. Er würde für seine Familie sorgen können, wenn sie ihm sagte wie. Aus dem einen Kuss war mehr geworden und auch wenn Colin es noch nicht wusste, war sie sich sicher, dass sie bald heiraten würden. Natürlich brauchten sie einen Platz zum Leben für sich und ihre drei noch nicht geborenen Kinder. Aber auch da hatte sie schon etwas im Auge. Unten am Bootsanleger in der ersten Reihe hatte ihre Großtante Lis ein kleines Häuschen, das für den Beginn ausreichend wäre. Nach einem Schlaganfall war diese bettlägerig und so sollte es nur eine Frage der Zeit sein bis sie erlöst werden würde. Sheena versorgte sie morgens und zwischen der Arbeit im Islay Hospital in Bowmore sowie ihren Abenden als Kellnerin im Lochindaal Pub, wo sie vier Tage pro Woche ihren Vater unterstützte.

»Wir fahren nach der Arbeit direkt zum Adlerhorst. Wir brauchen etwas Zeit, bevor es dunkel wird. Also nicht rumtrödeln!«, ermahnte er Andrew, als er diesen vor Lagavulin aussteigen ließ. Da Andrew fast überpünktlich wieder abgeholt werden konnte, kamen sie um halb sechs am Adlerhorst oberhalb der Machir Bay an.

Seinen klapprigen 17 M ließen sie am Ende des Weges stehen und legten die letzten einhundert achtzig Meter zu Fuß zurück.

»Der hat den Winter aber gut überstanden.«, war Andrew erstaunt als er den Unterstand aus einigen Metern Entfernung in tadellosem Zustand erblickte. »Oder sind da andere Vögel eingezogen.«, flachste er.

»Warte ab bis wir dort sind.«, erhöhte Colin noch die Spannung.

»Der ist ja schon bereit für einen Feierabendwhisky.«, war Andrew hocherfreut als er die verstärkten Balken und die neue Plane sah. Colin stampfte mit dem Fuß auf den Sandboden, der sich merkwürdig anhörte, holte seinen Trinkbeutel unter der Jacke hervor und jubilierte: »Es ist vollbracht!«

»Was ist vollbracht? Und wieso hört sich der Sand so komisch an?«, fragte Andrew leicht verwirrt.

»Nun es ist so,«, erklärte Colin, »dem lieben Dennis ist im Oktober auf der Fahrt nach Bruichladdich ein leeres Bourbon Barrel vom Laster gefallen. Das habe ich dann aufgehoben und damit es nicht wegkommt, habe ich es hier in einem Fasskeller vergraben. Wie du weißt müssen Fässer ja immer schön feucht bleiben, deshalb habe ich jeden Tag einen Trinkbeutel voll Old Allan eingefüllt. Soll ja nicht kaputt gehen das gute Fass.«, wobei er bis über beide Ohren grinste. »Seit gestern ist es voll und der Beutel ist für die Feier. Aber erst, wenn Dennis da ist!«

»Du Teufelskerl!«, Andrew schlug ihm dabei so auf die Schulter, dass sogar er Schmerzen verspürte. »Und die ganze Zeit hast du das geheim gehalten.«

»Das muss es auch bleiben.«

»Klar, Ehrensache, du Sack!«, versicherte Andrew voller Begeisterung.

»Eh, was los Leute, ihr seid ja schon fertig.«, rief Dennis, als er sich dem Unterstand näherte.

»Unser Colin ist ein Teufelskerl,«, wiederholte sich Andrew, »ich fasse es nicht!«

»Was ist los?«, wollte der Neuankömmling wissen.

»Du erinnerst dich an das Barrel, das dir auf der Fahrt zu Bruichladdich von der Ladefläche direkt in meine Arme gefallen ist? Das ist hier.«, erklärte Colin während er den Sand etwas bei Seite schob und einen Holzdeckel öffnete. Es tat sich ein zirka zwei Meter langer, ein Meter breiter und genauso tiefer Holzverschlag auf, in dem das Fass lag. »Und es ist bis zum Anschlag voll mit Old Allan.«

»Andrew hat recht. Du bist ein Teufelskerl!«, mit diesen Worten schlug auch Dennis zu und traf dieselbe Stelle auf der Schulter, die Andrew bereits malträtiert hatte.

»Da können wir jetzt fünf Jahre lang saufen bis der Arzt kommt.«, freute sich Andrew wie ein kleines Kind.

»Erst einmal nur den Beutel!«, holte Colin ihn wieder auf den Boden. »Ich brauche Geld. Meine Karre ist schrottreif und irgendwann muss ich auch mal aus meinem Kämmerchen ausziehen. Zeit, erwachsen zu werden, Jungs!«

Sie schenkten sich das erste Dram in die Gläser und philosophierten, was das Fass wohl bringen würde.

»Also, in Flaschen so um die achttausend Pfund, aber da bräuchte man Flaschen, Etiketten und das ganze Zeug. Da kommt man schlecht ran.«, wusste Dennis. Schnell war man sich einig, dass Colin es auf Islay nicht zum Verkauf anbieten konnte. Er würde sofort auffliegen und würde nie mehr in einer Destillerie einen Job bekommen. Nach dem sechsten Dram lagen sie im Sand oberhalb der bereits in die Nacht eingetauchten Machir Bay und waren sich einig, dass ihnen die Welt offenstand. Sie waren dazu geschaffen, Großes zu erreichen und nur der Himmel würde ihre Grenze sein.

»Vielleicht kenn' ich da jemanden, der jemanden kennt.«, lallte Dennis, »Der bringt das Zeug vielleicht aufs Festland und kann es dort verscherbeln.«

Mit dieser Hoffnung bestiegen sie ihre Autos und fuhren nach Hause.

Es interessierte einfach niemanden, ob man etwas getrunken hatte und die einzige, zwei Mann starke, Polizeistation war weit weg in Bowmore. Einer der Polizisten hieß Will Turner und war, wie das

Schicksal so spielt, wiederum Dennis' Patenonkel. In Wahrheit war er der einzige Polizist, denn sein Kollege Jason O´Leary war nichts Anderes als ein versoffenes, auf Islay gestrandetes, irisches Wrack. Aufgrund Jasons Gesamtzustandes stellte sich Will oft die Frage, ob dieser seinen sechzigsten Geburtstag noch erleben würde. Will Turner wachte über das Gesetz auf Islay und O´Leary schlief seinen Rausch aus. Bei nur rund dreitausend Einwohnern regelte man viele Probleme auf der Insel selbst und auch Will drückte oft genug nicht nur ein Auge zu.

Für größere Probleme hätte er Unterstützung aus Glasgow anfordern können. Dies war das letzte Mal vor zwei Jahren notwendig, als ein Segeltourist offensichtlich genug vom Keifen seiner Frau hatte und diese mit einem Paddel des Beibootes erschlug. Gut, es stellte sich dann heraus, dass eventuell nicht nur die Frau, sondern auch der Whisky schuld gewesen sein könnte. Er hatte über zwei Promille Alkohol im Blut. Für einen Ileach nichts Ungewöhnliches, aber die Touristen waren das nicht so gewöhnt.

»Ich habe da einen Kontakt.«, strahlte Dennis, als sie zwei Tage später wieder im Adlerhorst saßen. Der leichte Regen tropfte ohne Unterbrechung auf die durchhängenden Planen.

»Wie Kontakt?«, wollte Colin wissen.

»Colin, pass auf, das ist alles gar nicht so einfach und ich musste auch sehr vorsichtig sein. Du hast Whisky geklaut. Den willst du als ganzes Fass verkaufen. Auf Islay geht das nicht, weil wenn jemand von den Whiskyleuten das herausbekommt, bist du ein Aussätziger. Also muss das Fass aufs Festland und dort verkauft werden. Ich müsste es also mit dem Laster rüberbringen und bräuchte dort einen Abnehmer. Ich kann mich ja schlecht an die A83 stellen und an vorbeifahrende Autofahrer verkaufen.«

»Ja, klar nicht! Was ist jetzt mit dem Kontakt?«, drängte Andrew.

»Langsam… Ich habe mich also vorsichtig umgehört und jemanden aus der Branche gefunden, der das Fass von mir übernehmen würde. Da er gerne noch länger in diesem Job arbeiten würde, musste ich ihm hoch und heilig versprechen, dass ich niemandem sagen werde, dass er damit zu tun hat.«

»Also, wer ist es und was zahlt er?«, wollte Colin erlöst werden.

»Colin, ich habe ihm geschworen, dass er anonym bleibt und daran muss ich mich auch halten. Und jetzt zum Problem: Er will nur sechs Pfund pro Liter ohne Fass zahlen und natürlich will er ein Sample zur Probe.«

»Lächerlich!«, warf Andrew ein, »Das sind ja nur 1200 für das ganze Fass.«

»Das ist sicher, auf den ersten Blick, nicht das was wir gedacht haben, aber mehr als wenn wir ihn selbst trinken würden.«

Es trat Stille ein. Der Regen prasselte weiter monoton auf die Plane und ihr Denken war förmlich zu hören.

»Und was, wenn dein Kontakt uns verpfeift?«, durchbrach Colin das Schweigen.

»Dann reißen wir ihm die Eier ab!«, platzte es aus Dennis heraus. »Ich kann es euch nicht versprechen, aber ich habe das Gefühl, dass er uns nicht verarschen will. Er will nur wissen, woher der Whisky kommt und wie alt er ist. Wer ihn wie besorgt, ist ihm egal. Er weiß nichts von euch und Ihr wisst nichts von ihm und er zahlt Cash bei Übergabe. Der Verbindungsmann bin ich und ich weiß von nichts. Das ist auch das Beste für alle.«

Die Gedanken schwirrten in Colins Kopf herum wie die Austernfischer an der Küste vor OA. Er brauchte ein anderes Auto und musste aus seiner Kammer heraus. Er musste das Risiko einfach eingehen.

»Mach' deinen Flachmann voll und lass' ihn probieren. Für sieben fünfzig kann er den Whisky haben und wenn er uns verpfeift, ist MacMalt Fischfutter.«, entschied sich Colin und gab dem unbekannten damit auch gleich einen Namen, was für ihn ein außergewöhnlicher Anflug von Kreativität war.

Drei Tage später pumpten sie den Inhalt des Fasses in zehn Kunststoffkanister und verluden diese in den Ford Transit mit der Aufschrift TT Turner Transport. Dennis fuhr los und man vereinbarte, sich im Lochindaal Pub auf ein Pint zu treffen, wenn er zurückkommen würde.

Colin und Andrew waren derart nervös, dass sie mit dem ersten Pint natürlich nicht auf Dennis warteten. Auch mit dem Zweiten nicht. In dem Moment als Sheena ihnen das Dritte hinstellte, ging die Türe auf und ein breit grinsender Dennis betrat das Pub.

»Auftrag erfüllt!«, erlöste er seine Komplizen, setzte sich hin und trank ihre beiden Pints aus.

»Hier, deine Zwölfhundert!«, steckte er Colin ein Geldbündel zu, »Ich habe es noch einmal probiert, aber hat keinen Penny mehr rausgerückt. Ich hatte Schiss ohne Ende, aber alles ist völlig problemlos abgelaufen. MacMalt will sich in zwei bis drei Wochen melden, ob er mehr braucht. So und jetzt kannst du mir noch ein paar Bier ausgeben.«

»Was heckt ihr Drei denn schon wieder aus?«, fragte Sheena lächelnd als sie die nächste Runde auf den Tisch stellte.

Ohne auf eine Antwort zu warten, drehte sie sich wieder um und ließ die drei Jungs noch ein bisschen spielen. Für Colin würde bald die Zeit kommen, seinen ehelichen Pflichten nachzukommen, war sie sich sicher. Da durfte er vorher noch etwas Spaß haben.

Kapitel VII

Mittwoch 13.03.19 Paris

In der 4. Etage des Anwesens 28 Boulevard Hausmann, Paris, saß Antoine Lacroix in seinem Louis XV Sessel und schaute sich die Aufzeichnung der 4. Etappe des Radrennens Paris – Nizza an. Das von ihm gesponserte Team Lacroix Vins et Spiritueux hielt sich recht ordentlich und hatte 30 km vor dem Ziel noch seinen Kapitän und einen Wasserträger in der fünfzehnköpfigen Spitzengruppe. Er hatte während des Tages einige geschäftliche Verpflichtungen und konnte das Rennen nicht live verfolgen. Sein Sohn Julien war mehr am Leben als am Unternehmen interessiert, so dass er mit seinen einundsiebzig Jahren immer noch die Firma führte. Das Radteam leistete er sich als nettes Hobby und solange es erfolgreich war, erwies es sich auch als ein guter Werbeträger.

Der Wasserträger musste am Anstieg abreißen lassen und er wusste auch, dass sein Kapitän Juan Rocco nur als vierter in Ziel kommen würde, dennoch fieberte er mit als wäre er live dabei. Bis sein Handy klingelte.

»Ja was ist los?«, blaffte er den Störenfried an.

»Hallo, hier ist Elena. Dieser Deutsche, um den ich mich kümmern sollte, ist hier aufgetaucht. Er wühlt überall herum und ich habe ihm auf den Zahn gefühlt. Ich glaube er weiß mehr als er wissen sollte. Der gibt sich zwar ziemlich unbedarft, aber ich habe das Gefühl, der könnte gefährlich werden.«

»Was weiß er?«

»Er hat nichts Genaues gesagt, nur, dass er Informationen zum Ende von Old Allan hat und da krumme Dinger gelaufen sind, die er beweisen wird. Wie gesagt, ich konnte keine Details erfahren. Insgesamt hört es sich aber nicht gut an.«

»Wo ist er jetzt?«

»Er ist im Ibis Hotel und wird morgen mit der Fähre nach Islay fahren, um weitere Ermittlungen anzustellen.«, wurde er informiert.

»Gibt es sonst noch Hiobsbotschaften?«

»Na ja. Hier ist man nervös geworden und hat zwei Leute aus Edinburgh auf ihn angesetzt. Den genauen Auftrag kenne ich nicht, aber die zwei sind unterste Schublade. Die würde ich noch nicht einmal meine Schuhe putzen lassen.«

»Gut, ich kümmere mich darum. Halten Sie Augen und Ohren offen!«, beendete Antoine das Gespräch.

Diese Nachrichten waren noch schlechter für seine Stimmung als der vierte Platz seines Kapitäns. Sein Blutdruck stieg an und sein Gehirn arbeitete auf Hochtouren. Dass ihn ein fast vierzig Jahre altes Problem jetzt wieder beschäftigte, gefiel ihm nicht. Damals hatten die Amateure vor Ort einen einfachen Auftrag total vermasselt und Chaos verbreitet. Es musste sichergestellt werden, dass sich dieses Drama nicht wiederholt.

Er hatte über einen Bekannten in Deutschland von dem beunruhigenden Artikel, den dieser Schmitt im Malt Ambassador veröffentlicht hatte, erfahren und wusste, dass er achtsam sein musste. Gerade jetzt, in dieser sensiblen Phase durften sie sich keinen Fehler leisten.

Die Generationen vor ihm hatten eine ordentliche Firma, die ihr Geld mit der Herstellung und dem Vertrieb einheimischer Weine und Spirituosen verdiente, aufgebaut. Er hatte in den Siebzigern zusätzlich mit dem Import von schottischen Whiskys, von Sherry und Portwein begonnen. Speziell der Whisky fand in Frankreich sehr großen Anklang und es entstand der größte Whiskymarkt Europas.

Antoine Lacroix war beim Aufbau seines Konzerns nicht zimperlich. Er verhandelte stets mit dem Messer zwischen den Zähnen und keine Tricks und

Winkelzüge waren ihm zu schmutzig, wenn damit das Ziel zu erreichen war. Als guter Geschäftsmann informierte er sich immer über die wirtschaftliche Lage seines Gegenübers und nutzte diese nach Möglichkeit zu seinem Vorteil aus. So gelang es ihm auch, große Bestände von ins Straucheln geratener Destillerien aufzukaufen.

Die Whiskys lagerten zur Wahrung ihrer Herkunft weiterhin in Schottland. Hierzu hatte er in der Nähe von Arbroath ein großes Areal gekauft und nach und nach mit Lagerhäusern bebauen lassen. Als cleverer Geschäftsmann konnte er zusätzlich bei einigen Destillerien das Recht erwerben, die Flaschen als Originalabfüllungen für Frankreich deklarieren zu dürfen. Sein Geschick und seine Hartnäckigkeit machten Lacroix Vins et Spiritueux zu einem Big Player in der Branche, der in 2022 seine eigene Destillerie in Arbroath eröffnen würde. Seine Liebe galt aber immer noch dem französischen Wein und Cognac. Damit ließ sich aber nicht ganz so viel Geld machen wie mit Whisky.

Dann griff er erneut zum Telefon und wählte eine vertraute Nummer.

»Madame Juliette.«, meldete sich die Person am anderen Ende.

»Hallo, hier ist der König der Champagne. Können Sie mir Nadine vorbeischicken und bitte das volle Programm.«

»Sie ist noch beschäftigt, könnte aber in etwa einer Stunde bei Ihnen sein. Reicht das?«

»Sie soll sich beeilen. Es ist dringend!«, herrschte er Madame Juliette an.

Nach vierzig Minuten klingelte es an seiner Tür, er öffnete diese und Nadine stand mit straff nach hinten gebundenen Haaren, einem langen Regenmantel und einer großen Tasche vor ihm.

»Na, endlich sind Sie da.«, war seine knappe Begrüßung.

»Schneller ging es nicht. Mein letzter Gastgeber war noch ungehorsam. Und jetzt ab in die Kammer, du Waschlappen.«

Sie stieß ihn vor sich her in ein kleines abgedunkeltes Zimmer und befahl ihm, sich auszuziehen und hinzuknien und er befolgte dies nur zu gerne. Sie stellte vorsichtig ihre Tasche auf ein Tischchen, öffnete diese und nahm etwas Schwarzes heraus. Als die Lederriemen sich in seinen Rücken fraßen, wusste er, dass er es verdient hatte und er genoss den lustvollen Schmerz in vollen Zügen. Diese Prozedur erlöste seinen Geist von allem Bösen, das er verbreitet hatte und verschaffte ihm gleichzeitig den höchsten Grad an sexueller Befriedigung.

Nadja wusste, wie fest sie zuschlagen musste bis er fast kam und sie spürte ebenfalls eine Befriedigung, ihr Geld aus ihm heraus zu prügeln.

Kapitel VIII

Donnerstag 14.03.19 Islay

»ON THE BONNY; BONNY BANKS OF LOCH LOMOND«, riss ihn aus dem Schlaf.

Nachdem er drei Loperamid genommen hatte, war er tatsächlich sieben Stunden in einen traumlosen Tiefschlaf verfallen. Erst jetzt ging ihm der Vorabend und die verpasste Chance durch den Kopf. Vielleicht war es Schicksal, dass ihm sein Körper einen solchen Streich gespielt hatte. *Vermutlich sollte es so sein.*, dachte er sich und war erleichtert, dass er kein schlechtes Gewissen haben musste.

Nach einer ausgiebigen Dusche verließ er das Hotel ohne Frühstück. Er würde sich unterwegs etwas Essbares besorgen und gleich zum Fährterminal Kennacraig aufbrechen. Mit dem Astra, den er zwei Straßen weiter geparkt hatte, ließ er auf der M8 Edinburgh hinter sich und fuhr in Richtung Glasgow, wo er in den obligatorischen Stau geriet. Es waren in diesem Teil Schottlands einfach zu wenige Straßen für zu viele Autos, so dass das Vorankommen im Central Belt immer irgendwie Glücksache war. Heute am Vormittag war es nicht ganz so schlimm, er konnte nach rund zwei Stunden nach Norden in Richtung Loch Lomond abbiegen. Üblicherweise machte er auf dieser Strecke einen Stopp bei der Auchentoshan oder Loch Lomond Distillery. Doch heute war sein Magen noch nicht bereit für solche Genüsse. Er fuhr lange entlang der Uferstraße des Loch Lomond in Richtung Norden. Hier war schon wesentlich weniger Verkehr und es machte auch keiner Anstalten, besonders schnell zu fahren oder zu überholen. Der Peugeot Kastenwagen vor ihm und der weiße Kuga hinter ihm begleiteten ihn die ganze Strecke und alle waren völlig entspannt und genossen die wundervolle Aussicht auf Loch Lomond.

So langsam kam sein Appetit zurück. In Tarbet bog er links ab und stoppte vor dem »Slanj Restaurant«, das sich in einer aufgelassenen Kirche auf der rechten Seite befand. Neben köstlichem Bier und Whiskys wurden dort auch wirklich leckere Speisen angeboten. Da er inzwischen richtigen Hunger hatte, gönnte sich Tom heute ein Balmoral Chicken, das aus einer in Speck gewickelten und mit Haggies gefüllten Hähnchenbrust bestand. Dazu orderte er ein kleines Guinness beim Kellner.

»Sind Sie sicher?«, fragte dieser fast erschrocken.

»Wieso? Haben Sie kein Guinness?«

»Pint! Kleiner gibt's nicht.«, erwiderte er mit mitleidigem Blick.

So freundlich überzeugt, ließ sich Tom ein großes Guinness bringen. Der Innenraum der Kirche war noch gut erkennbar, da an der Bausubstanz keine Änderungen vorgenommen worden waren. Alles machte irgendwie einen aus der Zeit gefallenen Eindruck. Der Andrang an Gästen war jetzt recht überschaubar. Es waren noch zwei weitere Tische besetzt und an der Theke hatten sich zwei Männer um die vierzig eingefunden.

Das Huhn war deftig, aber köstlich und das Guinness erwies sich dann doch als irgendwie immer noch zu klein. Gestärkt und voller Tatendrang machte er sich auf den Weg, um die drei Uhr Fähre zu erreichen. Während des Ausparkens ließ sich das Lenkrad nur sehr schwer bewegen. Er stieg aus und musste feststellen, dass irgendein, völlig verblödeter, Scherzkeks die Ventile der beiden Vorderräder abgezwickt hatte. Das war das erste Mal, dass ihm in Schottland etwas Derartiges passierte.

»Noch ein großes Guinness?«, flachste der Kellner als er die Kirche wieder betrat.

»Ich komme zum Beten.«, gab Tom wenig amüsiert zurück. »Irgendwelche Idioten haben meine Reifen demoliert. Gibt es hier eine Werkstatt?«

Der Gefragte lächelte, betätigte den Zapfhahn, füllte ein Pint halbvoll und stellte es vor Tom auf den Tresen. »Geht aufs Haus. Trink' erst mal!« Dann griff er zum Telefon und sprach in übelstem Glasgower Dialekt mit einem Jim oder Tim.

»Läuft alles.«

»Ich muss aber zur Fähre nach Islay.«

»Spätestens um fünf sind Sie hier weg. Die um halb acht schaffen Sie locker und das Bier reicht auch bis dahin.«, beruhigte er Tom.

Tatsächlich fuhr zwanzig Minuten später ein Mann in einem wenig vertrauenserweckenden Werkstattwagen vor, der seine Räder abmontierte und wieder verschwand. Entgegen seinen Befürchtungen kehrte er wenig später auch wieder zurück und wie von Zauberhand war sein Astra wieder fahrbereit. Er drückte dem Helden der Landstraße seine letzte einhundert Pfundnote in die ölverschmierte Hand und konnte tatsächlich um fünf Uhr seine Fahrt nach Kennacraig fortsetzen.

Ein hilfsbereites Völkchen diese Schotten. Das habe ich wieder 1A gemanagt., dachte er sich, während der wolkenverhangene Horizont sich langsam verdunkelte.

Das Fährterminal von Kennacraig war kurz nach halb sieben bei vollständiger Dunkelheit erreicht.

Nachdem das Auto in der zugewiesenen Schlange geparkt und er auf dem Weg zum Schalter war, bot sich ihm ein völlig skurriles Bild dar. Mitten auf dem Parkplatz stand eine Harley Davidson mit Überrollbügel und Fransen verzierten Satteltaschen aus Leder. Daneben saß ein Asiate in ebenfalls mit Fransen geschmückter Lederjacke auf dem Boden und rührte sich auf seinem Kartuschen-Gaskocher ein Süppchen an. Er fühlte sich an alte Western mit John Wayne erinnert und konnte sein Lachen nur dadurch zurückhalten, dass er dem Cowboy einen »Guten Appetit« zurief, was dieser mit einem gefälligen Winken kommentierte.

Kurze Zeit später fuhr die Finlaggan auch schon in den Hafen ein und spuckte unzählige Autos und Wohnmobile aus, denen mit Whisky beladene Tanklaster folgten. Die Finlaggan war eines der großen Fährschiffe der Caledonian MacBrayne Gesellschaft, dass die Inneren und Äußeren Hebriden mit dem Festland verband. In Tom machte sich eine kindliche Freude auf das gelobte Whiskyland breit und als er zum nunmehr achten Mal auf die Fähre nach Islay fuhr, fühlte es sich für ihn an wie damals als Kind an Weihnachten. Er stelle sein Fahrzeug hinter einem weißen Kuga ab. *Von denen gibt es hier so viele; die müssen mal im Sonderangebot gewesen sein.,* ging es ihm durch den Kopf. Dann stieg Tom die steilen Treppen hinauf zum Deck 5 der Finlaggan, auf dem sich auch der Restaurantbereich befand. Es war ein kleiner Self-Service mit einer überschaubaren Auswahl an Speisen und Getränken und seine Wahl fiel auf einen Steak Pie mit einem Belhaven, das er wirklich genoss.

Die Überfahrt war ruhig und sehr entspannend. Nachdem er das Restaurant verlassen und es sich in den Sitzgruppen bequem gemacht hatte, schlief er, dem sanften Wellengang folgend, zufrieden ein.

»Meine Damen und Herren, in wenigen Minuten erreichen wir Port Ellen.«, riss ihn das Dröhnen der Bordlautsprecher aus seinen sanften Träumen von grünen Hügeln und Tälern. Das Schiff verlangsamte die Fahrt und das Touchieren des Fähranlegers war nicht zu überhören. Die Gäste begaben sich in Richtung der Treppen, um nach unten auf das Parkdeck zu gelangen. Als er auf Ebene 3 angelangt war, spürte er plötzlich von hinten einen Schlag in den Rücken, verlor den Halt und stürzte nach vorne die steile Stahltreppe hinunter. Er versuchte sich noch verzweifelt am Handlauf festzuhalten, merkte aber, dass er seine Hände, die er elegant in den Jackentaschen verstaut hatte, nicht mehr rechtzeitig herausbrachte. Er kippte immer weiter nach vorne, bis sein Kopf auf eine Stufe aufschlug. Die Füße, zunächst oben, gelangten wieder nach unten und bevor sich das Ganze noch einmal wiederholte, prallte er gegen den Rücken eines sehr stabil gebauten Mannes. Dieser drehte sich um und blickte ihn an. Sein Gesicht mit den langen weißen Haaren und dem Vollbart wirkte irgendwie gütig und kam ihm so vertraut vor.

»Oh mein Gott!«, röchelte er noch, bevor die Lichter erloschen.

Kapitel IX
Frühjahr 1979 Islay

Colin hatte seinen altersschwachen 17 M und zweitausend Pfund gegen einen weniger altersschwachen Ford Escort 1972 eingetauscht. Dennis kannte einfach jeden und hatte ihm wieder zu einem guten Deal verhelfen können. Vor allem war der Escort blau. Fast ein wenig zu hellblau, aber wenigstens nicht grün.

Das Fass war wieder mit gut zwanzig Litern nachgefüllt und der Transport im Trinkbeutel zur Tagesroutine geworden.

Er und Sheena trafen sich jetzt regelmäßig. Nachdem sie im Pub ihre Schicht beendet hatte, gingen sie häufig in die Hügel oberhalb von Port Charlotte. Das Wetter war inzwischen etwas milder und doch war der Boden immer feucht und es war einfach ungemütlich. In den Adlerhorst wollte er Sheena auf keinen Fall mitnehmen. Das war Männersache.

»Fahr los!«, befahl Sheena an einem Sonntagmorgen, »Ich weiß wo wir hinfahren.« Dann lotste sie ihn in Richtung Machir Bay.

»Wir fahren aber nicht zum Adlerhorst.«, wand Colin ein.

»Scheiß auf deinen Adlerhorst! Jetzt geht es in eine Luxusvilla.«, lachte Sheena. Sie fuhren unterhalb der Old Kilchoman Parish Church vorbei und bogen dann nicht Richtung Adlerhorst, sondern nach rechts Richtung Machrie ab, wo sie die zwei einsamen Gehöfte passierten und die Straße ihr Ende fand. Nach weiteren dreihundert Metern über eine Schlammpiste standen sie vor der angekündigten Villa. Es war eine alte, halb verfallene Feldscheune, die immerhin noch ein Dach zu haben schien, auch wenn dieses keinen ganz so dichten Eindruck machte.

»Was ist das?«, fragte Colin leicht verwirrt.

»Das ist der alte Schafsschuppen von Alec, dem Mann von Tante Lis. Seit seinem Tod vor vier Jahren war wohl keiner mehr hier. Ihr gehört jetzt der Schuppen und die Wiese drum herum. Und wenn sie nicht mehr ist, gehört es mir.«, triumphierte Sheena als hätte sie ihm gerade Balmoral Castle gezeigt.

Colin blickte sich um. Es war feuchtes torfiges Island, das von einem Bach durchzogen wurde. Hier konnte man nichts anbauen. Allenfalls Schafe konnten hier weiden.

»Wow.«, gab Colin wenig begeistert von sich, »Was sollen wir hier machen?«

Sheena blickte ihn ungläubig an und zerrte ihn nach innen. »Ficken! Du sollst mich endlich ficken.«, hauchte sie ihm entgegen und ließ sich rückwärts auf eine alte Holzkiste sinken.

Colin tat was ihm befohlen wurde und es machte ihm Freude. Sheena ließ ihn wissen, dass es für das erste Mal gar nicht so schlecht war, man aber dringend weiter üben müsse, um das zu perfektionieren. Nachdem sie ja nun einen Platz gefunden hatten, waren sie sich schnell einig, ein regelmäßiges Trainingsprogramm aufzunehmen.

Seit dem Deal waren keine drei Wochen vergangen als Dennis abends im Lochindaal aufschlug und das Gespräch mit »MacMalt will mehr.« eröffnete.

»Ich habe vielleicht fünfundzwanzig Liter.«, erwiderte Colin.

»Er will viel mehr. Er hat einen Weg gefunden, den Whisky sauber auf den Markt zu bringen und ist jetzt bereit, sieben Pfund pro Liter zu zahlen.«

»Was meint er mit viel mehr? Noch ein Fass?«

»Er garantiert die Abnahme von einem Fass pro Woche.«

»Klar, und ich schleppe jeden Tag zwanzig Trinkbeutel unter meiner Jacke aus der Destillerie und keiner merkt etwas? Ihr habt doch einen Schuss!«, Colin saß da und schüttelte verzweifelt den Kopf, »Ihr habt doch alle einen Schuss!«

»Natürlich geht das so nicht, Colin. Das ist doch klar!«, beruhigte ihn Dennis, »Aber lass uns Drei morgen einmal in Ruhe darüber nachdenken, ob es nicht eine andere Möglichkeit gibt. Wir treffen uns mit Andrew um sechs am Adlerhorst. Okay?«

»Nein, geht leider nicht. Da habe ich Training. Das müssen wir auf übermorgen verschieben.«

»Was denn für ein Training?«, wollte Dennis wissen.

»Och, allgemeine Körperertüchtigung. Nichts Wichtiges.«, wiegelte Colin die Frage ab und um weiteren Nachfragen zu entgehen schob er gleich »Übermorgen.« nach.

Zwei Tage später fand sich das Trio, wie vereinbart, in den Dünen über der Machir Bay ein. Auch Andrew war inzwischen über die Nachfrageexplosion informiert worden.

»Ich habe keine Ahnung, wie wir da herankommen sollten. Ich kann diese Menge nicht heraustragen Jungs. Das könnt ihr vergessen!«, versuchte Colin das Thema gleich zu beenden.

»Lass uns mal in Ruhe nachdenken.«, wollte Dennis noch nicht aufgeben. »Es ist klar, dass du das alleine nicht schaffst. Wir könnten es aber zu dritt machen und den Gewinn teilen.«

»Zusammen ist immer Klasse!«, warf Andrew ein, »Aber wie willst du das machen?«

»Also Colin hat ja die Schlüssel für die Lagerhäuser. Wir kommen da rein und auch wieder raus, ohne, dass es auffällt. Das Ganze läuft nachts. Am besten Sonntag auf Montag so zwischen Zwei und Drei. Jeder nimmt zwei zwanzig Liter Kanister und wir gehen zwei Mal rein. Dann hätten wir zweihundertvierzig Liter auf einen Schlag. Natürlich müssen wir von der Meerseite möglichst nah an die Lagerhäuser ran, weil die Wohnhäuser oberhalb sind. Wir nehmen aus jedem Fass nur zehn Liter, dann fällt das nicht so auf. Ich baue in den Transit eine zweite Trennwand ein, hinter der wir die Kanister verstecken. Nur für den Fall, dass einmal ein Bulle mit Schlafstörungen unterwegs ist. Die Kanister können wir im Adlerhorst zwischenlagern oder ich übergebe sie gleich. Das Ganze bringt dann Sechstausend Pfund pro Monat. Das Einzige, was wir noch klären müssen, ist, ob ich alles bekomme oder ihr auch ein Drittel wollt.«

Dann blickte er in zwei ungläubige Gesichter mit offenen, schweigenden Mündern.

»Ok, dann trinkt erst einmal ein Dram!«, reichte er ihnen die Gläser, die schneller leer waren als er schauen konnte.

»Ein irrer Plan.«, schüttelte Andrew den Kopf, »Ein irrer Plan...«

»Das fällt irgendwann auf. Das kannst du mit Angels Share nicht mehr erklären. Wir müssen an mehr Fässern abzapfen, dass es nicht so auffällt. Zwei bis Drei Liter pro Fass sind kein Problem aber mehr geht nicht.«, gab Colin zu bedenken. »Und wenn sie uns erwischen?«

Keiner antwortete und alle blickten schweigend hinaus auf das Meer bis Dennis die Stille durchbrach. »Ok Leute, MacMalt will erst nächste Woche wissen, ob wir liefern und ich verspreche, dass er eure Namen nie erfährt. Ihr könnt es euch in Ruhe überlegen. Aber wenn wir das ein paar Mal machen, sind wir alle finanziellen Probleme los.«

Colin verbrachte eine schlaflose Nacht in seinem Kämmerchen und je länger er wach lag desto klarer wurde ihm, dass er hier raus musste und das Geld aus der Gaunerei ihm dabei helfen würde.

»Wenn wir das zusammen machen, kriegen wir das hin. Dann sind wir die AOI.«, eröffnete Andrew das morgendliche Gespräch auf der Fahrt Richtung Süden.

»Die was?«

»Die Angels of Islay.«, klärte er auf, »Wir müssen nur zusammenhalten, dann kommt nichts heraus und wir machen richtig Kohle mit unserem Anteil für die Engel. Dann«, fügte er merkwürdig lächelnd hinzu, »machen wir unsere eigene Destillerie auf. Ich brenne den Whisky, du machst die Lagerung, Vatting und den ganzen Kram und Dennis ist für Logistik, Einkauf und Verkauf zuständig... oder so.«

»Dennis soll ihm sagen, dass wir erst einmal zwölf Kanister mit gut zweihundert Litern liefern und wir dann weitersehen.«, stimmte Colin zu. Beim Verlassen der Destillerie am Abend hatte er, aus Gewohnheit, wieder seinen gut gefüllten Beutel unter der Jacke und brachte diesen in das Fass im Adlerhorst.

Kapitel X

Frühjahr 1979 Islay

Mitten in der Nacht schlich sich Colin aus dem Haus und fuhr nach Bridgend, wo Andrew und Dennis bereits auf ihn warteten. Er setze sich zu den beiden in den Transit, dessen Aufschrift überklebt war, und sie fuhren Richtung Old Allan. Jetzt, um zwei Uhr in der Nacht, war auf der Straße zwischen Bridgend und Port Ellen keinerlei Gegenverkehr, so dass die Ausweichbuchten völlig sinnlos schienen. Während man am Tage immer wieder dem Gegenverkehr ausweichen und manchmal zurücksetzen musste, konnten sie jetzt mit Höchstgeschwindigkeit Richtung Süden rasen. Siebzig Meilen pro Stunde fühlten sich in dieser Kiste auch tatsächlich wie Rasen an.

Sie hatten alle Details mehrfach besprochen, jedem seine Aufgabe zugeteilt und den Ablauf exakt geplant. Alles war klar und es konnte nichts schiefgehen und dennoch saßen sie mit vollen Hosen nebeneinander auf der Sitzbank des Ford und schwiegen sich an.

»Zusammen schaffen wir das!«, versuchte Andrew sich als Motivator, was aber kläglich scheiterte.

»Halts Maul!«, blaffte ihn Colin an, dessen Nerven blank lagen. Andrew befolgte diesen Rat und sagte die nächste halbe Stunde nichts mehr. Sie näherten sich Port Ellen, bogen davor nach rechts ab und fuhren noch vor der Destillerie rechts von der Straße ab, wo sie den Transit zwischen einigen Sträuchern parkten. Sie stiegen wortlos aus, Dennis öffnete den Laderaum, der durch die zweite Wand unmerklich kürzer war, und schnappten sich jeder zwei Kanister. Dann schlichen sie über das feuchte Gras zu den Lagerhäusern. Diese zehn flachen Gebäude waren aneinandergebaut und jedes war mit einem eigenen Eingang versehen. Bis auf das Tuckern eines Fischkutters in der Ferne war kaum ein Geräusch vernehmbar. Colin zückte den Schlüssel, steckte ihn vorsichtig ins Schloss und innerhalb von Sekunden waren sie umgeben von hunderten Fässern gefüllt mit köstlichem Whisky. Ihm war diese Umgebung bestens vertraut, aber die beiden anderen hatten die Old Allan Lagerhäuser noch nicht von innen gesehen. Im Schein der Taschenlampen schlichen sie sich zu den von ihm ausgesuchten Fässern, entfernten die Verschluss-stopfen und steckten dünne Plastikschläuche hinein. Colin begann zu saugen bis sich sein Mund mit köstlichem acht Jahre alten Whisky benetzte. Dann ließ er ab und hängte den Schlauch in den Kanister, der sich so langsam füllte. Er genoss den Schluck, den er im Mund hatte, und merkte, wie er sich sofort entspannte, wobei er fast vergessen hätte, das Fass zu wechseln. Ein plötzliches schlagendes Geräusch ließ ihn zusammenzucken. Er schaute sich um, konnte aber in der Dunkelheit nichts erkennen.

»Andrew, Dennis, was ist los?«, flüstere er ins Dunkel.

»Nichts.«, antworte Andrew, »Du hast nur deinen Arbeitsplatz nicht aufgeräumt und ich wäre fast über ein Lagerholz gestolpert. Das verrate ich deinem Chef.«

»Halt die Klappe!«, ermahnten sie Andrew.

Sie gingen dann jeder mit vierzig Litern feinstem Whisky bepackt zurück zur Türe. Dennis musterte die Umgebung und gab ihnen ein Handzeichen, dass die Luft rein sei. Dann rannten sie schnell zum Transporter, wo sie die vollen gegen leere Kanister tauschten. Auch der zweite Durchgang kostete sie viele Nerven, verlief aber ebenfalls völlig problemlos.

Nach, von Andrew gestoppten, exakt achtzehn Minuten und zweiundzwanzig Sekunden starteten sie den Transporter und fuhren Richtung Bridgend davon. Dennis holte wieder das Letzte aus dem Transit heraus und sie legten die elf Meilen in dreizehn Minuten schweigend zurück. Erst als sie ihr Ziel erreicht hatten, fielen sie sich leise jubelnd in die Arme. Dennis hatte die Übergabe für Dienstag vereinbart, so dass der Whisky im Fahrzeug versteckt blieb und sie sich um kurz vor drei Uhr wieder nach Hause schleichen konnten.

Colin fand in den darauffolgenden Stunden, aufgrund des in seinem Körper in Überdosis vorhandenen Adrenalins, keinen Schlaf und war völlig gerädert als er mit Andrew vier Stunden später wieder zur Arbeit fuhr.

»Siehst du, ich habe doch gesagt, zusammen schaffen wir das.«, versuchte er ein Gespräch zu eröffnen, obwohl er ebenfalls todmüde war.

»Geschafft haben wir es erst, wenn wir morgen Abend das Geld haben.«, gab Colin einsilbig zurück.

»Dennis macht das. Es wird schon alles gut gehen.«, versuchte Andrew ihm und sich Mut zuzusprechen.

Auf der Arbeit war alles wie immer. Colin hatte an diesem Tag sogar im nächtlich besuchten Lagerhaus zehn zu tun das er wie immer vorfand. Lediglich das umgeworfene Lagerholz lag in einem betonierten Gang, der den Zugang zu den in drei Etagen gelagerten Fässern ermöglichte. Er legte dieses zurück auf den kiesbedeckten gestampften Lehmboden auf dem die neuen Fässer gelagert werden sollten. In dem Wissen, dass sie in der

Nacht sauber gearbeitet hatten, füllte er seinen Trinkbeutel und ging zufrieden nach Hause.

Wie vereinbart, kam Dennis am Dienstagabend in den Adlerhorst und hatte eintausendfünfhundertvierzig Pfund dabei mit denen er schon von Weitem wedelte.

»Wir nehmen uns jeder fünfhundert und den Rest versaufen wir im Pub.«, war Andrews Vorschlag, der einstimmig angenommen wurde.

»Habt ihr euch mal überlegt wieviel Kohle in so einem Warehouse liegt?«, dachte Dennis laut nach.

»Ein ganzer Haufen. Es kommt immer etwas darauf an, wie das Warehouse belegt ist. Wir haben so zwischen achthundert und elfhundert Fässer in jedem Lagerhaus. Mindestens zweihundert Liter New Make pro Fass. Sherry Fässer mit fünfhundert Liter. Dann ist die Frage, wieviel schon zu den Engeln gegangen ist. Also das ist mir jetzt zu kompliziert das auszurechnen.«, sinnierte Colin.

»Naja, nimm mal rund tausend Fässer und lass ein Fass nur tausendfünfhundert einbringen. Da bist du ganz schnell bei eineinhalb Millionen. Das ist noch sehr vorsichtig gerechnet.«, hatte Dennis überschlagen.

»Das reicht für eine kleine Destillerie.«, Andrew hob das Glas, »Auf unsere Destillerie!«.

»So weit sind wir noch lange nicht. Sonntagnacht geht es weiter. Die nächste Lieferung wird erwartet!«, verkündete Dennis lachend.

Nur Colin ging das irgendwie zu schnell, weshalb er sich nur ein »Ich bin dabei.« abringen konnte.

Inzwischen war es Ende Mai geworden. Sie hatten Old Allan schon sechs Mal nächtliche Besuche abgestattet und jeder verfügte über ein schönes Sümmchen an Bargeld. MacMalt hatte jede Lieferung sofort und völlig korrekt bezahlt. Dennis berichtete nie von Problemen bei der Auslieferung und die Beschaffung war auch stets reibungslos verlaufen. Colin konnte nach den Touren inzwischen problemlos schlafen und verbrachte jede freie Minute mit Sheena. Das Dach des Schuppens hatte er mit Planen provisorisch abgedichtet und die Wände und Türen mit Brettern verstärkt. Optisch war dieser immer noch eher eine Ruine, erfüllte aber seine Funktion als Liebesnest, auch durch das eingebrachte Feldbett. Sie genossen die wenigen Stunden, die sie zusammen hatten, in vollen Zügen. Sheena wusste, dass dies nicht der Platz für ihre Zukunft war und sie viel zu wenig Zeit für ihren zukünftigen Mann hatte.

»Tante Lis ist letzte Nacht gestorben. Ich habe sie heute Morgen tot im Bett gefunden.«, begrüßte sie ihn als er an diesem Maiabend in das Lochindaal Pub kam.

»Was ist passiert?«

»Sie ist ganz friedlich eingeschlafen. Sie lag tot im Bett als ich gekommen bin, vermutlich hat die Atmung versagt und dann ist sie erstickt.«, hat Dr. Moore gesagt.

»Aber sie war doch am Samstag noch ganz klar.«, war Colin überrascht.

»Sie war schon lange nicht mehr ganz klar und hat seit ihrem Schlaganfall nichts mehr vom Leben gehabt. Letztlich war es eine Erlösung für sie.«, erwiderte Sheena. »Sieh es positiv.«, sie setzte sich auf seinen Schoß, »Wir müssen nicht mehr in den Schuppen. Ich erbe das Haus und noch ein paar Stücke Land.« Dann küsste sie ihn sanft, wobei sie seinen Kopf fast mit den Händen zerquetschte. »Und wir werden heiraten.«

Colin war zu überrascht, um sinnvoll zu antworten. Er spürte noch nicht einmal Aufregung oder irgendeine Emotion, so dass er nur »Wenn du meinst.« antwortete.

Sheena bestimmte den 04.08.1979 zum Hochzeitsdatum und organisierte die Kirche und die Feier im Port Charlotte Hotel, das in zweihundert Meter Entfernung vom Lochindaal Hotel lag. Sie erklärte, sie wolle nicht, dass ihre Eltern an diesem Ehrentag in der Küche oder hinter dem Tresen stehen sollten. In Wahrheit aber suchte sie für ihre Hochzeit einen edleren Rahmen als ihr eigenes schäbiges Hotel mit Pub bieten konnte. Es sollte ein rauschendes Fest werden, das sie ihr ganzes Leben nicht vergessen würden.

Colin sah sein nachts verdientes Geld schon wieder in anderen Händen. Zum Glück gingen die Lieferungen weiter, so dass er sich Shenna´s Traumhochzeit würde leisten können. Aber spätestens, wenn sie zusammenwohnten, würde er sie in seine Geschäfte einweihen müssen.

Nach einigen Pints Belhaven berichtete er Andrew und Dennis von den Hochzeitsplänen, was zu großer Erheiterung führte.

»Wird unser großer Colin geheiratet. Muss er jetzt immer Mutti fragen, wenn er mit uns einen trinken will?«, versuchte ihn Andrew zu provozieren. Was ihm auch gelang.

»Du kleiner Wichser! Das Einzige was dein Schwanz bisher gesehen hat, ist deine rechte Hand und deine verpissten Unterhosen. Bleib doch in deinem verfickten Bridgend und ficke weiter deine Schafe.«, lallte ihm Colin entgegen. Dennis, der versuchte die Lage zu beruhigen, bekam von Andrew einen linken Haken ans Kinn, der ihn jedoch nicht sonderlich beeindruckte. »Jetzt mal ganz ruhig Jungs.«, versuchte Dennis die Situation zu beruhigen, »Ihr habt beide noch ein Bier zu wenig. Sheena bring mal noch drei.«, rief er. Sheena ließ sich nicht zweimal bitten, brachte die Biere und sagte an Andrew gewandt: »Hier, von Mutti für dich.« Dann hob Dennis das Glas und brachte den Trinkspruch »Freunde im Leben, Freunde im Tod« aus. Was er damit sagen wollte, wusste er eigentlich selber nicht. Es hörte sich nur wahnsinnig bedeutend an. Am Tag darauf erinnerte sich keiner mehr an den Vorfall und ihre Freundschaft bestand ungetrübt fort.

Andrew war tatsächlich, außer einer schwärmerischen Romanze mit fünfzehn, bis zum heutigen Tage noch nicht mit einer Frau zusammen gewesen, so dass Colins Aussagen nicht ganz an der Realität vorbeigingen. Bei Dennis war das etwas anderes. Er war in Frauensachen sehr aktiv, konnte es bisher aber vermeiden, länger als ein Monat mit der gleichen Frau unterwegs zu sein. Er liebte die Frauen und die Abwechslung.

Für Colin begann jetzt eine sehr anstrengende Zeit. Er musste das Haus entrümpeln, renovieren und wiedereinrichten, wobei er von Freunden und Verwandten tatkräftig unterstützt wurde. Das Cottage war nicht groß. Aber es war trocken, hatte ein innenliegendes Bad und Toilette, eine kleine

Essküche und ein Wohnzimmerchen und zwei Schlafzimmer im ersten Stock. Mehr brauchte man nicht. Die Zeit bis zur Hochzeit verflog. Sheena hatte ein zauberhaftes Fest organisiert und die Feier dauerte bis in die frühen Morgenstunden, wurde ihm gesagt. Er konnte sich nicht mehr so genau erinnern. Es wurde gemunkelt, dass Dennis eine der Brautjungfern mit in die Herrentoilette genommen haben sollte, was zunächst recht weit hergeholt schien, aber von ihm später bestätigt wurde.

Am Ende blieb eine enorme Rechnung, speziell für alkoholische Getränke und das obwohl, wider Erwarten, kein Arzt benötigt worden war. Auch seine Kollegen aus der Destillerie hatten sich relativ gesittet benommen, so mussten auch keine größeren Schäden am Mobiliar behoben werden.

Mrs. Sheena Brown behauptete später, er sei seinen ehelichen Verpflichtungen in dieser Nacht sehr ausdauernd und leidenschaftlich nachgekommen. Er hatte auch nur drei Tage benötigt bis er wieder einigermaßen ansprechbar war. Alles in allem ein nettes Fest ohne besondere Vorkommnisse.

Kapitel XI

Freitag 15.03.19 Islay

»Er wurde gestern von der Fähre hierhergebracht und hat eine Platzwunde am Hinterkopf, multiple Prellungen und Stauchungen. Keine Brüche. Sonstige Vitalitätsfunktionen sind ohne Befund. Das war dann der Letzte. Viel Spaß heute. Ich geh jetzt schlafen.«

Tom nahm diese Worte, die aus endloser Entfernung zu ihm durchdrangen, deutlich war, war sich ihrer Bedeutung aber nicht bewusst. Er kämpfte darum, die Augen zu öffnen, was ihm jedoch äußerst schwerfiel. Als es ihm endlich gelungen war, sah er eine ältere Frau mit graublonden Haaren und weißem Kittel vor sich stehen. Ein zweiter Weißkittel entfernte sich von ihm und verschwand. Er kämpfte darum seine Gedanken zu sortieren.

Wo bin ich? Wer ist die Frau? Was ist passiert? Warum liege ich hier?, schossen ihm die Fragen durch den Kopf.

»Zu viele Fragen auf einmal. Kommen Sie erst einmal zu sich. Ich bin in zwanzig Minuten mit dem Frühstück wieder bei Ihnen.«

Offenkundig hatte er laut gedacht und auch gleich eine Antwort erhalten. Toms Blick wurde zusehends klarer und er nahm den Raum um sich immer deutlicher als ein Krankenzimmer wahr. Er bewegte die einzelnen Gliedmaßen vorsichtig, spürte mäßige Schmerzen, stellte zu seiner Freude aber fest, dass alles einigermaßen funktionierte. Am Hinterkopf ertastete er einen Verband. Jetzt wurde ihm klar, dass zuvor über ihn gesprochen worden war. *Keine Brüche... Sonstige Vitalitätsfunktionen sind ohne Befund.* Er atmete tief durch.

So langsam sortierten sich seine Gedanken. Recherche zu Old Allan... Edinburgh... Jeff Cooper... der Hammerhintern... Durchfall... Reifenpanne... Fähre... Treppe... Gott...

Er war mit der Fähre nach Islay gefahren und die Treppe hinuntergestürzt. Aber wo war er jetzt? Der Blick auf die Uhr verriet ihm, dass es jetzt kurz nach 6 Uhr am Morgen war.

Nach wenigen Minuten öffnete sich die Türe und die Dame im weißen Kittel, bei der es sich offensichtlich um die Krankenschwester handelte, betrat den Raum.

»So, der Herr, Ihr Frühstück.«, schmetterte sie ihm entgegen.

»Schmitt, Tom Schmitt ist mein Name.«, versuchte es Tom mit der alten Masche.

»Moneypenny zu Ihren Diensten.«, scherzte sie zurück. Das was sie auf dem Tablett hereintrug, hatte mit dem von ihm geliebten Full Scottish Breakfast wenig zu tun. Auf dem Tablett befanden sich drei Scheiben Toast, etwas Rührei, Butter und Orangenmarmelade.

»Ich habe für den Herrn Tee gewählt. Ist das genehm?«, flachste die Krankenschwester mit dem leicht indisponierten Touristen und setzte sich zu ihm.

Tom blickte auf das Schild, das sie am Kittel trug. »Danke Mrs. Heads, zu gütig von Ihnen.«, erwiderte er mit einem Lächeln.

»So und jetzt zu Ihren Fragen.«, sie blickte auf ein Klemmbrett mit den Informationen. »Sie sind gestern mit der letzten Fähre in Port Ellen angekommen. Beim Verlassen des Schiffes sind Sie die Treppe hinuntergestürzt und waren bewusstlos. Um 22:40 wurden Sie hier im Islay Hospital in Bowmore eingeliefert. Ihr Zustand ist den Umständen entsprechend gut. Also nichts Ernstes, nur ein paar Dellen.«

»Wo sind meine Sachen und das Auto?«

»Ihre Sachen sind hier.«, deutete sie auf einen kleinen Haufen mit seiner Tasche und ein paar Kleidungsstücken. »Der Rest ist sicher noch im Auto. Wo das ist, finde ich für Sie heraus.« Sie stand auf, ging zu seinen Sachen und begann, diese ein wenig zu ordnen.

»Irgendwie muss ich gestolpert sein und dann bin ich die steile Treppe hinuntergestürzt. Zum Glück war da so ein fülliger Whiskyliebhaber, der meinen Sturz gebremst hat.«

»Das ist aber komisch. Ist das Ihre Jacke?« Mrs. Heads hob eine Jacke in die Höhe bei der es sich unverkennbar um seine handelte. Als schottlanderprobter deutscher Reisender trug er natürlich eine absolut wettertaugliche und atmungsaktive Outdoorjacke von Jack Wolfskin, die er mit dem Logo Whisky Doc versehen hatte. »Eindeutig meine.« Sie drehte die Jacke um und auf der Rückseite zeichnete sich der halbe Abdruck eines Schuhs aus einem Öl-Staub-Gemisch ab.

»Gehört das so?«

»Da muss jemand draufgetreten sein...«

»Aber Sie hatten die Jacke doch an?«

»Dann muss jemand auf mich draufgetreten sein...« Tom konnte es sich nicht erklären. Er blickte hilfesuchend Mrs. Heads an und schaute erstmals länger in ihr Gesicht. Sie hatte eine freundliche Ausstrahlung und ein warmes Lächeln. Die Falten um ihre Augen, an der Oberlippe und dem Hals verrieten, dass sie bereits so um die sechzig Jahre alt sein müsste. Das blondgefärbte, erkennbar graue Haar bestätigte diese Einschätzung. Und während er sie anblickte, bemerkte er, wie sich ihre Stirn in Falten legte und ihr Gesichtsausdruck sich verhärtete.

»Es ist heute nicht viel los. Ich komme später noch einmal zu Ihnen.«, sagte sie als sie das Zimmer verließ.

Tom genoss das spärliche Frühstück so gut dies möglich war und versuchte seine Gedanken zu sortieren.

»You are my sunshine..«, machte sich sein Handy aus der Jackentasche bemerkbar. Er stand auf, lief die drei Schritte bis zum Stuhl auf dem die Jacke lag und musste erkennen, dass dies nur unter erheblichen Schmerzen möglich war. »..my only sunshine..«.

»Hallo Bine, hat dich die zarte Morgensonne denn schon wachgeküsst?«, begrüßte er sie geradezu euphorisch.

»Ach, mein Schatz, habe ich dich wohl geweckt? Und Morgensonne ist auch nicht, draußen ist es Grau in Grau. Hast gestern wohl zu viel getastet, dass du nicht aus den Federn kommst?«

»Eigentlich nicht. Ich bin erst gestern Abend auf Islay angekommen und habe gerade opulent gefrühstückt und sonst gibt es eigentlich nichts Neues.«, log er damit sie sich keine Sorgen machte. »Was gibt es bei dir?«

»Der Termin für das Whiskydinner im Hirschkeller ist bestätigt. Die Signatory Lieferung ist gestern vollständig angekommen und heute Mittag habe ich eine Gruppenverkostung im Single Malt Castle.«

»Klasse, läuft bei dir.«

»Ja, dass ich Klasse bin weiß ich natürlich, aber du kannst es gar nicht oft genug sagen. Ich habe wunschgemäß noch etwas im Internet gewühlt. Also, in der Destillerie wechselte Anfang 1980 der Manager. Billy Murdoch wurde von Donald MacPhail abgelöst. Auf der Homepage von The Ileach gab es nicht allzu viel, aber vier Sachen habe ich mal aufgeschrieben. Also Ende der Siebziger hat ein Tourist vor Lagavulin seine Frau mit einem Paddel erschlagen. 1980 ist im Frühjahr vor Port Askaig ein Fischerboot auf Grund gelaufen und ausgebrannt. Ein Vermisster. Im Februar 1981 ist ein illegales Treibstofflager in der Nähe der Machir Bay abgebrannt. Da gab es einen Toten und zwei Verletzte. Und als letztes war da im März 1982 noch ein Unfall mit einem Whiskytanklaster. Der ist mit einer landwirtschaftlichen Zugmaschine zusammengestoßen. Ein Toter, ein Schwerverletzter und mindestens fünftausend Liter New Make, die ausgelaufen sind. So das war's aus der Zentrale des BND.«, schloss Sabine ihren Bericht ab.

»Es ist also nichts direkt bei Old Allan passiert?«

»Nein. Und der Laster hatte Bunnahabhain New Make geladen.«, bestätigte sie. »Was machst du heute noch?«

»Mal schauen, was der Tag so bringt. Ich werde mich noch ein bisschen umhören und die eine oder andere Destillerie besuchen. Sonntag fliege ich auf jeden Fall wieder zurück. Zurück zu dir, mein Schatz.«, setzte er noch einen drauf, gab ihr ein Küsschen durch das Telefon und legte auf.

Kurze Zeit später kam Mrs. Heads wieder in sein Zimmer und erkundigte sich nach seinem Wohlbefinden.

»Wann kann ich hier raus? Ich habe heute noch einiges vor.«, quengelte Tom.

»Nun, vor zehn Uhr kann ich dazu gar nichts sagen. Das muss Doc Wallace entscheiden und der kommt heute erst um zehn Uhr.«, sagte sie und setzte sich hin. »Was machen Sie hier auf Islay?«

»Nun, ich bin in Sachen Whisky unterwegs und mache ein paar Recherchen zum Ende von Old Allan.« Er sah wie ihre Gesichtszüge plötzlich hart wurden, ihre Augen sich zusammenzogen und ihre Haut blass wurde. »Geht es Ihnen nicht gut?«, fragte Tom.

»Nein. Alles in Ordnung. Nur der Kreislauf .... ist gleich vorbei.«, antwortete sie.

»Kennen Sie sich in der Whiskybranche etwas aus?«

»Ein wenig. Mein Mann ist Brennmeister bei Caol Ila und da bekomme ich natürlich gelegentlich den Tratsch in der Industrie mit.«

»Vielleicht können Sie mir bei Old Allan weiterhelfen.«

»Mal sehen, aber dazu müssen Sie mir erst erzählen, was Sie alles wissen. Ich habe gerade etwas Zeit.«

Tom erzählte ihr, was er wusste, zu wissen glaubte und vermutete in breiten Ausführungen. Dazu gab es Informationen zu seinem Treffen mit Jeff Cooper und Sabines Rechercheergebnisse.

»Ich kann Ihnen persönlich da nicht weiterhelfen. Aber geben Sie mir Ihre Handynummer und ich rufe Sie an, wenn ich mit meinem Mann gesprochen habe.«, verabschiedete sie sich, sichtlich erholt, von ihm.

Um 10:35 Uhr durfte er nach Rücksprache mit Doc Wallace das Krankenhaus auf eigene Gefahr verlassen. Er bestellte ein Taxi und ließ sich zu seinem Mietwagen, der, wie er erfahren hatte, im Hafen von Port Ellen stand, fahren. Er fand diesen unversehrt und mit seinem vollständigen Gepäck vor. Nichts stand einer Weiterreise mehr im Wege.

Kapitel XII

Islay Sommer 1979

Sheena lag verschwitzt und glücklich neben ihm auf dem Bett. Dieses Jahr waren die Temperaturen im August außergewöhnlich hoch und hatten bereits mehrere Tage die zwanzig Grad Marke überschritten. Auch in den Nächten kühlte es nicht so stark wie gewöhnlich ab. Durch das offene Fenster hörten sie wie die leichte Brandung an die Mole schlug. Seit der Hochzeit waren drei Wochen vergangen, die sie in vollen Zügen genossen hatten. Sheena richtete das Haus liebevoll ein und half nur gelegentlich im Pub aus. Bis auf das zweite Schlafzimmer waren alle Räume möbliert und mit viel Krimskrams ausgestattet. Colin hatte hierzu mit seiner Muskelkraft beigetragen und die, von Sheena organisierten, Möbel ins Haus geschleppt. Die ganzen gebrauchten Stühle, Sessel und Tische gaben ein heimeliges Gesamtbild ab und er fühlte sich zu Hause. Die zwei Wochen Urlaub, die sie sich nach der Hochzeit genommen hatten, waren die schönste Zeit seines Lebens. Das Schlafzimmer war der meistgenutzte Raum im Cottage und er hätte ihn am liebsten gar nicht mehr verlassen. Obgleich er gelegentlich den Drang nach einem Bier mit seinen Freunden verspürte.

Er blickte zu ihr hinüber und betrachtete ihre festen weiblichen Rundungen auf denen die Schweißtropfen wie kleine Perlen schimmerten. Sie lächelte glücklich und zufrieden zurück. Offensichtlich war er erneut ihren Anweisungen beim Vollzug des ehelichen Aktes zu ihrer Befriedigung nachgekommen. Er war stets vollständig zufrieden und konnte sein Glück, eine solch tolle Frau gefunden zu haben, kaum fassen.

Den kriege ich schon noch hin., dachte Sheena als ihr ein Schweißtropfen ins Auge lief, der etwas brannte, so dass sie kurz die Augen schloss. In diesem Moment berührten sich ihre Lippen erneut und er hauchte ihr »Sheena, ich muss dir etwas gestehen.« entgegen.

»Du bist schwul...«, unterbrach sie ihn und wälzte sich vor Lachen auf dem Bett. »Sheena...« »Du stehst auf Sex mit Schafen...«, kriegte sie sich vor Lachen fast nicht mehr ein.

»Sheena! Ernsthaft, ich muss dir etwas sagen.«, versuchte er sie zur Vernunft zu bringen. »Ich habe mit Dennis und Andrew etwas Illegales am Laufen und ich will, dass du es weißt.« Er hatte erwartet, dass sie überrascht oder verärgert reagieren würde. Stattdessen drehte sie sich zu ihm, gab ihm einen

Kuss auf die Stirn und sagte »Mein großer Bär. Glaubst du wirklich, ich wüsste das nicht. Euer Getuschel im Pub, euere Treffen im Adlerhorst und das Geld für dein neues Auto, die Hochzeit und die Möbel. Meinst du das hätte ich nicht mitbekommen? Mir ist klar, dass das nicht nur mit dem Geld von der Destillerie geht. Aber wo wir jetzt schon mal dabei sind, kannst du mir auch erzählen was ihr genau dreht.«

Colin war einerseits erleichtert, andererseits besorgt. Wenn Sheena es mitbekommen hatte, könnten andere es auch gemerkt haben. *Waren sie wirklich so unvorsichtig gewesen?* Doch dann beruhigte er sich mit den Gedanken, dass niemand so nahe an ihnen dran war wie Sheena und erzählte ihr alles bis ins kleinste Detail, wie sie den Whisky aus der Destillerie brachten und weiterverkauften.

»Wieviel Pfund pro Fahrt bekommt ihr?«, wollte sie gleich wissen.

»So eintausendfünfhundert, macht sechstausend im Monat durch drei. Bleiben zweitausend für mich.«

»Das ist cool. Könnt ihr nicht mehr pro Fahrt herausholen?«

»Schwierig. Wenn wir zu viel aus den Fässern ziehen, geht der Angels Share stark nach oben und das fällt dann auf. Wir müssen immer vorsichtig sein, dass wir nicht zu viel aus einem Fass holen.«

»Aber du bist doch ein Engel und das ist dann dein berechtigter Anteil mein Angel of Islay.«, flachste sie, küsste ihn auf die Brust und begann mit ihrem Mund nach unten zu wandern. Die Brandung war immer noch sanft zu hören und ein kühler Luftzug verhinderte, dass sie erneut so stark schwitzten.

»Wir sind die Engel von Islay und holen uns jetzt unseren Anteil.«, schmetterte Colin seinen Freunden entgegen als sie nach vier Wochen endlich wieder losfuhren um ihre Kanister zu füllen.

»Was läufst du so breitbeinig? Bist du etwa ein wundgeritten alter Ehemann? Aber schön, dass dich Mutti noch mit uns spielen lässt.«, begrüßte ihn Dennis.

»Ich musste Sheena natürlich erzählen, was wir machen, wenn ich mitten in der Nacht losziehe.«

»Und, hat dir Mutti die Ohren langezogen?«, scherzte Dennis.

»Nein, sie hat gefragt, ob wir nicht mehr herausholen können.«, lachte Colin.

»Und können wir?«, erwiderte Dennis, »MacMalt würde noch mehr abnehmen. Locker das Doppelte und wenn wir schon drin sind, können wie auch vier- statt zweimal gehen.«

»Leute, das fällt auf, wenn zu viel fehlt.«

»Dann füllen wir mit Wasser nach und wechseln die Fässer nicht so oft. Wir sind dann fast genauso schnell.«

»Aber dann geht der Alkoholgehalt nach unten. Das fällt auch auf.«

»Wenn wir in jedem Fass zehn Liter austauschen, geht der Alkoholgehalt um ungefähr drei Prozent nach unten. Das könnte gerade noch gehen.«, schaltete sich Andrew ein.

»Wir probieren es aus.«, beschloss Colin.

In den darauffolgenden Wochen machten sie bei ihren nächtlichen Touren Wasser zu Whisky und fühlten sich als die Engel von Islay irgendwie an die Bibel erinnert. Es wurde langsam kälter auf Islay und die ersten Herbststürme kamen auf. Ende Oktober fuhren sie vollbeladen von Port Ellen zurück nach Bridgend. Der Wind trieb den Regen quer über das Land und die Scheibenwischer leisteten Schwerstarbeit. Dennis fuhr schon wesentlich langsamer als sonst. Plötzlich stieg er voll in die Eisen, so dass Andrew nach vorne rutschte und mit dem Knie gegen das Armaturenbrett stieß. Er schrie auf, wurde aber von drei dumpfen Schlägen noch übertönt, die sie zunächst nicht zuordnen konnten.

»Scheiße, Drecks Schafe!«, fluchte Dennis als der Wagen zum Stehen gekommen war. Sie stiegen aus und erst jetzt erkannten Andrew und Colin was passiert war. Die verdrehten Kadaver von drei Schafen lagen auf der Straße. Das Blut wurde von Regen gleich fortgewaschen, so dass es gar nicht so bedrohlich aussah. Als sie sich zum Transit umdrehten, sahen sie das echte Problem. Durch die Einschläge hatte sich die Fahrzeugfront praktisch aufgelöst und nach innen verschoben. Offensichtlich hatte der Transporter einen Wirkungstreffer erhalten und stinkender Dampf stieg aus dem Schrotthaufen auf.

»Scheiße, Scheiße, Scheiße...«, jammerte Dennis, »Wie kommen wir hier weg? Es ist 3:40 Uhr und mein Vater denkt, ich liege im Bett. Wenn ich den jetzt anrufe, stellt er sicher blöde Fragen.«

»Wir schieben die Kiste in die Ausweichbucht und werfen die Schafe ins Torffeld und du läufst nach Bridgend und holst euren Abschleppwagen.«, schlug Colin vor.

»Das sind noch sechs Kilometer. Bei dem Dreckswetter brauche ich dazu zwei Stunden.«, lamentierte Dennis, bevor er letztlich doch loslief. »Ihr passt mir auf den Whisky auf. Und bloß nicht trinken.«, war noch zu hören, bevor er im Regen verschwand.

Es war kurz vor sechs Uhr als die ersten Fahrzeugscheinwerfer der Nacht aus Richtung Bridgend auf sie zukam.

Der Wagen trug die Aufschrift Turner & Sons Ltd. und auf dem Fahrersitz saß der völlig fertige Dennis. Dennis war der einzige Sohn von Mr. und Mrs. Turner, aber Turner & Sons hörte sich irgendwie leistungsfähiger an, meinte sein Vater.

»Wo bleibst Du? Hast du erst noch gefrühstückt?«, schoss ihn Andrew an, nachdem er ausgestiegen war.

»Halt jetzt einfach die Fresse!«, war noch das Freundlichste was Dennis jetzt einfiel und die Anderen verstanden, dass es besser war, jetzt zu schweigen.

Sie zogen den Transit mit der Seilwinde auf die Ladefläche des Abschleppwagens und vertäuten ihn fest. Dann ging die Fahrt los in Richtung Bridgend, wo sie gegen 6:15 ankamen. Es wurde langsam hell und das Leben kehrte in die Straßen zurück. Die ersten Ileach machten sich auf den Weg zur Arbeit. Auf dem Firmenhof neben der Hauptstraße ließen sie den Transit von der Ladefläche und begannen, die Kanister aus dem Wagen zu holen und in der Lagerhalle zu verstecken.

»Was macht ihr denn da?«, fragte plötzlich eine leicht lallende Stimme aus den Halbdunkel. »Was ist denn in den Kanistern?«

Dennis drehte sich um und sah einen kleinen, schmuddelig wirkenden, älteren Mann mit hochrotem Kopf ins Licht treten. Er trug eine Polizeiuniform, die nicht ganz den formellen Ansprüchen Ihrer Majestät genügt hätte. Es war Jason O´Leary, das irische Wrack von der Bowmore Polizeistation.

»Benzin.«, antwortete er gedankenschnell, »Benzin-Ersatzkanister für die Boote.« Andrew hatte eilig die Ladefläche geschlossen, so dass O´Leary nicht alles sehen konnte.

»Quatsch..«, lallte O´Leary »Wieso tragt ihr sie denn dann zurück und das morgens um sechs?«

»Weil das Auto Schrott ist und wir damit nicht nach Bowmore fahren können.«, gab Dennis zurück.

O´Leary kam näher und versuchte nach einem Kanister zu greifen.

»Her damit, lass mich mal riechen!«

Colin sprang mit einem Eisenrohr aus der Halle, holte aus und konnte von Andrew gerade noch am

Zuschlagen gehindert werden. Dabei fiel ihm ein Kanister herunter und platzte etwas auf. Der Inhalt sickerte langsam heraus und der Geruch des köstlichen Single Malt verteilte sich über dem Boden und stieg langsam zu ihren Nasen auf. O´Leary hatte sofort Witterung aufgenommen, denn der Geruch war ihm nur allzu vertraut. »Das ist Whisky, leckerer Whisky!«, seine Augen begannen zu leuchten, »Wo habt ihr den her?«

»Das ist unser Whisky, das geht Sie gar nichts an. Der ist völlig korrekt in unserem Besitz.«, erwiderte Andrew O´Leary, der sich inzwischen hingekniet und seinen Finger in die Pfütze getaucht hatte. Dann leckte er ihn ab, schmatzte und ein Lächeln machte sich auf seinem hochroten Gesicht breit. »Wieviel davon habt ihr?«

»Die drei und den Kaputten.«, log Andrew.

O´Leary stand wieder auf und grinste fast debil, dann legte er seine Arme auf Andrews Schultern. »Dann ist jetzt einer meiner und ich stelle keine Fragen mehr.«, kam Andrew in einer Wolke aus Alkohol und saurem Mageninhaltes entgegen. Der feine Herr Polizist griff sich einen Kanister, lief um die Ecke zu seinem Auto und verschwand im Morgengrauen. Die Angels of Islay standen da, ratlos, wie begossene Pudel und wussten nicht was ihnen geschehen war. Die übrigen Kanister wurden schnell verräumt und dann gingen sie fix und fertig direkt auf die Arbeit.

Dennis beichtete seinem Vater, dass er die Nacht bei einem Mädchen in Portnahaven verbracht und auf dem Rückweg Kontakt mit Schafen gehabt hatte. Mr. Turner hatte dafür vollstes Verständnis. Er war ja selbst mal jung. Den Schaden musste Dennis aber reparieren und die Teile abarbeiten.

Kapitel XIII
Mittwoch 13.03.19 Paris

Antoine Lacroix stöhnte vor Schmerz als Nadine ihm auf die offenen Wunden an seinem Rücken urinierte. Das Gemisch aus Blut und Urin verteilte sich auf der auf dem Boden ausgelegten Latexplane und verströmte einen intensiven Geruch. Er sog diesen Duft mit vollen Zügen immer tiefer ein. Sein Körper begann vor Erregung zu zittern und er ejakulierte in die Pfützen. Nach einer kurzen Pause half ihm Nadine auf und führte ihn in die Dusche. Vorsichtig tupfte sie seinen vernarbten offenen Rücken ab und wusch das Blut von seiner Haut. Dann versorgte sie ihn mit reichlich Wundcreme und brachte ihn zurück in das Wohnzimmer, wo er sich bäuchlings auf das Sofa legte und seinen Kopf in ihrem ungewaschenen Schoß versenkte. Sie streichelte ihn sanft über sein fast kahles Haupt während er ihren Geruch in sich aufsaugte und weinte wie ein kleiner Junge.

Nachdem sie für dreißig Minuten so verweilt waren, stand Nadine auf, duschte sich und kehrte angezogen zu ihm zurück.

»Macht zweitausendfünfhundert Euro Monsieur Lacroix.«, sagte sie bestimmt und streckte ihm ihre Hand entgegen.

»Auf dem Tisch.«, antwortete er kurz.

Sie nahm sich die exakte Summe aus einem Bündel von Einhunderteuroscheinen und verließ das Appartement mit einem »Au revoir!«.

Antoine rollte sich in Embryonalstellung zusammen und ekelte sich vor sich selbst, der Welt und allem Körperlichen. Er hatte in seinem Leben so viele Frauen gehabt und so viele Spielarten der Sexualität im Übermaß genossen, dass ihn nichts mehr erregte. Früher hatte er Frauen beherrscht, konnte auf ihnen spielen wie auf einem Klavier. Er liebte es, ihnen zuzusehen, wie sie kamen und er genoss es, sie kommen zu lassen. Er saugte den Duft ihrer Haut auf wie die Düfte in der Provence. Jede Frau hatte anders und wunderbar gerochen. Und heute erregte ihn nur noch der Gestank von Hurenpisse.

Er hatte Alles und war Nichts.

Da er ohnehin keinen Schlaf finden würde, setze er sich, in den Morgenmantel gehüllt, in der Bibliothek in den Louis XV Ohrensessel und goss sich ein Glas Cognac 1964 Albert de Montaubert XO Imperial ein. Diesen ganzen Schottenscheiß konnte er nicht mehr ertragen. Sein Rücken schmerzte so stark, dass er sich nicht anlehnen konnte. Er hob den überdimensionalen Cognacschwenker und vertrieb Nadines Geruch aus seiner Nase, aber er nahm keine feinen Duftnoten des Cognacs mehr war. Er hatte diese, in seinem Geschäft essentielle, Fähigkeit schon vor Jahren verloren.

Die ganzen Probleme hatten 1976 begonnen. Der väterliche Betrieb war auf die Produktion und den Vertrieb lokaler Weine und Spirituosen beschränkt. Er hatte nach Wegen gesucht, den Umsatz und den Ertrag zu erhöhen. Dabei war er auf Whisky gestoßen, den er aus Schottland importieren wollte. Tatsächlich hatte er Kontakt zu Whiskykonzernen in Schottland auftun können, so dass er ab 1978 Generalimporteur für Whiskys von SID in Frankreich war. Anfang 1979 hatte er dann *"nicht ganz sauberen"* Whisky aus der Destillerie Old Allan für zwölf Pfund den Liter angeboten bekommen. Er mochte dieses torfige Zeug nicht, aber es war Geld damit zu machen. Da er auch reguläre Fässer aus der Destillerie kaufte, würde der diesen Whisky irgendwie legalisieren können, war sein Plan.

Die erste Lieferung hatte er noch direkt von seinem Lieferanten erhalten. Der Whisky war, nicht ganz stilecht, in Plastikkanistern angeliefert worden. Er hatte ihn probiert, da seine Geschmacksnerven zu der Zeit noch funktionierten und nachdem er den Torfgestank ausgeblendet hatte, für wirklich gut befunden. Es wurde eine Lieferung von fünf- bis sechshundert Litern pro Monat vereinbart, die dann auch regelmäßig als Beiladung mit den normalen Lieferungen in nicht etikettierten Flaschen erfolgte. Gleichzeitig hatte er seine Verbindungen nach Andalusien spielen lassen, von wo er günstig Sherry Fässer ankaufen konnte. Diese waren dann in den Kellern des Familienweingutes Domaine Lacroix in der Nähe von Amboise aus den Flaschen befüllt und eingelagert worden. Die Originalflaschen mit Korken hatte er vorsorglich aufheben lassen. Vielleicht würde er sie noch brauchen, wenn er den Whisky auf den Markt bringen würde.

Er hatte es damals nicht als großes Ding betrachtet. Im Vergleich zu den Mengen, die er legal aus Schottland importierte, waren die wenigen Fässer, die so zusammen kamen, aus damaliger Sicht lächerlich. Er hatte ja noch nicht vorhersehen können, was mit Old Allan passieren und welchen enormen Wertzuwachs der Whisky deshalb haben würde. Heute war eine Flasche locker um die eintausend Euro wert. Diese Wertsteigerung hatte keine seiner sonstigen Anlagen erfahren.

Die Erinnerung ließ ihm keine Ruhe. Es durfte nichts passieren, was ihn und die Firma in Verruf bringen könnte. Auf den Schotten konnte er sich einfach nicht verlassen. Antoine zögerte noch kurz und griff dann erneut zum Telefon.

»Hallo Antoine, was verschafft mir nachts um halb Eins die Ehre? Haben Sie etwa Schlafstörungen und ich soll Ihnen ein Gute-Nacht-Lied singen.«, meldete sich eine Männerstimme mit russischem Akzent.

»Hallo Vladi, die Marseillaise wäre mir recht. Aber bitte akzentfrei.«, ätzte Antoine zurück. »Zunächst nochmal Danke, dass Sie den letzten Auftrag so gut haben erledigen lassen. Das war sehr professionell.« Elena hatte ihm den Kontakt zu ihrem Landsmann Vladimir Semjonow hergestellt als es um den Transport einer größeren Summe unversteuerten Geldes nach Liechtenstein ging. Diesen und die nachfolgenden Aufträge am Rande der Legalität hatten Vladis Leute immer zur vollen Zufriedenheit erledigt. Es war einfach hilfreich, wenn man jemanden für die Drecksarbeiten hatte.

»Ich bräuchte sehr kurzfristig noch zwei Ihrer Mitarbeiter für einen Auftrag auf Islay.«

»Wir sind gerade sehr beschäftigt und haben kaum eine Hand frei.«

»Zehntausend Euro gleich und zehntausend bei zufriedenstellender Erledigung des Auftrages.«

»Wohin sollen meine Männer nochmal?«, fragte Vladi nach.

»Islay, eine Insel der Inneren Hebriden vor der Westküste Schottlands.«

»Haben Sie ein Ruderboot?«, hörte sich eher nach einer Provokation als nach einer Frage an.

»Haben Sie einen Clown verschluckt. Islay hat einen Flughafen. Paris-Edinburgh, Edinburgh-Islay und Mietwagen gibt es überraschenderweise dort auch.«

»Verzeihung, Monsieur Lacroix. Ich habe nichts verschluckt. Aber Ivana muss gleich schlucken. Wir sollten uns also beeilen.« Vladi kicherte. »Wenn Sie noch zwei Kisten Ihres köstlichen Cognacs drauflegen sind meine Leute in spätestens achtundvierzig Stunden vor Ort.«

»Gut, abgemacht. Sie sollen gleich Kontakt mit Elena aufnehmen. Sie gibt ihnen die weiteren Instruktionen. Es dürfen weder dieser Deutsche, um den es geht, noch irgendwelche Einheimische zu Schaden kommen. Alles ohne Spuren, ohne Polizei und ohne Presse. Und viel Vergnügen noch.«, beendete er das Telefonat.

Antoine nippte an seinem Cognac und spürte die weiche Süße der vergorenen und destillierten Trauben sowie die leichten Holznoten mit denen das Fass das Destillat veredelte. Das war seine Heimat, hier kam er her, hier hätte er bleiben sollen.

Kapitel XIV
Herbst 1979 Islay

Die nächtlichen Touren waren nun zu einem Tauschgeschäft Wasser gegen Whisky geworden und sie holten pro Fahrt fast fünfhundert Liter aus den Fässern. Andrew und Colin hatten ihre Ausbildung beendet und waren bei Lagavulin und Old Allan fest angestellt worden. Alles lief nach Plan.

»Dieser Suffkopf O´Leary ist wieder bei mir aufgetaucht.«, teilte ihnen Dennis besorgt mit, »Er will noch einen Kanister. Ich habe ihm gesagt, dass er sich verpissen soll.«

Die Stimmung der Angels of Islay, die sich um den Tresen des Lochindaal Pub, hinter dem Sheena die Zapfhähne bediente, versammelt hatten, ging schlagartig nach unten.

»Ich habe ihm gesagt, dass wir nichts mehr haben und er sich seinen Whisky kaufen soll, anstatt ihn von armen Jungs zu klauen.«

»Und wie hat der Drecksack reagiert?«, fragte Colin nachdem er den ersten Schock verdaut hatte.

»Er hat mir gedroht, dass er sich ganz schnell wieder erinnern kann, dass er Polizist ist und er uns im Auge behält. Wenn wir auch nur einen Tropfen haben, reißt er uns den Arsch auf. Dann ist er fluchend weggefahren.« Dennis trank einen Schluck. »Das ist Scheiße! Der hat uns schon einmal erwischt. Wenn der etwas herauskriegt, weiß ich nicht, ob mein Onkel Will uns helfen kann. Normalerweise ist O´Leary ja immer besoffen und hängt herum, aber wenn es um Whisky geht, wird er irgendwie hyperaktiv.«

Sheena blickte in die Gesichter der drei Angels of Islay, die mit einem Mal irgendwie flügellahm wirkten. »Wartet erst einmal ab, ob er nochmal auftaucht, dann könnt ihr immer noch reagieren.« Ihre Augen verengten sich so als ob sie nachdenken würde und sie ergänzte: »Der alte Suffkopf mit seinem Bluthochdruck macht eh nicht mehr lange, wenn er so weiter säuft.« Sie zapfte jedem noch ein Pint, das ihnen wieder Leben einhauchte. *Was wären die drei ohne meine Hilfe.*, dachte sie sich.

Später lag sie neben dem bereits friedlich schnarchenden Colin lange wach und machte sich Gedanken, weshalb sie noch nicht schwanger geworden war. Irgendwann würde es schon hinhauen. Sie hatte bereits heimlich alle Möbel ausgesucht, um das zweite Schlafzimmer zu einem Kinderzimmer zu machen. Bei den beabsichtigten drei Kindern würden sie über kurz oder lang ein anderes Haus brauchen und auch das Lochindaal Hotel und Pub war nicht das, was man einen tollen Laden nennen würde. Sie hatte ihr Einkommen vom Hospital, das war zwar nicht sehr viel, aber sicher. Im Pub verdiente sie nichts, solange ihr Vater lebte und der hatte wohl noch einige gute Jahre vor sich. Colin verdiente als Warehouse Mann bei Old Allan einen besseren Hilfsarbeiterlohn, aber man wusste ja nie, wie es mit dem Whisky weitergehen würde. In Schottland hatten ja schon einige Destillerien aufgrund von Übernahmen geschlossen. Das kleine Zusatzeinkommen von Colin kam da gerade recht, um sich etwas für spätere Investitionen zur Seite zu legen. Das durfte durch nichts gefährdet werden. Sie drehte sich um und wusste, dass es ohne sie nicht gehen würde.

Am nächsten Tag wurden Colin und seine Kollegen von Destillerie Manager Billy Murdoch zu einer Besprechung ins Lagerhaus Acht gerufen. Colin hatte ein sehr ungutes Gefühl. Sie hatten bei ihren Touren überwiegend die Lagerhäuser sechs bis zehn besucht, um nicht zu nahe an die Verwaltungs- und Wohngebäude heranzukommen. *Haben sie etwas gemerkt? Geht es mir an den Kragen? Wo kann ich dann noch arbeiten?* Die Gedanken schossen ihm wie Blitze durch den Kopf und er wäre am liebsten weggelaufen. Colin schleppte sich dennoch blutleer an den Treffpunkt.

»Jungs,«, eröffnete Billy Murdoch das Treffen, »wir haben ein oder zwei Probleme.«

Colin rutschte das Herz in die Hose.

»So genau weiß ich auch nicht welche und woher sie kommen, da brauche ich eure Hilfe.«, fuhr er fort.

Colin atmete so tief durch, dass es die Kollegen gehört haben mussten.

»Wir haben seit etwa einem Jahr in den hinteren Lagerhäusern einen außergewöhnlich hohen Angels Share und in den letzten Monaten stellen wir auch in einigen Fässern einen merkwürdigen Abfall des Alkoholgehaltes fest. Wo das herkommt, wissen wir nicht. Da müssen wir jetzt darauf achten. Ihr müsst, vor allem im Sommer darauf achten, dass die Lagerhaustüren geschlossen sind. Außerdem werden wir ab nächste Woche alle Fässer intensiv auf Leckagen untersuchen. Das machen wir in Verbindung mit dem Bestandlistenabgleich. Das dauert dann zwar etwas länger, aber ihr pennt sonst eh bloß hinter den Fässern.«, schob er mit einem Lächeln nach.

Das Blut war inzwischen wieder in Colins Adern zurückgekehrt. Er konnte aber noch nicht richtig einordnen, was das für ihren Plan bedeuten würde.

»Außerdem,«, fuhr Billy fort, »werden wir ab Anfang November eine Überwachung der Temperatur und Luftfeuchtigkeit in allen Lagerhäusern vornehmen. Dazu werden in jedem Lagerhaus zwei Messgeräte installiert, die beide Werte auf Karten aufzeichnen. Die schaffen aber immer nur vierundzwanzig Stunden. Ihr müsst die Scheiben dann jeden Tag austauschen und im Büro abgeben. Also nichts Großes, aber wir müssen versuchen, das in den Griff zu bekommen. Ok, das war's. Zurück an die Arbeit!«

Da Andrew inzwischen als Brenner im Schichtbetrieb arbeitete, konnten sie nicht mehr jeden Tag zusammen fahren, so dass Colin den Nachhauseweg heute alleine antrat und direkt zum Adlerhorst fuhr. Die Entscheidung war gefallen, dass er heute zum letzten Mal seinen Trinkbeutel gefüllt hatte. Er leerte den Inhalt in das schon wieder fast volle Fass, verschloss es, legte den Deckel darüber und bedeckte diesen mit Sand. Dann setze er sich in den Sand und blickte über die Machir Bay hinaus auf den Atlantik über dem gerade die Sonne untergangen war. Das Rauschen der Brandung, die salzhaltige Luft und die Schreie einzelner Möwen, die ihr Nachtlager aufsuchten, versetzen ihn in ein Gefühl absoluter Schwerelosigkeit. Für eine kurze Zeit vergaß er Alles um sich herum. Er machte sich keine Sorgen mehr, erwischt zu werden. Es war ihm für kurze Zeit egal, dass er Sheena noch nicht geschwängert hatte. Es kümmerte ihn nicht, dass er nicht reich war. Er war einfach hier und jetzt bei sich und das ganz ohne Bier oder Whisky.

Er konnte nicht genau sagen, wie lange er so dagesessen hatte, aber es war inzwischen dunkel geworden und er brach in Richtung Port Charlotte auf. So langsam wie nie zuvor, um dieses Gefühl der Freiheit möglichst lange auskosten zu können.

Am Freitagabend trafen sie sich wieder im Lochindaal. Sie hatten sich an den am weitesten vom Tresen entfernten Tisch gesetzt. Sheena brachte das übliche Belhaven und kurze Zeit später Fish & Chips für alle und setzte sich zu ihnen.

»Wir haben doch gar nichts bestellt.«, wunderte sich Andrew.

»Muss weg!«, erklärte sie den verdutzt Dreinblickenden kurz aber verständlich.

»Also Leute,«, eröffnete Dennis das Gespräch, »dieser O´Leary wird langsam echt lästig. Den habe ich diese Woche mindestens fünf Mal in Bridgend gesehen. Der drückt sich immer am Shop oder in der Nähe unserer Firma rum. Bei der nächsten Tour müssen wir den Whisky irgendwo anders zwischenlagern, sonst erwischt uns der noch.«

Noch bevor die anderen antworten konnten, warf Sheena »Der Schuppen.« ein.

»Welcher Schuppen?«, wollte Dennis wissen.

»Ein alter Schafsschuppen, den wir geerbt haben. Der liegt in der Nähe von Machrie unterhalb der Kilchoman Church. Da kommt kaum einer hin.«

»Wenn es regnet, kommen wir da aber auch kaum hin. Das sind dreihundert Meter über freie Fläche.«, wandte Colin ein.

»Ist aber besser als erwischt zu werden.«, meinte Andrew.

»Wir haben aber ein noch größeres Problem.«, warf Colin ein und erzählte ihnen von den Ereignissen in der Destillerie.

Damit war die Stimmung auf den Nullpunkt angekommen und sie stocherten lust- und mutlos in ihren Fish & Chips herum.

»Jungs, nicht aufgeben, das kriegen die Angels of Islay schon hin.«, versuchte Sheena sie aufzumuntern. »Ihr müsst nur viel mehr Fässer anzapfen und kleine Mengen tauschen. Immer nur so ein, zwei Liter, dann fällt das gar nicht auf.«

»Super Idee, dann können wir die ganze Nacht in den Lagerhäusern bleiben und sind vom Ansaugen total besoffen.«, zweifelte Andrew an dem Plan. »Oder hast du wieder einmal einen genialen Einfall, Dennis?«

»Ich könnte drei Handpumpen organisieren dann wären wir wieder schneller und vor allem nüchtern.« Dennis grinste. »Wir müssen aber viel schneller werden. MacMalt hat seine Bestellmenge auf vier Fässer die Woche erhöht.«, ließ er die Bombe platzen.

»Ich bin raus, Schluss, aus, vorbei!«, fiel ihm Colin ins Wort. »Das ist Wahnsinn. Da sitzen wir an Weihnachten im Bau.«

»Ist ja gut,«, versuchte Dennis die Wogen zu glätten, »ich habe ihm gesagt, dass wir die zwei Fässer weiter liefern können und wir uns überlegen, ob mehr geht. Er würde den Literpreis auf achteinhalb Pfund erhöhen.«

»Das wären pro Fahrt achthundert Liter mal achteinhalb Pfund, das sind sechstausendachthundert Pfund pro Fahrt, also siebenundzwanzigtausendzweihundert pro Monat. Das macht neuntausend Pfund pro Kopf.«, rechnete Sheena mit leuchtenden Augen vor.

Colin wurde auf der Stelle schlecht. Er schob seinen Teller weg und ging zur Toilette. Andrew war einfach nur still. Es machte den Eindruck als würde er denken und die anderen daran nicht teilhaben lassen.

»Die Summe hatte ich auch, Sheena.«, stimmte Dennis lächelnd zu.

Dann war für einige Zeit Ruhe am Tisch und nur Dennis und Sheena aßen ihre Fish & Chips. Als Colin bleich wie ein Leinentuch von der Toilette zurückkam, ließ Andrew sie endlich an seinen Gedanken teilhaben. »Wir tauschen Alkohol gegen Alkohol!«, seine Augen leuchten, »Wir bauen eine Brennerei und produzieren Whisky. Keiner weiß besser als ich wie das geht.«

Die anderen schauten ihn verblüfft an und Sheena war irgendwie stolz auf den Kleinen. »Erzähle uns mehr, Andrew.«, forderte sie ihn auf.

»Naja ist noch nicht ganz ausgegoren, ich mache mir mal Gedanken.«, versuchte er Zeit zu gewinnen. »Sonntag erstmal mit Handpumpen.«

Colin ließ seine Fish & Chips fast unangetastet stehen. Das Ganze wurde ihm irgendwie zu groß.

Kapitel XV

Freitag 15.03.19 Islay

Vor dem Finlaggan Bed & Breakfast in Ballygrant parkte ein weißer Ford Kuga. Garry Bolland und David Robertson hatten sich nach telefonischer Reservierung spät abends dort eingemietet. Jetzt saßen beide im Frühstücksraum und bekamen ein köstliches Full Scottish Breakfast mit Spiegelei, Bohnen, Haggies, Black Pudding, Champignons, Bacon, Würstchen und Tomate serviert. Das Ganze lappte über den Teller hinaus und sah mehr nach dem Büffet für eine Großfamilie als nach einem Frühstück aus. Aber es war die ideale Grundlage für Whiskytouristen aus Edinburgh, die ein alkoholgeschwängertes langes Wochenende auf Islay verbringen wollten.

»War alles recht?«, fragte Rachel, die Frau des Hausherren.

»Ja, perfekt, könnten wir noch einen Kaffee haben, bevor wir aufbrechen?«, bat David.

»Gerne, bringe ich Ihnen gleich.«, antwortete sie.

Als Rachel kurze Zeit später zurückkam schenkte sie beiden den gewünschten Kaffee ein. »Das Wetter wird heute ja recht trocken. Da haben Sie aber Glück. In welche Destillerie geht es denn?«

»Welche gibt es denn hier? Welche würden Sie denn empfehlen?«, fragte Garry zurück.

Rachel bemühte sich, sich ihre Verwunderung nicht anmerken zu lassen. Normalerweise hatten die Whiskytouristen beste Kenntnisse über die Destillerien und einen vorreservierten Besuchsplan, um möglichst viele Brennereien besuchen zu können.

»Gleich um die Ecke sind Bunnahabhain und Caol Ila. Da können Sie fast hinlaufen.«, empfahl sie verwundert, aber freundlich und wünschte ihnen einen schönen Tag.

Die beiden brachen dann mit dem Auto auf und fuhren in die entgegengesetzte Richtung davon.

»Heute haben wir einen entspannten Tag. Der Deutsche kommt so schnell nicht aus dem Krankenhaus. Da könnten wir doch ein bisschen saufen gehen.«, schlug Garry vor.

»Du bist echt ein Idiot. Wir sollten ihn nur aufhalten und aufpassen, dass er nicht mit zu vielen Leuten spricht und du trittst ihn die Treppe hinunter. Der könnte tot sein!«, schimpfte David.

»Scheißegal, ist doch bloß ein Kraut. Hätte daheimbleiben sollen, dann hätte ich nicht auf diese Drecksinsel fahren müssen.«

»Wir sind jetzt hier und machen unseren Job, so wie wir ihn machen sollen. Wir fahren zurück zum Hafen. Da steht sein Auto. Wir müssen nur auf ihn warten.«

David kotzte es an, mit diesem cholerischen Schwachkopf zusammenarbeiten zu müssen. In Edinburgh hatten sie zweimal miteinander einen Auftrag erledigt. Beim Zweiten wäre er fast draufgegangen, weil Garry bei der Verfolgung einer Zielperson besoffen gefahren war und meinte, auf der Straße den Rambo spielen zu müssen. Sie waren am Hay Market frontal mit einem Bus zusammengestoßen und er hatte Brüche an den Rippen und am rechten Unterarm erlitten. Garry hatte noch nicht einmal eine Gehirnerschütterung. Naja, wo nichts ist kann auch nichts erschüttert werden, hatte er sich damals gedacht. Jetzt, fünfzehn Monate später, musste er wieder mit ihm einen Auftrag erledigen. Dieser Job war einfach zum Kotzen aber er hatte keine Alternative. Er war ohne Abschluss von der Schule gegangen und sein Vater hatte ihn dann auf den Bau geschickt. Da waren nur Idioten und es war eine unglaubliche Schinderei. Er hatte sich nie besonders bemüht. Irgendwann ist er seinem Boss jedoch aufgefallen, vermutlich, weil er der Einzige auf dem Bau war, der noch Englisch sprach. Er war dann dafür verantwortlich, dass das ganze ausländische Gesindel seinen Arsch bewegte und Kohle von den Kunden hereinkam. Da immer wieder ein Querulant dabei war, musste er diesen wieder in die Spur bringen, was ihm außergewöhnlich gut gelang. So entwuchs er dem Bau und qualifizierte sich für Sonderaufgaben im Bereich der Mitarbeitermotivation und Geldeintreibung. Das brachte mit weniger Mühe wesentlich mehr Geld. Gelegentlich bekam er über seinen Boss auch Fremdaufträge wie diesen, die finanziell sehr lukrativ waren. Er hätte sie aber auch nicht mehr ablehnen können, dafür hatte er schon zu viel Dreck am Stecken. Und jetzt saß er mit diesem Typen wieder in einem Auto und hoffte, dass dieses Mal alles gut gehen würde.

Kapitel XVI

Herbst 1979 Islay

Weit oberhalb Bowmores schmiegte sich das Islay Hospital an die sanften grünen Hügel. Es war ein in den frühen Sechzigern errichteter Flachbau mit Klinkerfassade, dessen Architekt, verdientermaßen, nicht mit einem Preis ausgezeichnet worden war.

Jason O'Leary betrat das Krankenhaus widerwillig. Da er aber seinen jährlichen Routinecheck für den Polizeidienst absolvieren musste und er bereits sechs Wochen überfällig war, musste das Unvermeidliche erledigt werden. Bereits vor drei Tagen war er, völlig nüchtern, zur Blutabnahme hier gewesen. Er hatte in den fast dreißig Stunden ohne Alkohol die Hölle durchlitten. Jetzt ging es ihm, nach ein, zwei Schlückchen doch gleich viel besser. Er wusste was jetzt kommen würde.

Er begab sich in ein Sprechzimmer und musste einen Reaktionstest, einen Sehtest und einige Bewegungs- und Gleichgewichtsübungen absolvieren. Er fand, dass ihm das, trotz der zwei Schwindelanfälle, ganz ordentlich gelungen war. Sheena schrieb, mit ernster Miene, alle Ergebnisse auf einem Klemmbrett auf.

»Mr. O'Leary, setzen Sie sich bitte hin. Doc Malcolm kommt gleich.« Mit diesen Worten verließ sie den Raum.

»Doc. Das sind die Ergebnisse von O'Leary. Der hat ein biologisches Alter von hundertfünfzig und schon wieder eine Fahne.«, informierte sie ihn, als sie gemeinsam zurück ins Behandlungszimmer gingen.

»Guten Morgen Mr. O'Leary, wie geht es Ihnen?«

»Ganz gut Doc. Die Übungen waren ein Kinderspiel.«

»Ja, ein Kind hätte sicher wesentlich besser abgeschnitten als Sie. Die Ergebnisse sind ein Desaster. Damit dürften Sie sich im Seniorenheim nicht mehr frei bewegen. Polizeidienst in dem Zustand? Sie können doch noch nicht einmal ein entlaufenes Kindergartenkind einfangen. Auf einen Ausdauertest haben wir gleich ganz verzichtet.«

Jason O'Leary wurde auf seinem Stuhl immer kleiner als ihm klar wurde, dass seine Ergebnisse wohl doch nicht so gut waren wie er dachte.

»Wir machen jetzt Folgendes: Ich bestätige Ihnen die Diensttauglichkeit und Sie versprechen mir, dass Sie mitarbeiten, Ihre Gesundheit wieder auf Vordermann zu bringen. Sie sind jetzt aber erst einmal zwei Wochen krankgeschrieben bis wir das wieder im Griff haben.«

»Selbstverständlich Doc.«, war O´Leary sichtlich erleichtert.

Doc Malcolm wusste, dass dieses Unterfangen eigentlich hoffnungslos war, aber er war Arzt geworden, um den Menschen zu helfen und nicht um sie um ihren Job zu bringen.

»Mr. O´Leary, Ihre Blutdruckwerte sind wirklich besorgniserregend. Sie müssen unbedingt den Fleisch- und Alkoholkonsum einschränken, sonst werden sich diese extremen Bluthochdruckattacken häufen und das kann dann zu weiteren ernsthaften Schädigungen führen.«, ermahnte Doc Malcolm den ihm mit hochrotem Kopf gegenübersitzenden Jason O´Leary. »Haben Sie noch ausreichend Metoprolol?« »Was?« »Ihre Betablocker, haben Sie da noch genug?« »Sind am Ende.«, antwortete er knapp.

»Mr. O´Leary. So geht das nicht, wenn ich Ihnen helfen soll, müssen Sie Ihre Medikamente nehmen und Ihren Lebensstil verbessern. Sonst sind Sie bald tot. Ist Ihnen das klar?« Mehr als ein »Aye« gab O´Leary nicht von sich.

»Ich schreibe Ihnen jetzt ein Rezept. Das bringen Sie in die Apotheke. Die werden das wohl erst bestellen müssen. Das kann zwei, drei Tage dauern. Sheena wird Ihnen aus unserem Bestand zur Überbrückung etwas mitgeben. Davon nehmen Sie morgens und abends jeweils eine Tablette. Wenn es Ihnen schwindelig wird oder Sie Ohrenrauschen bekommen oder plötzliche Übelkeit einsetzt, nehmen Sie eine Glyzerinkapsel. Sheena gibt Ihnen eine mit. Aber nur für den Notfall. Und dann will ich Sie in vierzehn Tagen wieder hier sehen. Lassen Sie sich einen Termin geben.«, ordnete Doc Malcolm an. »Sheena, versorgen Sie bitte Mr. O´Leary.«

»Wenn Sie sich bitte wieder anziehen und mir folgen würden. Ihre Jacke nehme ich schon mal mit.« Sheena ging schon voraus in den Medikamentenraum und kam mit einem Blister Tabletten und einer verpackten Kapsel zurück.

»Mr. O´Leary, hiervon nehmen Sie morgens und abends je eine Tablette.«, sie hob den Blister, »Die Kapsel nehmen Sie nur im Notfall. Zerbeißen und schlucken. Verstanden?« »Aye« »Gut, dann sehen wir uns übernächste Woche Donnerstag um neun Uhr wieder.«

»Wenn der nicht das Saufen aufhört, bekommen wir das nie in den Griff. Der hatte ja schon am Morgen eine Fahne.«, schüttelte Doc Malcolm den Kopf als Sheena zurückkam. »Bringen Sie mir jetzt einen mit Hämorriden. Ich bin ja schon schlechte Luft gewöhnt.«, flachste er als Sheena nach draußen ging, um den nächsten Patienten hereinzubitten.

Die Angels of Islay hatten am Wochenende davor den geänderten Plan mit den Handpumpen und dem Zwischenlager im Schuppen in die Tat umgesetzt. Es lief alles erstaunlich gut. Für vierundzwanzig Kanister hatten sie vierundfünfzig Minuten benötigt. Dennis hatte sich mit der Beschaffung der kleinen Pumpen wieder einmal selbst übertroffen. Auch die Anfahrt zum Schuppen hatte, dank des trockenen Bodens, gut funktioniert. Dennoch brauchten sie jetzt über eine Stunde länger als zuvor.

»Jungs, die achthundert Liter pro Fahrt schaffen wir nie. Da brauchen wir in der Destillerie zwei Stunden und sind insgesamt über vier Stunden unterwegs. Das können wir vergessen.«, hatte Colin resümiert.

»Bleib ruhig, Dennis und ich arbeiten an einer Lösung. Wir treffen uns am Freitag im Lochindaal und dann haben wir vielleicht schon eine Idee.«, hatte Andrew versucht ihn zu beruhigen.

Jason O´Leary hatte sich nach dem Arztbesuch etwas hingelegt. Es ging ihm wirklich nicht gut, weshalb er, wie befohlen, die Tabletten einnahm. Er brauchte aber auch dringend etwas zu trinken und diese drei Rotzlöffel hatten sicher noch etwas. Wenn er wieder fit wäre, würde er sich auf die Lauer legen. Vorerst musste die halbe Flasche William Lawsons reichen, die noch zwischen den Müllbergen in der Küche stand. Auch an den zwei darauffolgenden Tagen trat keine Besserung ein. Aber was nutzte es? Er raffte sich auf und fuhr nach Bridgend. *Da war sicher noch etwas zu holen.* O´Leary parkte sein Fahrzeug gegenüber dem Betriebsgelände von Turner & Sons und entdeckte nach einer guten halben Stunde Dennis, der in Richtung Werkstatt lief. Er musste nur warten. Sie würden ihm schon in die Falle gehen. Sein Auto schien sich leicht zu bewegen. Er sah verschwommen den Jungen aus der Werkstatt kommen. Es zog ihn zur rechten Seite und er begann zu Zittern. Reflexartig griff er nach der Glycerin Kapsel und es gelang ihm gerade noch diese aus der Verpackung zu drücken. Dann steckte er sie hastig in den Mund, biss darauf und schluckte sie hinunter. Ein merkwürdiger Fischgeschmack machte sich in seinem Mund breit, doch er hatte keine Zeit darüber nachzudenken. Der Druck in seinem Schädel wurde immer größer und er hatte Angst, die Augen würden ihm herausgequetscht. Der Versuch Luft zu holen endete in einem Japsen. Er riss sich das Hemd auf und schnappte nach Luft, doch seine Lungen versagten als hätte er einen Felsbrocken auf sich liegen. Dann fuhr ein Blitz durch seinen Schädel. Seine Muskeln erschlafften und es war aus.

»Mrs. Farlaine hat mich heute Morgen angerufen. Sie hatte ihn schon vorgestern gesehen und dachte, er schläft seinen Rausch aus. Der Wagen war offen und er saß so wie jetzt da.«, informierte Inspector Will Turner Doc Malcolm, den er zur Fundstelle gebeten hatte. Es war schon ein merkwürdiger Zufall, dass es O´Leary genau vor der Firma seines Bruders erwischt hatte. Vermutlich hatte er etwas gemerkt und konnte gerade noch anhalten. »Er war schon seit einer Woche krankgeschrieben wegen seines Blutdrucks.«, fügte er hinzu.

»Ich weiß. Ist auf meinem Mist gewachsen. Es ging ihm aber wirklich nicht gut.«, wandte Doc Malcolm ein und betrachtete O´Leary näher. »Augen und Mund sind offen; Körpertemperatur geschätzt gleich Außentemperatur; Keine äußeren Verletzungen erkennbar; Leichenstarre noch intakt; Ich würde sagen, er ist zwei, maximal drei Tage tot; Ursache Herzinfarkt«, resümierte er sachlich. »Was mich aber wirklich ärgert, er war am letzten Donnerstag noch bei mir und ich habe ihm extra Medikamente mitgegeben, damit er das in den Griff bekommt.«

Will Turner durchsuchte den Innenraum des Fahrzeuges, konnte aber nichts Auffälliges entdecken. In den Taschen seines Ex-Kollegen fand er etwas Bargeld, einen Flachmann und in der Innentasche der Jacke den Dienstausweis und Tabletten. »Waren es diese?« Er hielt den Fund Doc Malcolm hin.

»Ein Blister Metoprolol, ist ein Blutdrucksenker und eine Glyzerinkapsel. Exakt die.«, bestätigte dieser. »Jetzt wundert mich auch nicht mehr, dass es ihn erwischt hat. Ich kann nur denen helfen, die meine Hilfe annehmen.« Er schüttelte den Kopf. »Totenschein kommt morgen und passen wenigstens Sie auf sich auf, sonst haben wir bald gar keine Polizei mehr auf Islay.«

»Danke für den Tipp und Ihre schnelle Hilfe. Ich werde ihn dann wegbringen lassen.«

Scheiße, jetzt bleibt die ganze Arbeit an mir hängen., dachte sich Will Turner und ging über die Straße, um mit seinem Bruder einen Whisky zu trinken.

Am Abend trafen sich Colin, Sheena und die Anderen im Lochindaal Pub.

»Habt ihr schon gehört? der Suffkopf O´Leary hat den Löffel abgegeben.«, begrüßte sie Dennis. »Genau gegenüber von unserer Werkstatt. War wohl wieder auf der Lauer gelegen, der Sack. Mein Onkel sagt, der war zwei Tage tot in seinem Auto gesessen, bevor sie ihn gefunden haben.«

»Echt? Da haben wir aber Schwein gehabt, dass sich das Problem so von selbst gelöst hat.«, jubelte Andrew. Und auch Colin war sichtlich erleichtert und drückte Sheena an sich, die ebenfalls lächelte. Natürlich hatte sie Doc Malcolm bereits informiert, aber sie wollte, dass es die Jungs von jemand anderen erfahren. Dann ging sie hinter den Tresen und stellte zur Feier des Tages eine halbe Flasche Laphroaig auf den Tisch.

»Also, das ist ja genial gelaufen. Jetzt ist nur noch Dennis' Onkel Will als Bulle auf Islay. Da geht das, was Dennis und ich uns ausgedacht haben, zwei Nummern leichter.«, eröffnete Andrew das Gespräch wieder. »Wir haben uns die ganze Woche schon umgeschaut und alles was ich jetzt vorschlage ist machbar. Dennis kann das Notwendige besorgen und wir brauchen kaum Geld dafür. Wir brauchen nur euren Schuppen.«

»Also, wie ist der Plan?«, schoss es aus Sheena heraus.

»Ok. Hört euch aber erst alles bis zum Ende an, bevor ihr etwas sagt. Also, der fabelhafte Dennis kann das Kupfer von den alten Brennblasen der Port Charlotte Destillerie organisieren.« »Liegt hinter dem Managerhaus vorne am Bach.«, ergänzte Dennis. »Aus diesem Kupfer bastelt er eine Brennblase mit ca. sechshundert Litern und da hängen wir noch einen Verstärker mit drei Böden dran. Das ist dann so eine Mischung aus Potstill und Collumn Still. Das hat den Vorteil, dass wir nur einmal brennen müssen und sehr hohe Prozentzahlen zusammenbringen. Diesen beheizen wir mit einem Gasbrenner und Gasflaschen. Dann brauchen wir noch Kupferrohre und ein paar alte Fässer als Kondensor.« »Habe ich schon.«, warf Dennis ein. »Ja und dann brauchen wir natürlich noch etwas zum Brennen. Gerstenmalz wäre da nicht schlecht, wenn es etwas Whiskyähnliches werden soll. Wir können kein fertiges Wash klauen, also müssen wir es selbst brauen.« »Gerstenmalz zweige ich von den Lieferungen an Caol Ila ab. Die bekommen alles von Port Ellen Maltings und da sind wir als Transporteure eingesetzt. Ich muss halt mehr LKW fahren, damit regelmäßig was vom Laster fällt.« schob Dennis dazwischen. »Ach, ja natürlich brauchen wir auch zwei Gärbottiche. Die macht Dennis aus verzinktem Blech und zu guter Letzt, die Hefe bringe ich von Lagavulin mit.« Andrew holte Luft und grinste, »Noch Fragen?«.

»Und das Ganze in unserem Schafsschuppen?«, hakte Sheena nach.

»Ja, der liegt genial. Völlig abseits, schlecht erreichbar, da kommt keiner hin. Aber das Beste ist der Bach, der direkt daran vorbeiläuft. Da haben wir genügend Wasser zum Maischen, Brennen und Kühlen.«

»Deal!«, sagte Sheena lächelnd und Colin blickte sie verzweifelt an.

Kapitel XVII

Freitag 15.03.19 Islay

Um viertel vor sieben am Abend landete die Saab 340 der Loganair von Edinburgh kommend auf dem sogenannten Flughafen von Islay. Dieser bestand aus einer Start- und Landebahn und einem Miniaturabfertigungsgebäude, das an einen Busbahnhof erinnerte über dem ein, einem Getreidesilo ähnelnder, Tower thronte. Die Gangway wurde an das Flugzeug geschoben und eine überschaubare Anzahl von Passagieren stieg aus. Unter ihnen Elena, die direkt zur Autovermietung ging und kurze Zeit später mit einen schwarzen Land Rover Evoque wegfuhr. Ihr Ziel war das Islay House Hotel in Bridgend. Beim Smalltalk zwei Abende zuvor hatte Tom ihr gesagt, dass er dort residieren würde. Jeff Cooper hatte sie überzeugt, dass es besser wäre, wenn sie selbst nach Islay flog, um diesen Schmitt zu beschäftigen. Sie war seine loyalste und beste Mitarbeiterin, außerdem konnte er ihr kaum etwas abschlagen.

Neben anderen Reisenden stiegen auch zwei Männer mit großen Koffern, in denen offensichtlich Angelausrüstungen transportiert wurden, aus.

Auch sie nahmen sich einen Mietwagen und fuhren in Richtung Bowmore davon.

Nachdem Tom sein Auto in Port Ellen geholt hatte, war er zunächst zur Laphroaig Destillerie gefahren. Er hatte den Wagen auf dem Parkplatz abgestellt und war den Fußweg hinuntergegangen, der an einer gekachelten Wand vorbeiführte. Diese war vollständig mit Fliesen mit Meinungen der Kunden zum Laphroaig Whisky verziert. Und da hing auch seine Fließe. Ja, er hatte es auf die Wand geschafft und er war stolz darauf. „Schmeckt wie Schornstein von innen, Tom Schmitt.", stand da, in Steinzeug gebrannt zu lesen. Leider hatten sie seine Unterschrift „Schmitt, Tom Schmitt" nicht übernommen, aber er wollte es ihnen noch einmal nachsehen. Als er die Destillerie betrat, posierte Manager John Campbell gerade mit einigen Whiskytouristen hinter dem Tresen des Besucherzentrums. Es war die uniformierte Single Malt Spirit Truppe aus Deutschland, die ihm am Flughafen schon aufgefallen war. Er genoss vor Ort zwei Dram und als sich die Deutschen getrollt hatten, hielt er ein Schwätzchen mit John. Dass dieser ihn nicht wiedererkannt hatte, obwohl sie in den vergangenen Jahren schon zweimal mit einander gesprochen hatten, ließ Tom kurzfristig an seiner Ausstrahlung zweifeln. Er spürte wie die Schmerzen langsam nachließen und er infolge der

Mischung von Schmerzmittel und Alkohol müde wurde. Er hatte auch den Sturz offensichtlich doch nicht ganz ohne Folgen überstanden. Also beschloss er, zum Hotel zu fahren und sein Zimmer zu beziehen, sofern dieses nach der verpatzten Anreise noch verfügbar war. Auf dem Rückweg machte er im Lochside Inn in Bowmore noch einen Stopp und genoss eine vorzügliche Miesmuschelterrine. Das beste am Lochside Inn waren jedoch nicht seine sehr guten Gerichte, sondern die Whiskykarte. Tom studierte diese Enzyklopädie des Schottischen Whiskys mit vielen hundert Einträgen jedes Mal, wenn er hier war und träumte davon, seinen Gästen irgendwann auch einmal eine solche Auswahl präsentieren zu können. Nach Verlassen des Lokals musste er unweigerlich lachen. Als er den weißen Kuga dastehen sah, wurde er an die Urlaubsreisen seiner Kindheit erinnert. Er und seine Schwester hatten zum Zeitvertreib immer blaue VW Käfer gezählt. Mit weißen Kugas wäre er heutzutage wesentlich erfolgreicher. Um halb drei, am Hotel angekommen, stellte er zu seiner Freude fest, dass sein Zimmer noch frei war. Er duschte, fiel endlos müde aufs Bett und schlief sofort ein.

»ON THE BONNY; BONNY BANKS OF LOCH LOMOND«, riss ihn aus seinem Tiefschlaf. Er liebte diesen Song und er hasste ihn, wenn er ihn weckte. Er hatte es schon mit „Auld Lang Syne", „Westering

Home" und „The Parting Glass" versucht, begann diese Lieder aber wegen der Störung seiner Nachtruhe zu verabscheuen. Nur „Loch Lomond" konnte er diesen Akt der Gewalt verzeihen. Beim Blick auf die Uhr stellte Tom fest, dass es inzwischen halb sieben war und er an seinem ersten Tag auf Islay bisher absolut keine neuen Erkenntnisse erlangt hatte. John Campbell hatte ihm erklärt, dass die Anlagen bei Old Allan damals überaltert und die Destillerie in einem schlechten Zustand gewesen sein musste. Zudem sei die Marktlage um die 1980er schwierig gewesen. Da er zu der Zeit aber noch zu jung gewesen sei, habe er keine Informationen aus erster Hand. Nichts was er nicht schon gewusst hätte. Tom erledigte zu abendlicher Stunde seine Morgentoilette und begab sich erfrischt in den Barbereich, wo er ein Bier nehmen und darauf warten würde, an seinem Tisch platziert zu werden. Er stieg die gewendelte, mit blauem Teppich belegte Holztreppe hinunter zur Lobby. Diese war wie üblich holzvertäfelt, aber im Gegensatz zum üblichen Braun mit weißer Farbe gestrichen. Der Raum wirkte dadurch größer, freundlicher und einladend. Dann betrat er die Bar, deren dunkelrote Wände einen wundervollen Kontrast zu dem schwarzen Kleid und den brünetten langen Haaren der an der Bar stehenden Dame bildete. Sein Blick glitt unweigerlich nach unten und blieb an den perfekten Rundungen ihres

Gesäßes hängen. Sie musste diesen Blick gespürt haben, da sie sich langsam umdrehte und ihn anlächelte. »Schmitt, Tom Schmitt.«, begrüßte sie ihn, »Geht es Ihrem Magen wieder besser?«

»Elena! Welche Freude Sie zu sehen. Was führt Sie nach Islay und wie haben Sie mich gefunden?«, war Tom völlig überrascht.

»Sie haben mich gefunden.«, gab sie mit glänzenden Augen zurück. »Nein, eigentlich habe doch ich Sie gefunden. Sie hatten mir ja gesagt, dass Sie nach Islay reisen werden. Jeff hat einige Fassankäufe bei Bunnahabhain und Coal Ila abzuwickeln und da ich wusste, dass Sie noch hier sein würden, habe ich ihn gebeten, mich zu schicken. Und hier bin ich.« Sie öffnete die Arme, ging auf ihn zu und küsste ihn auf beide Wangen.

»Wie lange werden Sie bleiben?«, wollte Tom wissen.

»Ich werde so ein bis zwei Tage benötigen, aber vielleicht hänge ich noch etwas dran.«

Er bestellte sich ein Saligo von Islay Ales und dann setzten sie sich in die Chesterfield Ohrensessel vor der Whiskyvitrine. Der Kellner brachte ihnen die Karte und Tom ahnte schon, dass dies ein weiterer sehr teurer Abend für ihn werden würde. Aber für diesen Hintern war er bereit etwas zu investieren.

Sie wählten erneut ein aufwändiges Menü und gaben ihre Bestellung auf.

»Sind Sie mit Ihren Nachforschungen vorangekommen?«, nahm Elena das Gespräch wieder auf.

»Etwas. Durch ein Missgeschick auf der Fähre war ich kurzfristig verhindert. Aber wie soll ich sagen, es fügt sich alles langsam zu einem Bild zusammen.«

»Welches Missgeschick?«

»Naja, ich bin gestolpert und dann die Treppe hinuntergefallen, was mich für eine Nacht ins Islay Hospital gebracht hat. Ich habe ein paar Prellungen und eine Wunde am Hinterkopf davongetragen.«

Sie beugte sich zu ihm und strich mit den Worten »Du Ärmster!« sanft über seinen Kopf. Diese sinnliche Berührung und der Blick auf ihr ebenfalls beeindruckendes Dekolleté brachten ihn in Wallung. Es wurde ihm heiß und er wusste nicht mehr wohin mit seinen Händen. Am liebsten hätte Tom ihr die Kleider vom Leib gerissen und sie hier und jetzt genommen. Es war ihm alles egal, er würde es ihr so richtig besorgen.

»Wenn Sie mir bitte zu Ihrem Tisch folgen wollen.«, bat die Bedienung sie freundlich und gerade noch bevor Tom Elena bespringen konnte. »Der Zweiertisch neben dem Kamin ist für Sie vorbereitet. Darf ich noch etwas zu trinken bringen?«

Sie bestellten noch ein Saligo und einen Pinot Noir und tauschten während des Essens weitere Belanglosigkeiten aus. Elena verstand es stets, ihn mit Gesten und Andeutungen auf Betriebstemperatur zu halten, so dass Tom von dem köstlichen Essen fast nichts mitbekam. Er musste die ganze Zeit nur an das Eine denken. Nach dem Essen schlug Elena vor, in der Bar noch einen Absacker zu nehmen, der aus zwei wunderbaren fünfundzwanzig Jahre alten Bunnahabhain bestand. Doch auch auf die edlen Noten dieses herausragenden Whiskys konnte sich Tom nicht fokussieren. Der Whisky ging zur Neige und er wusste, dass er jetzt endlich zur Tat schreiten musste. Er legte seine Hand auf ihr Bein und fuhr leicht nach oben. Elena erwiderte die Berührung indem sie nach seiner Hand griff, sie nahm und mit der anderen Hand darüber streichelte. Dann blickte sie ihm tief in die Augen: »Oh Tom.... Ich würde mir nichts mehr wünschen als mit dir aufs Zimmer zu gehen. Aber... wie soll ich es sagen... Ich bin heute leider indisponiert.« Tom blickte sie schockiert und fragend an. »Frauensache... du verstehst?«, ergänzte sie. Tom verstand nur zu gut.

»Naja, kann man nichts machen. Ich muss jetzt aber auch langsam ins Bett.«

»Du bist ja so lieb. Sehen wir uns beim Frühstück?«
Sie strich ihm erneut über den Kopf.

»Ich muss morgen früh los und frühstücke schon um sieben.«

»Gut, dann melde ich mich bei dir, wenn ich mit der Arbeit fertig bin.« Elena gab ihm einen Kuss auf die Stirn und hauchte: »Gute Nacht.«

Tom ging auf sein Zimmer, ärgerte sich wahnsinnig darüber, dass er für zwei Whiskys sechzig Pfund ausgegeben hatte, bemitleidete die unbefriedigte Elena und tat was ein Mann jetzt tun musste, um schlafen zu können.

Kapitel XVIII

Dezember 1979 Islay

Die Herbststürme zogen, begleitet von starken Regenfällen, über Islay hinweg. Während sich die Ileach und ihre Schafe verkrochen hatten so gut sie konnten, waren die Bauarbeiten in der „Angels of Islay Destillerie", wie sie Andrew nannte, auf Hochtouren vorangegangen. Dennis organisierte einfach irgendwie alles und führte sämtliche Schweiß- und Blecharbeiten durch. Colin sorgte dafür, dass der Schuppen wetter- und standfest wurde. Die Abgelegenheit des Schuppens hatte sich bei starkem Regen als echtes Problem erwiesen. Sie waren mehrfach mit dem Transporter stecken geblieben, da sich der torfige Untergrund mit Wasser geradezu vollsaugte. Andrew beschaffte eine kleine Mühle und beobachtete das Entstehen seiner ersten eigenen Destillerie mit einer Mischung aus Vorfreude und Panik.

»Jungs, das sieht so Scheiße aus, was wir hier zusammengezimmert haben.« Er schüttelte den Kopf. »Wenn ich da etwas brenne was auch nur annähernd nach Whisky schmeckt, dürft ihr mich Whiskygott nennen.«

»Ich garantiere, dass die Technik funktioniert. Wenn es nicht geht, liegt es nur an dir.«, antwortete Dennis und gab ihm einen Stoß in die Seite. »Das Wash ist am Samstag fertig. Dann musst du zeigen, was du kannst.«

»Mache ich. Und wisst ihr was? Wir nennen sie Heidi, die hässliche Heidi.«

Sie waren sich darüber im Klaren, dass ihre Konstruktion sehr wenig mit einer professionellen Destillerie gemeinsam hatte. Es war aber auch nicht das Ziel, Single Malts von Weltrang herzustellen. Sie brauchten Alkohol und das sollte hier zu machen sein.

Am Samstag des zweiten Adventwochenendes traf man sich schon um sechs Uhr morgens in ihrer Destillerie. Die Hefe hatte ihr Werk getan und den Zucker der gemälzten Gerste in Alkohol verwandelt. Im Gärbottich befand sich eine trübe Brühe, die nach Hefe, schalem Bier und altem Aschenbecher roch. Angereichert war diese mit einigen Insekten, die einen glücklichen Tod gestorben waren. Colin begann mit einer handbetriebenen Pumpe das bierähnliche Gebräu in die Brennblase zu befördern. Dennis schloss die Propangasflaschen an einen kreisförmigen Brenner an, den er unter der Blase platzierte. Zum Befüllen der Kondensatoren leitete Andrew Wasser vom

Bach in die Fässer, die sie miteinander verbunden hatten.

»Es läuft, es läuft!«, rief Andrew plötzlich.

Es war noch dunkel an der Machir Bay als die ersten Tropfen Destillat aus der abenteuerlichen Konstruktion tropften und sich langsam in einen Strahl verwandelten. Colin und Dennis stürmten jubelnd auf Andrew zu und drückten ihn bis er fast keine Luft mehr bekam.

»Langsam, Jungs, langsam!«, versuchte er sie zu beruhigen. »Das ist bis jetzt nur Vorlauf. Ist giftig. Damit können wir noch nichts anfangen.«

Die Temperatur in der Blase erhöhte sich langsam, sie begann zu wackeln und gab polternde Geräusche von sich.

»Gleich fliegt uns der ganze Scheiß hier um die Ohren.«, warnte Colin, der es langsam mit der Angst zu tun bekam.

»Das geht schon. Heidi rumpelt nur so, weil Dennis zu geizig war, ihr Überdruckventile zu spendieren. Jetzt muss der liebe Andrew ganz sensibel mit dem Mädchen umgehen. Andrew, der Frauenversteher.« Andrew musste selbst lachen. »Noch rund drei Minuten, dann können wir probieren.«, teilte er ihnen das Ergebnis seiner Alkoholmessung mit. Sie befüllten drei Gläser mit etwas New Make, stellten sich im Kreis auf, um die Gläser zu heben und Andrew ergriff das Wort.

»So heben wir das Glas auf unsere Gesundheit, eine glorreiche Zukunft der Angels of Islay Destillerie und viele erfolgreiche Fahrten zu Old Allan. Mögen die Götter und die hässliche Heidi uns auf unserem Weg zu Ruhm und Reichtum immer wohlgesonnen sein. Slàinte Mhath!« Dann führten sie die Gläser zum Mund.

»Bäh!«, Colin war der Erste, der das Gesöff wieder ausspuckte. Dennis war jedoch nur unwesentlich langsamer. »Das schmeckt wie ätzende Katzenpisse.«, war seine erste Reaktion.

Andrew schaute sie kurz an und sagte. »Ja, er hat noch eine leichte malzige Note mit Anklängen von Hefe und Banane. Im Hintergrund kommen subtile Aromen von Zitrusfrüchten gepaart mit einer milden Rauchigkeit. Dieser New Make besitzt absolut Potenzial zu Großem.«

Colin und Dennis schauten zuerst Andrew und dann sich an. Fast zeitgleich fuhr aus ihnen «Du willst uns doch verarschen!« heraus. »Jo…. Schmeckt wie ätzende Katzenpisse. Das hat es schon ganz gut getroffen.«, bestätigte Andrew und schüttete den Rest auf den Boden. »Aber was habt ihr erwartet? Ich bekomme hier Malz von unzähligen verschiedenen Gerstensorten, das irgendwo von der Ladefläche gerieselt ist. Unser Wash kommt aus einem Blechbottich und hat mehr Fleischeinlage als manche Suppe im Pub. Das Ganze brennen wir dann in der hässlichsten Brennblase, die ich je gesehen habe, sorry Heidi, und die jeglicher Baukunst widerspricht. Da ist es doch klar, dass nur Katzenpisse rauskommen kann.« Er redete sich jetzt so richtig in Rage: »Colin, Kanister wechseln! Jungs habt ihr erwartet, dass wir so einen Old Allan oder etwas Vergleichbares brennen können? Nicht im Ernst oder?«

»Haben wir nicht.«, unterbrach ihn Colin, der inzwischen den zweiten Kanister unter den Auslauf gestellt hatte. »Aber er schmeckt halt auch einfach Scheiße.«

»Ne, wie Pisse!«, korrigierte ihn Dennis, bevor er versuchte, das Gespräch wieder in sachliche Bahnen zu lenken. »Leute wir müssen überlegen, ob das so geht und ob wir damit etwas anfangen können. Wenn es keinen Sinn macht, schmeißen wir das Ding auf den Schrott.«

»Nein, nicht meine Heidi!«, flehte Andrew scherzhaft. »Natürlich können wir das brauchen. Wir landen bei über siebzig Prozent Alkohol. Selbst wenn wir den mit reichlich Wasser verdünnen, haben wir noch genug Prozent, dass der Alkoholgehalt in den Fässern nur unmerklich absinkt. Gut, am Geschmack müssen wir noch arbeiten. Aber mit Wasser verdünnt und in den Fässern vermischt, dürfte das kaum auffallen.«

»Jungs, ich weiß nicht, was wir hier genau machen, aber das ist alles Wahnsinn.«, warf Colin ein.

»Aber es läuft. Wir könnten so die vier Fässer zusammenbringen, ohne dass wir erwischt werden. Lasst es uns über den Winter versuchen.«, schlug Dennis vor.

»Das ist irre viel Arbeit. Geklautes brennen. Gebranntes tauschen und klauen und dabei nicht erwischt werden. Aber ohne mich geht es ja nicht.«, stimmte Andrew zu.

Die Temperatur in Heidis Bauch stiegt stetig an und der Alkoholgehalt im Destillat ging langsam nach unten. Der Geruch wurde noch unangenehmer und Andrew beendete den Brennvorgang, da er schon im Bereich des Nachlaufes war. Er hatte an diesem Tag in drei Bränden zweihundertachtzig Liter aus der Brennblase herausholen können. Jetzt am späten Nachmittag ging die Sonne im Westen über der Machir Bay unter, wobei sie ein wunderbares Rot auf den Horizont zauberte. Nachdem sie ihre Geräte gereinigt und den nächsten Gärbottich mit Gerstenmalz Hefe und Wasser befüllt hatten, setzten sie sich vor die Hütte und genossen einen wundervollen Lagavulin aus einem Rotweinfass, den Andrew mitgebracht hatte. Es war der verdiente Lohn für einen harten Arbeitstag.

»Wir machen das und keiner hält uns auf.«, versuchte Andrew ihnen und sich Mut einzureden. So saßen sie noch schweigend bis die Sonne am Horizont versunken war.

Kapitel XIX

Donnerstag 14.03.19 Paris

Der schmerzende Rücken und die Geister der Vergangenheit ließen Antoine keine Ruhe finden, weshalb er sich einen weiteren Cognac eingeschenkt hatte. Die Tatsache, dass Vladis Leute absolute Profis und auf dem Weg nach Schottland waren, hätte ihn eigentlich beruhigen müssen. Dennoch keimte in ihm eine tiefe Angst, dass diese alte Sache seine Pläne zum Ausbau der Firma zerstören könnte. Er war auf diesen Cooper einfach angewiesen. Dieser war einerseits genial, gleichzeitig hormongesteuert und gnadenlos unfähig. Auch wenn er nach außen den Mann von Welt spielte, umgab er sich immer wieder mit drittklassigen Gestalten, deren Horizont nicht über den Tresen des Pubs hinausreichte. Er war ihm zusehends entglitten und immer unkontrollierbarer geworden, weshalb er ihm Elena nur zu gerne als rechte Hand überlassen hatte. Elena war ein Glücksgriff. Sie sah nicht nur umwerfend aus, hatte eine beeindruckende Figur, was sie auch einzusetzen wusste, sondern war auch hochintelligent. Als Tochter litauischer Diplomaten hatte sie in Paris studiert und einen Master in

Europäischer Wirtschaft, mit Auszeichnung, abgelegt. Sie sprach fließend Französisch, Russisch, Englisch, Spanisch und Deutsch und verfügte über herausragende analytische Fähigkeiten. 2014 hatte sie bei Lacroix Vins et Spiritueux zu arbeiten begonnen und war schnell zu seiner persönlichen Assistentin aufgestiegen. Sie arbeiteten sehr eng zusammen und hatten dennoch stets die notwendige Distanz gewahrt. Natürlich hatte er sich einige Male vorgestellt, dass sie die Rolle von Nadine innehätte, was ihn erstaunlicher Weise nicht sonderlich erregt hatte. Elena war zu rein. Sie konnte mit Männern nach Belieben spielen und sie nach ihrer Pfeife tanzen lassen, wobei sie alle Register ihrer Weiblichkeit nutzte. Sie war aber gleichzeitig äußerst begabt darin, diese auf Distanz zu halten. Vor ihrem Aufstieg zu seiner Assistentin hatte er Elena ein halbes Jahr von einem Privatdetektiv überwachen lassen. Sie hatte sich in dieser Zeit zwar mit einigen Männern zum Essen und dergleichen getroffen, aber keinerlei sexuelle Kontakte gehabt. Auch die später wiederkehrenden Überwachungen hatten zur gleichen Erkenntnis geführt. Ihm gegenüber war Elena stets völlig korrekt und loyal aufgetreten. Sie war ein absoluter Glücksgriff.

Als sich 2017 die Pläne für die weiteren Investitionen in Schottland konkretisierten, hatte er

Jeff Cooper gebeten, ihm bei der Lobbyarbeit für die Genehmigungen behilflich zu sein. Cooper, mit dem ihn schon eine langjährige Geschäftsbeziehung verband, war inzwischen zu einem der einflussreichsten Whiskykenner und Abfüller aufgestiegen. Er war auch die „Nase" von Lacroix Vins et Spiritueux geworden. Er entschied für Antoine, wann Fässer abgefüllt und welche Fässer miteinander vermählt wurden. Er bestimmte die Geruchs- und Geschmacksnoten und war gleichzeitig ein herausragender Werbeträger. Ihre Beziehung hatte viele Höhen und Tiefen gehabt und letztere wollte Antoine nicht erneut erleben müssen, weshalb er ihm Elena zur Unterstützung angeboten hatte.

Jeff Cooper war ein geiler Bock, der bei diesem Angebot, schon aus optischen Gründen, nicht nein sagen konnte. Erst später war ihm, nach einigen Versuchen, klargeworden, dass er bei Elena nicht würde landen können. Zwischenzeitlich hatte er aber ihre beruflichen Fähigkeiten zu schätzen gelernt und sein Schicksal, wenn auch mit größtem Bedauern, akzeptiert. Antoine konnte Cooper somit, zumindest teilweise, unter Kontrolle halten.

Die Kaminuhr schlug drei Mal als Antoine hochfuhr und die Augen öffnete. Er war wider Erwarten eingeschlafen. Dann stand er auf und ging gebeugt in das Kämmerchen, aus dem ihm stechender

Uringeruch entgegenkam. Er öffnete das Fenster, fasste die schwarze Latexplane an den Ecken, hob sie hoch und schleppte diese in die Dusche, in der er sie grob reinigte und liegen ließ. Die Putzfrau wusste, dass er diese immer als Unterlage nutzte, wenn sein Geschäftsfreund mit dem inkontinenten Hund zu Besuch kam.

Dann begab er sich in sein Bett, wo er im Vertrauen auf Elena und Vladis Leute endlich Schlaf fand.

Kapitel XX

Dezember 1979 Islay

»Das ist ja wie im Märchen!«, staunte Colin als er nach Hause kam und das weihnachtlich geschmückte Haus erblickte. Er war einfach nur müde und freute sich auf seinen Sessel und ein Bier.

»Ja und alles nur für meinen Schatz.«, sagte Sheena, ging auf ihn zu, umarmte und küsste ihn innig. Dann zog sie sein Hemd aus der Hose, küsste ihn noch inniger, öffnete seinen Gürtel und den Hosenbund und griff fest zu. »Und das ist mein Geschenk!« Dann zog sie ihn die Treppe hoch in das Schlafzimmer und er tat, was ein Ehemann tun musste. Diese Überfälle ihrerseits hatten sich in den letzten zwei Monaten wiederholt und er hatte sich gewundert, weshalb er vier oder fünf Tage hintereinander seinen Mann hatte stehen müssen. Aber wenn es Sheena glücklich machte und er danach etwas Anständiges zu Essen bekam, sollte es so sein.

Das Brennen und die nächtlichen Touren verliefen bis auf kleinere Probleme relativ störungsfrei. Die Zufahrt zum Schuppen war im Winter wirklich ein Problem, weshalb sie schon zweimal stecken geblieben waren. Dennis Abschleppwagen erwies sich hierbei als sehr hilfreich. Das Ganze wurde neben der normalen Arbeit aber zu einer großen körperlichen Belastung. Dennis brachte nach jeder Tour den Whisky zum Abnehmer und kam mit sechstausendachthundert Pfund zurück. Die Drei hatten inzwischen ein schönes Sümmchen auf die Seite gebracht, das sie bei Laune hielt und animierte weiter zu machen.

Auch an Heiligabend und am ersten Weihnachtsfeiertag durfte Colin am Morgen das Bett nicht verlassen, bevor er es Sheena ordentlich besorgt hatte. Dafür gab es danach ein köstliches, deftiges Frühstück.

Am Boxing Day trafen sich die drei Männer wieder im Lochindaal Pub um gemeinsam zu feiern. Sheena hatte zur Feier des Tages eine Destillerie-Abfüllung von Bowmore besorgt. Es war ein siebzehnjähriger Bowmore Single Cask aus einem First Fill Bourbonfass in Fassstärke.

»Eh, Leute ich habe mich heute zum ersten Mal nach zwei Tagen wieder bewegt.«, begrüßte sie Dennis. »Ich bin von dem ganzen Besorgen und Fahren und Liefern und Brennen total fertig. Bis fünfzig halte ich das nicht durch.«

»Meinst du mir geht es besser? Ich habe auch noch eine Frau, die zu ihrem Recht kommen muss. Ich gehe jetzt schon auf dem Zahnfleisch.«, schloss sich Colin an.

»Naja, Jungs, die hässliche Heidi hält auch sicher keine fünfundzwanzig Jahre mehr durch. Eher fünfundzwanzig Tage. Aber ihr habt recht, ist echt anstrengend. Wir sollten uns ein Ziel setzen, wie lange wir das machen wollen.«, schlug Andrew vor.

»Meine Buben,«, schaltete sich Sheena ein, »ihr macht hier in zwei Monaten so viel Kohle wie sonst im ganzen Jahr. Wenn das mit der eigenen Destillerie etwas werden soll, Andrew, dann müsst ihr schon noch ein paar Jahre weitermachen. Dann bauen wir die richtige Angels of Islay Destillerie und daneben mein Angels Share Hotel. Also nicht schlapp machen!« Sie hob das Glas und stieß mit ihren Jungs an.

»Slàinte Mhath!«, stimmten sie im Chor an und genossen den Whisky. Dieser war trotz seiner vierundfünfzig Prozent Alkohol wunderbar weich und cremig. Er schmeckte nach Vanille, tropischen Früchten, Meersalz und leicht ölig. Danach kam eine leichte Schärfe mit Honigsüße vermischt zum Zuge.

»Der ist wirklich, wirklich gut! Auch wenn er nicht von Lagavulin ist, ist er ein Höhepunkt für diesen Festtag.«, war Andrew begeistert.

»Ja, fahre mal dort vorbei und frage nach, wie man richtig guten Whisky macht.«, flachste Dennis. »Kannst zum Angeben ja mal New Make von der hässlichen Heidi mitnehmen. Da sind die sicher beeindruckt.«

»Slàinte Mhath!«, stimmte Sheena an, die die Gläser inzwischen schon wieder gefüllt hatte.

Zwei Tage vor Silvester setzten schwere Winterstürme auf Islay ein. Die Fährverbindungen zum Festland wurden eingestellt und das Vieh so gut es möglich war zusammengetrieben. Die Ileach waren auf solche Wetterlagen eingestellt und zogen sich in ihre Häuser zurück. Da der Schuppen bei diesem Wetter unerreichbar und Colin somit zur Untätigkeit verdammt war, verbrachte er seine Zeit zu Hause und stellte fest, welch schönes Nest Sheena für sie gebaut hatte. An der Port Ellen Malzfabrik ging der Sturm jedoch nicht spurlos vorüber. Das Dach eines der aus Trapezblech gebauten Lagerhäuser wurde vom Sturm heruntergerissen und die gemälzte Gerste, die dort gelagert war, drohte nass und unbrauchbar zu werden. Um dies zu verhindern wurde Turner Transport zur Hilfe gerufen. Dennis sollte schnell achtzig Tonnen Malz zu Caol Ila transportieren, um sie dort einzulagern. In dem ganzen Chaos waren natürlich die genauen Mengen und Gewichte nicht zu bestimmen, so dass auf dem Transport eine unbekannte Menge Malz verloren ging oder durchnässt wurde. Es war eine Menge, die es ihnen erlaubte die Angels of Islay Destillerie fast ein ganzes Jahr zu betreiben. Dennis hatte sein Meisterstück vollbracht.

Der Sturm ging, das neue Jahr kam und mit ihm Verstärkung für die Polizeiinspektion Bowmore. Will Turner wurde der junge Constable Hiram MacAskill zur Seite gestellt. MacAskill war auf der Isle of Sky aufgewachsen und hatte seine Polizeiausbildung in Glasgow absolviert. Bowmore war seine erste Station im richtigen Leben. Will hatte gleich zu Beginn versucht, ihm zu erklären, dass auf Islay alles etwas anders und ruhiger verläuft und die Dinge hier auf Islay-Art geklärt werden würden. Hiram schien schnell zu lernen, beobachtete, wie Will mit den Einheimischen umging und passte sich an.

Die hässliche Heidi lief jedes Wochenende auf Hochtouren. Andrew konnte mit dem neuen Malz tatsächlich eine geringe Geschmacksverbesserung erreichen, musste aber immer etwas Nachlauf mitnehmen, um eine ausreichende Menge Alkohol zu erhalten.

Es war jetzt Mitte Februar und Colin hatte sich eine schwere Grippe eingefangen. Er lag schon seit drei

Tagen mit hohem Fieber zu Hause und wurde von Sheena umsorgt.

»Das ist alles zu viel. Die Arbeit und der Nebenjob, das macht mich fertig. Ich schlafe zu wenig, träume schlecht und bin montags auf der Arbeit unbrauchbar. Mich wundert, dass noch keiner etwas gesagt hat.«, hauchte er Sheena mit schwacher Stimme entgegen. Diese tupfte ihm mit einem feuchten Tuch über die Stirn und strich ihm sanft über das Haar: »Colin, du bist bald wieder gesund und dann wird das Wetter auch wieder besser. Dann geht es wieder leichter. Wenn du bis zum Herbst durchhältst, haben wir um die fünfzigtausend Pfund auf der Seite. Damit könnten wir uns nach einem größeren Haus umschauen.«

»Wir brauchen doch kein größeres Haus.«, versuchte er abzuwiegeln.

»Colin, wenn wir erst Kinder haben, werden wir ein großes Haus brauchen. Ich will nicht ewig in dieser Hütte leben. Am liebsten wäre mir natürlich ein richtiges Hotel. Oder wenigstens ein Bed & Breakfast. Das hier könnten wir entweder verkaufen oder an Touristen vermieten. Du musst nur noch etwas durchhalten, dann haben wir es geschafft.« Sie küsste ihn auf die schweißbedeckte Stirn. »Ich bringe dir noch einen heißen Tee mit Whisky, dann sieht die Welt gleich wieder besser aus.«

Mehr als ein »Wenn du meinst…« konnte er nicht mehr von sich geben. Dann begann er am ganzen Körper zu zittern und zog sich die Decke bis über den Kopf.

In der Brennerei stockte durch Colins Fehlen die Produktion etwas und sie konnten nur zwei Brenndurchläufe machen. Die produzierte Alkoholmenge war viel zu gering, um den gewohnten Austausch vorzunehmen.

»Dennis, das können wir nicht so machen wie sonst. Wir haben zu wenig Alkohol und zu zweit brauchen wir viel zu lange in den Lagerhäusern.«

»Wie viel haben wir?«

»So knapp zweihundert Liter.«, überschlug Andrew.

»Okay…. Die lassen wir hier und holen morgen nur zweihundert Liter. Wie früher. Dann mischen wir und liefern das aus.«

»Das können wir nicht machen. Wenn die den probieren, merken die sofort, dass wir gepanscht haben.«

»Lass das mal meine Sorge sein. MacMalt vertraut mir blind.«, versuchte Dennis ihn zu beruhigen, »Das klappt so.«

In der Nacht zum Montag fuhren sie zu zweit zu Old Allan, gingen dreimal in die Lagerhäuser und zapften viele Fässer an. Mit zweihundertvierzig Litern fuhren sie zurück zur Brennerei und ergänzten die Lieferung durch ihren eigenen New Make. Andrew lieferte die Kanister problemlos aus und bekam, wie immer das Geld. Da Colin auch in der darauffolgenden Woche krank war, wiederholten sie einfach die Prozedur der Vorwoche.

»Colin, das ziehen wir bis Ende April so durch. Ich weiß wie es sicher gut geht. Wir tauschen nur zweihundertvierzig Liter und geben unseren New Make dazu. Da sind wir viel schneller und das Risiko erwischt zu werden ist geringer.«, erklärte Dennis Colin als dieser wieder in der Lage war ins Lochindaal Pub zu kommen.

»Leute, wir haben Euch zusammengerufen, um Euch über die aktuelle Entwicklung in der Destillerie zu informieren.«, eröffnete Billy Murdoch die Mitarbeiterversammlung, die er Mitte März einberufen hatte. »Ich werde Euch am 31.03. verlassen. SID hat mir einen neuen Posten in der Speyside zugeteilt. Ich möchte mich bei Euch bedanken. Ihr habt immer einen super Job gemacht und ich war wirklich gerne bei Euch und auf Islay. Aber wenn die Chefs es befehlen, dann muss ich diesem Ruf folgen.«

»Warum? Warum müssen Sie weg, Billy?«, Amy Madeland liefen Tränen über die Wangen. Das alte Mädchen aus der Verwaltung hatte viele Jahre mit Billy zusammengearbeitet und war sichtlich schockiert.

»Amy, es ist nicht schlimm. Es ist der Lauf der Dinge. Unsere Zentrale ist mit der Qualität der zuletzt von uns hergestellten Whiskys nicht ganz einverstanden. Ich habe ihnen erklärt, dass unsere Anlagen völlig veraltet und störungsanfällig sind, weshalb wir wohl die Schwankungen in der Produktqualität haben. Eine dauerhafte Besserung ohne Sanierung konnte ich nicht zusagen. Sie haben jetzt Donald MacPhail reaktiviert, um den Laden als neuer Manger wieder auf Vordermann zu bringen.« Amy liefen inzwischen die Tränen über die Wangen und sie schluchzte bitterlich. »Amy, Sie müssen sich keine Sorgen machen. Ich kenne Donald. Er ist ein wirklich guter Mann und in seinen über fünfzig Jahren in der Industrie hat er sich einen Ruf als sehr umgänglicher Fachmann erworben.« Er hatte nicht verstanden, dass Amy nicht aus Angst weinte.

Auch Colin war sichtlich beunruhigt, da er nicht einschätzen konnte, welche Auswirkungen die Veränderung auf ihre nächtlichen Aktivitäten haben würde. Seine Freunde teilten die Bedenken.

Am ersten April erschien Donald MacPhail erstmals in der Destillerie und sprach mit den Mitarbeitern.

»Meine Damen und Herren, Billy hat mir gesagt, dass Ihr eine Klasse Truppe seid und Ihr immer gut mit ihm zusammengearbeitet habt. Ich bin mir sicher, dass wir auch gut miteinander auskommen werden.« Donald musste eine Pause machen. Er war höchstens ein Meter siebzig groß und recht korpulent. Offensichtlich war er den leiblichen Genüssen und dem Alkohol in seinen sechsundsechzig Lebensjahren nicht abgeneigt gewesen, was auch sein geädertes Gesicht und die dunkel unterlaufenen Augen bestätigten. »Ihr macht jetzt einfach so weiter wie bisher und dann sehen wir was dabei rauskommt. Irgendwann müssen die da oben dann halt investieren.« Er strich eine heruntergefallene Strähne über sein lichtes Haupt. Ich melde mich, wenn mir irgendwas nicht passt. Jetzt schaue ich mir erst mal mein Büro an und in den nächsten Tagen komme ich mal bei Euch vorbei.«

»Sheena, du glaubst es nicht. Dieser MacPhail ist ein uralter Alkoholiker, dem ist völlig Wurst was wir machen und ich habe mir vor Angst in die Hose geschissen.«, informierte er seine Frau erleichtert am Abend.

Kapitel XXI
Samstag 16.03.19 Islay

Sicherlich hatte Elena, die unbefriedigt zu Bett gehen musste, auch nicht gut geschlafen. Er war in dieser Nacht mehrmals aufgewacht, da sein Gehirn auf Hochtouren ständig neue Bilder und Gedanken produzierte. Da war der Sturz auf der Fähre. Vermutlich hatte es ihn am Kopf doch härter getroffen als er es wahrhaben wollte. Gegen sechs stand er auf und ging eine Runde um das Hotel. Im Frühstücksraum war außer ihm noch niemand und das Personal baute noch das Buffet auf.

»Ein Full Scottish Breakfast mit pochiertem Ei, bitte.«, orderte er die Grundlage für einen erfolgreichen Aufenthalt auf Islay. Rückblickend stellte er fest, dass der gestrige Tag ihn, außer bei Elena, keinen Schritt weitergebracht hatte. Das musste sich heute ändern.

Er genoss das wunderbare Frühstück mit reichlich Kaffee. Das mit dem Tee konnte er sich einfach nicht angewöhnen. Er brauchte kräftigen schwarzen Kaffee und davon viel. Um acht Uhr herum verließ er das Hotel und fuhr mit seinem Wagen in Richtung der Südküste, um in Port Ellen der Küste

Richtung Osten zu folgen. Sein Plan war ein Besuch bei Ardbeg und natürlich, wie bei jedem Islay Aufenthalt, ein Abstecher zum Kildalton Cross. Er wusste, dass ihm dies bei seiner Recherche zu Old Allan kaum neue Erkenntnisse bringen, aber viel Freude bereiten würde. Was sollte er auch tun? Wenn er nicht durch Zufall jemanden finden würde, der damals beteiligt war, würde die Suche einfach im Sande verlaufen. Außerdem brauchte er ja auch für seine nächste Reise noch einen Grund.

Tom fuhr an Laphroaig und Lagavulin vorbei und erreichte noch vor neun Uhr den Parkplatz von Ardbeg, den er völlig leer vorfand. Die Destillerie lag etwas tiefer, direkt am Meer. Aus dem Stillhouse stiegen Dampfschwaden in den klaren blauen Himmel über der Südküste. Er stellte seinen Wagen ab und ging an der alten Brennblase vorbei und die breite Treppe zum, mit einem großen Logo verzierten, Hof hinunter. Auf beiden Seiten ragten die renovierten und strahlend weißen Destilleriegebäude in die Höhe. Vorbei am in der alten Kiln errichteten Besucherzentrum führte sein Weg in den unteren Hof zum Warehouse Nr. 1. Er nutze den Durchgang neben dem Warehouse und betrat den Bootsanleger, der nur wenige Meter ins Meer hinausragte. Dort erlebte er einen der magischen Momente, die man auf Islay erleben konnte. Die niedrigstehende Sonne spiegelte sich im Meer, das in einer leichten Brandung sanft gegen die Küste rollte. Das leise Rauschen der Wellen gemischt mit den Rufen einzelner Möwen war mit den Geräuschen der arbeitenden Destillerie unterlegt. So stand er da und inhalierte die Luft, die alles enthielt, was einen guten Ardbeg Whisky ausmachte. Sie war geschwängert mit dem Duft von Salz, Seetang und Jod und gemischt mit den von der Destillerie herüberwehenden süßen Malzaromen, die von schwerem Rauch überlagert waren. Es dauerte Minuten bis er sich wieder lösen und zurück Richtung Besucherzentrum gehen konnte. Als er dieses betrat, sah er auf dem Parkplatz einen abgestellten weißen Ford Kuga, zog seinen Notizblock heraus und machte seinen vierten Strich.

»Ein Gepolter auf dieser Drecksstraße. Wieso haben die uns hierher auf die Scheißinsel geschickt? Das abgestandene Bier von gestern liegt mir jetzt immer noch im Magen, obwohl ich die halbe Nacht gekotzt habe.«, lamentierte Garry Bolland als sie auf den Parkplatz der Destillerie fuhren.

»Du stinkst auch aus dem Maul wie eine volle Hafennutte. Hättest dir wenigstens mal die Zähne putzen können.«, war David Robertson sichtlich genervt. Er stellte den Wagen auf dem Parkplatz ab, wo sie die weitere Entwicklung abwarten wollten.

»Wo geht der Arsch jetzt hin? Der geht ja gar nicht rein.«, zeterte Garry, »Außerdem habe ich jetzt Hunger.«

»Hast du nichts gefrühstückt?«

»Du Idiot hast mich ja mitten in der Nacht aus dem Bett geschmissen.«

»Halt einfach die Schnauze und nimm einen Schluck.«, mit diesen Worten reichte er, in der Hoffnung auf einen besseren Atem und etwas Ruhe, seinen Flachmann hinüber.

»Was is'n da drin?«

»Whisky natürlich.«

»Aha.« Er nahm einen kräftigen Schluck, spürte wie der Rauch seinen Mund ausfüllte, die Nase hinaufstiegt und spuckte in hohem Bogen den Whisky gegen das Armaturenbrett und auf seine Hose. »Bäh! Das ist der Dreck, den die hier machen. Ist ja widerlich, da kann ich ja gleich einen Aschenbecher auslecken.«

»Jetzt kommt er wieder und geht rein.«, versuchte David seinen nervtötenden Kollegen zu ignorieren, »Wenigstens riecht es hier jetzt besser.«

Sie saßen wohl zwei Stunden dösend im Wagen. Den Hunger seines Kollegen hatte David mit zwei Marsriegeln fürs Erste vertrieben, doch jetzt machte sich bei ihm ein Bedürfnis nach Erleichterung bemerkbar. Der Parkplatz war inzwischen stark frequentiert und er konnte nicht einfach gegen ein anderes Auto pinkeln.

»Ich geh mal pissen. Du passt auf, wenn er rauskommt.«

»Wo?«

»Wo was?«

»Wo du pissen gehst?«

»Na da unten. Da sind massig Besucher. Da ist ein Lokal. Da wird man doch sicher ordentlich pissen und sich die Hände waschen können.«

»Aha. Wenn du wieder da bist, muss ich auch mal.«

Das ist schlimmer als im Kindergarten., dachte sich David, stieg aus und ging hinunter zum Besucherzentrum. Als er dieses betrat, sah er den Deutschen am Tresen stehen und bog nach rechts in Richtung Toiletten ab. Dort hatte sich eine kleine Schlange gebildet, so dass er kurze Zeit anstehen musste.

Tom hatte drei wunderbare Dram verkostet, sich mit einem Kaffee gestärkt und noch eine Flasche Kildalton Cross Whisky gekauft, bevor er zum gleichnamigen Kreuz aufbrach. Er ging zum Astra, stieg ein und fuhr auf der einsamen Single Track

Road weiter Richtung Nordosten, wo er nach vier Kilometer rechts abbog. Hier bemerkte Tom, dass ihm der weiße Kuga recht nah auffuhr und ebenfalls Richtung Kildalton abbog.

Nach einem weiteren Kilometer hatte er das Kildalton Cross erreicht. Dieses stand neben der Ruine einer alten kleinen Kirche, umrahmt von einer brusthohen Steinmauer. Das Kreuz selbst war gut zweieinhalb Meter hoch und knapp eineinhalb Meter breit und hatte den typischen keltischen Kreis um das Zentrum des Kreuzes. Auch wenn es sich hier nur um die Kopie des sich im Museum befindlichen Originals aus dem achten Jahrhundert handelte, verbreitete es eine gewisse Magie. Er stellte sein Auto auf dem Parkplatz gleich neben der Mauer ab. Dort befand sich bereits ein VW Bus und mehrere Männer liefen um das Kreuz herum.

»Guten Morgen!«, begrüßte er die uniformierten Deutschen, denen er nun schon zum dritten Mal auf diesem Trip begegnete.

»Auf Islay ist jeder Morgen gut.«, grüßte ihn der Größte der Truppe zurück. »Und ein Morgen am Kildalton Cross ist nicht mehr zu toppen.«

Der Dialekt war unverkennbar. »Ihr seid auch aus Franken.«

»Ja, Unterfranken, Single Malt Spirit, schon mal gehört?«

»Klar, jetzt fällt es mir ein. Und ich bin der Whisky Doc vom Single Malt Castle.«

Die Whiskywelt ist wirklich klein., dachte Tom. Dann machte er noch etwas belanglosen Smalltalk.

»So, wir müssen aber jetzt weiter. Wir gehen jetzt noch zu Ardbeg Haggies essen und haben um halb zwei eine super Tour gebucht. Tschüss, mach's gut. Wir melden uns, wenn wir daheim sind.«, verabschiedete sich die Truppe und fuhr weg.

Garry hatte den Deutschen aus der Destillerie kommen und in sein Auto steigen sehen. *Scheiße wann kommt der Depp?,* hatte er sich gefragt und zunächst auf David gewartet. Der Deutsche war vom Parkplatz nach rechts abgebogen. Er musste jetzt eine Entscheidung treffen, um ihn nicht zu verlieren. Schnell war er auf den Fahrersitz gerutscht, hatte den Wagen gestartet und die Verfolgung aufgenommen. David würde er auf dem Rückweg mitnehmen. Sein Handy hatte der Arsch natürlich im Auto liegen lassen. Er gab also mächtig Gas, um den Kraut einzuholen. Das war ihm nach vier Kilometern gelungen als dieser rechts abbog. Dann war er ihm weiter bis zu diesem Trümmerhaufen gefolgt auf dem eine Horde Touristen herumturnte, mit denen der Deutsche lange gequatscht hatte. Als sie weggefahren waren, hatte er sein Auto auf dem Parkplatz abgestellt. Der Deutsche stieg in der Ruine herum und schaute sich ein vergammeltes Kreuz an. Sonst war hier kein Schwein. Aber irgendein Clown musste heute schon hier gewesen sein. Neben dem Parkplatz hatte jemand einen Tisch und eine Bank aufgestellt. Auf dem Tisch befanden sich Thermoskannen, eine Box mit Tassen und Tupperboxen mit Kuchen. Daneben waren eine Kasse und ein Schild mit der Aufschrift „Selbstbedienung, Kaffee 1,50 Pfund, Kuchen 2 Pfund. Bitte legen Sie das Geld in die Kasse. Danke und viel Vergnügen auf Islay." Das war ja wohl das Dümmste was er je gehört hatte. Er öffnete eine Box und nahm sich zwei Stück Kuchen heraus. *Schmeckt sogar!*, dachte er sich und schenkte sich zum Herunterspülen eine Tasse Kaffee ein, der auch ganz okay war. Dann öffnete er die Kasse, sah so gut zehn Pfund, und griff hinein.

»He! So geht das nicht!«, rief Tom, der Garry beobachtet hatte und eiligen Schrittes auf ihn zuging.

Garry baute sich vor ihm auf: »Was he? Was willst du, Wichser?«

»Legen Sie sofort das Geld zurück und bezahlen Sie Ihren Kuchen und den Kaffee. Da hat sich jemand Mühe gemacht. Also zahlen Sie, sonst…«

»Was sonst? Was willst du Kraut hier? Das geht dich einen Dreck an, was wir Schotten machen. Also was sonst?«

Tom erkannte, dass er wohl körperlich unterlegen sein würde. »Sonst hole ich die Polizei.«

»Pass mal auf, du kleiner Scheißer. Ich zeig dir jetzt was.«, dann griff Garry in seine Jacke und zog eine Pistole heraus, »Willst du immer noch die Polizei rufen?« Er richtete die Waffe auf Tom und fuchtelte vor seiner Nase damit herum. »Dann mach ich dich…«, er versuchte eine Fliege oder ähnliches von seiner Nase zu wischen. Tom sah einen kleinen roten Punkt auf seiner Stirn, der plötzlich zu einem großen Loch wurde und dann hörte er einen leisen dumpfen Knall. Sein Gegenüber stand noch, die Waffe fiel im aus der Hand, Blut quoll aus dem Loch, das fast mittig auf der Stirn entstanden war. Dann sackte der Kopf nach vorne und er fiel wie ein Baum in seine Richtung um. Tom hatte Glück. Der Schotte fiel knapp an ihm vorbei. Er stand wie versteinert, hätte nicht ausweichen können, war nicht in der Lage sich zu bewegen. War nicht in der Lage zu denken. Er stand nur da. Vielleicht waren es dreißig Sekunden, vielleicht waren es fünf Minuten. Er hörte nichts, fühlte nichts. Nur seinen Puls nahm er noch wahr. Er lebte, blickte sich um, sah niemanden und begann zu rennen. Er rannte so schnell er konnte.

Kapitel XXII

April 1980 Islay

»Drei Belhaven und das Ale Stew für die Herren.« Sheena lächelte als sie den Angels of Islay ihren Eintopf hinstellte. »Damit ihr bei Kräften bleibt. Ihr habt ja wieder ein hartes Wochenende vor euch.«

»Danke Sheena!«, erwiderte Dennis, »Die nächsten werden aber noch härter.«

»Wieso?«, wollte Colin wissen.

»Weil wir morgen letztmals mit den zweihundert Litern zurechtkommen. Danach brauchen wir wieder möglichst die volle Menge.«

»Das verstehe ich nicht.«, schaltete Andrew sich ein, »Hat dein MacMalt etwas gemerkt?«

»Nein, Jungs ich kann verhindern, dass er etwas merkt, aber nur bis zu dieser Lieferung.«

»Erklär das mal so, dass das auch ein dummer Ileach es versteht.«, hakte Andrew nach.

»Jungs, ich kann euch das nicht erklären. Vertraut mir. Bis jetzt ist immer alles gut gegangen und ich werde dafür sorgen, dass es auch weiterhin gut geht. Aber es ist besser für euch, wenn ihr die Details gar nicht kennt. Das ist mein Teil vom Job und ihr macht euren.«

»Ja, aber wieso nur noch dieses Mal mit unserem New Make?«

»Andrew, ein letztes Mal, lass es meine Sorge sein. Es hat etwas mit den Lieferwegen zu tun. Okay?«, antwortete Dennis sehr nachdrücklich.

Colin und Andrew waren von Dennis' bestimmter Art überrascht und beeindruckt zugleich. Wenn er etwas getrunken hatte, konnte er schon mal einen Spruch loslassen oder patzig sein. Sonst schien ihm eigentlich immer die Sonne aus dem Arsch und er war nett zu allen, die ihm in die Quere kamen.

»Ist ja gut. Wir haben verstanden. Jetzt lasst uns in Ruhe essen.«, versuchte Colin die Lage zu beruhigen. »Übrigens, unser neuer Manager, dieser MacPhail, ist die absolute Krönung. Der hängt den halben Tag in seinem Büro und döst vor sich hin. Ab und zu schleppt er sich durch die Destillerie und hält mit den Leuten ein Schwätzchen. Der hat gestern eines der Fässer probiert, die wir bearbeitet haben. Ich habe mir fast in die Hosen gemacht. Nach einem großen Schluck hat er gesagt, dass er nicht optimal, aber für einen Blend gut genug ist. Der ist keine Gefahr. Der rafft nichts.«

Sie tranken noch zwei Bier und verabredeten sich für den darauffolgenden Tag zum Brennen.

Am Dienstagabend hatte Dennis gemeinsam mit MacMalt die „Maid of the Sound", einen kleinen alten Fischkutter beladen, der in den frühen Morgenstunden von Port Askaig auf das Festland übersetzen sollte. Es war ihnen kaum gelungen, die rund vierhundert Kanister an Bord zu verstauen. Sie hatten diese aber gut vertäut, so dass auch bei größerem Wellengang nichts verloren gehen konnte.

»Morgen um neun Uhr muss der Kutter in Ormsary sein. Da wartet ein gewisser Roy mit einem Laster von Cunnington Ltd.«

»Ist klar. Er wird pünktlich sein.«, beruhigte Dennis ihn.

»Und nicht, dass dein Kapitän mir unterwegs eine Fähre rammt oder so. Das ist ein Haufen Geld auf dem Boot.«, scherzte MacMalt.

»Nein, der Kapitän ist ein erfahrener Seemann. Da brauchst du dir keine Sorgen zu machen.«, beruhigte ihn Dennis.

»Okay. Dann sehen wir uns nächste Woche Montag mit der nächsten Lieferung.« Dennis kassierte noch die fünfhundert Pfund für den Kapitän und verabschiedete sich.

Nach Einbruch der Dunkelheit kehrte er wieder zurück. Den Lieferwagen parkte er rückwärts auf der Mole nahe am Liegeplatz der „Maid of the Sound". Dennis kletterte vorsichtig auf das Boot und löste die Sicherungsseile der Kanister. Dann hob er diese über die Reling und stellte sie auf die Mole. Nach einiger Zeit hatte er so alle Whiskykanister entladen und ersetzte diese durch vier benzingefüllte Kanister, die er an Deck verstaute. Kurz bevor er die letzten Whiskybehälter auf die Ladefläche gewuchtet hatte, hörte er die Geräusche eines sich nähernden Autos und dann sah er auch schon die Lichter, die sich die Serpentine vor dem Hafen herunter wanden. Er war körperlich am Limit und beeilte sich so gut es ging. *Nur noch drei!*, feuerte er sich an. Das Auto hielt etwas abseits und der Fahrer stieg aus und ging auf ihn zu. Dennis zerrte den letzten Behälter auf die Ladefläche und schlug eilig die Hecktüren zu.

»Hi, Bob.«, rief er dem Ankömmling sichtlich erleichtert entgegen als er diesen erkannte. Bob war zwar nicht das hellste Licht unter der Sonne und trank gelegentlich zu viel, aber für einfache Aufträge war er gut zu gebrauchen. Und das hier war eigentlich eine einfache Sache.

»Bob, hier sind deine fünfhundert Pfund. Du fährst noch vor Sonnenaufgang los und machst alles genau wie besprochen. Ist das klar?«

»Aye!«, antwortete dieser.

Dennis fuhr gegen drei Uhr zurück in die Firma, wo er die Kanister zum dritten Mal an diesem Tag schleppen musste.

Die „Maid of the Sound" legte, exakt wie besprochen, kurz vor Sonnenaufgang ab. Der Motor lief unrund und qualmte in den Nachthimmel. Bob tat sich schwer mit der ausgeleierten Steuerung gegen die Wellen und den Wind anzukommen. Er hielt sich sehr nahe an der Küste von Islay. Jura auf der anderen Seite konnte er nur erahnen. Dann, nach zirka zwei Kilometern, sah er auf Steuerboard den hellen Schimmer eines kleinen Sandstrandes und hielt den Kutter volle Kraft parallel zu diesem hellen Streifen. Er ließ das Steuerrad los, rannte zum Heck und kauerte sich dort, gerade noch rechtzeitig, zusammen. Es tat einen fürchterlichen Schlag als die Maid gegen die, am Ende des Strandes, ins Meer hinausragenden Felsen schlug. Bob sprang schnell auf, verteilte etwas Benzin auf dem Deck, zündete es an und sprang ins Wasser. Da die Felsen mit dem Strand eine Bucht bildeten, war die Strömung an dieser Stelle sehr gering und er konnte die fünfundzwanzig Meter zum Strand im eisig kalten Wasser sehr schnell zurücklegen. Der Lichtschein des brennenden Kutters erhellte ihm den Weg. Bob drehte sich noch einmal um und sah den Seelenverkäufer vollständig in Flammen stehen. *Viel weiter wäre ich mit dem Kahn eh nicht gekommen.*, dachte er und wunderte sich, dass Dennis noch eine Versicherung für den Pott bekommen hatte. Viel würde die sicher nicht zahlen, aber er musste ja nicht alles verstehen.

Kapitel XXIII

Samstag 16.03.19 Islay

Tom rannte. Er dachte nicht. Er rannte. Ohne Ziel. *Nur weg!* Er rannte zunächst auf der Straße zurück. Als entfernte Motorgeräusche zu hören waren, erhöhte sich seine Panik. *Sie kommen…. Weg von der Straße.* Hinter der hüfthohen Steinmauer war der Weg von Gebüsch gesäumt, in das sich Tom schlug. Hier könnte er sich verstecken, falls sie ihn suchten. Es war sehr beschwerlich in dem feuchten Gelände abseits der Straße voran zu kommen. Teilweise sank er bis über die Knöchel ein, dann war der Untergrund wieder fest und trocken. Er rang so stark nach Luft, dass seine Lungen zu schmerzen begannen, zwang sich aber weiter zu gehen. *Ich muss die Polizei rufen, ich muss die Polizei rufen!,* spulte er gleich einem Mantra ab. Nach einiger Zeit sah er ein kleines Haus am Straßenrand stehen. Es war ein typisch schottisches Cottage, dessen Besitzer es weiß verputzt hatten. Die Fensterumrandungen, die Hausecken und die Türe waren Lila angestrichen worden und durch den Garten stolzierte ein Pfau. Er blickte sich auf der Straße um, konnte nichts entdecken und rannte zur

Haustüre. Nach einigem Klopfen öffnete eine Dame mittleren Alters die Türe.

»Schnell, rufen sie die Polizei. Am Kildalton Cross ist jemand erschossen worden.«, drängte er die Frau zur Seite und drückte sich an ihr vorbei in das Haus. »Schnell, rufen Sie die Polizei! Ein Toter am Kildalton Cross.«

Die Bewohnerin griff völlig verängstigt zum Handy und wählte die Nummer der Polizei in Bowmore.

»Ja, hallo, hier ist ein Mann, der sagt am Kildalton Cross sei jemand erschossen worden ... Ja, er ist bei mir ... Fairy Hill Cottage. Das ist hinter Ardbeg ... Gut.« Dann legte sie auf. »Sie sollen hier warten ... Gehen Sie bitte in dieses Zimmer.«

Tom folgte der Anweisung ohne nachzudenken und bemerkte, wie hinter ihm die Türe geschlossen und verriegelt wurde. Dann nahm er Geräusche wahr, die vom Verrücken von Möbeln stammten. Die Toilette, in der er sich wiederfand, war ein Raum von zwei Quadratmetern mit einem Fenster durch das er noch nicht einmal den Kopf gebracht hätte. Von einer Frau gefangen, saß er nun da und die Bilder gingen ihm ständig durch den Kopf. *Was war passiert?* Die Zeit verging wie in Zeitlupe und der Raum schien immer enger zu werden. Wenn er nicht bald hier rauskäme würde er durchdrehen. Nach endlos scheinenden fünfundzwanzig Minuten hörte er die sich nähernden Sirenen eines Polizeifahrzeuges, die immer lauter und dann wieder leiser wurden. *Die sind vorbeigefahren, warum sind die vorbeigefahren?*, schoss es ihm durch den Kopf. Er merkte wie er sich zusehends verkrampfte und erste Tränen über seine Wangen liefen. Es dauerte weitere fünfzehn Minuten bis er erneut Motorengeräusche und schlagende Türen hörte.

»Endlich sind Sie da.«, hörte er eine Frauenstimme.

»Wo ist der Typ?«, fragte ein Mann mit zorniger Stimme.

»Ich habe ihn in der Toilette eingesperrt.«

Dann nahm er wieder die Schleifgeräusche wahr.

»Das war auch gut so. Der hat ein Problem.«, erwiderte der Mann.

»Sie da drinnen. Hier spricht die CI Hiram MacAskill Islay Police. Ich werde jetzt die Türe öffnen. Setzen Sie sich auf die Toilette und nehmen Sie beide Hände hinter den Kopf.« Dann öffnete er die Türe und sah ein heulendes Häuflein Elend vor sich sitzen.

»So, stehen Sie jetzt auf und kommen Sie raus.« Er tastete Tom nach Waffen ab. »Was ist da draußen passiert?«, fragte MacAskill, der einen weiteren Kollegen bei sich hatte.

Tom versuchte sich zu fassen: »Da war ein Mann, der hat mich mit einer Waffe bedroht und dann hat ihn jemand in den Kopf geschossen und er ist tot umgefallen.«

»Aha, da hätte ich noch einige Fragen. Wir nehmen Sie mit auf die Polizeistation nach Bowmore und machen ein Protokoll.«

»Aber mein Wagen?«

»Den holen wir später. Der steht da ganz gut.«

»Sie haben super reagiert.« MacAskill nickte der Dame zu und schob Tom Richtung Polizeiwagen.

Das ständige Gejammer und Gerotze des Deutschen nervte und beunruhigte Hiram gleichzeitig, weshalb er beschloss zunächst am Islay Hospital vorbei zu fahren.

»Ah, Hiram und Mr. Schmitt. Richtig?« begrüßte ihn Doc Wallace, der ihn erst am Vortag auf eigene Gefahr hin entlassen hatte.

»Sie kennen sich?«, fragte MacAskill überrascht.

»Ja, Mr. Schmitt war vorgestern auf der Fähre gestürzt und auf den Kopf gefallen. Wir hatten ihn zur Sicherheit eine Nacht hier und gestern Morgen entlassen. Da sah er aber irgendwie besser aus. Was ist passiert?«

»Nun, Mr. Schmitt gibt an, einen Mord gesehen zu haben und ist völlig durch den Wind. Wir müssten ihn noch verhören. Könnten Sie etwas machen, dass er sich beruhigt?«

Doc Wallace nahm Tom mit ins Besprechungszimmer, wo ihm dieser die Geschichte ebenfalls erzählte. Dann entschied er sich, ihm ein leichtes Beruhigungsmittel zu verabreichen, dessen Wirkung sehr schnell einsetzte. Er übergab, mit einem ratlosen Schulterzucken, Tom wieder an CI MacAskill, der ihn zur Polizeiwache in Bowmore brachte.

»So, Mr. Schmitt.«, MacAskill stellte ihm ein Glas Wasser hin, »Jetzt erzählen Sie noch einmal alles ganz genau von vorne.

»Das habe ich doch schon.« Tom war genervt, aber das Medikament hatte ihn sichtlich entspannt. »Also ich bin mit dem Wagen zum Kildalton Cross gefahren. Da war eine deutsche Reisegruppe mit der ich mich unterhalten habe. Dann bin ich zum Kreuz gegangen und sah, wie ein weißer Ford Kuga auf den Parkplatz fuhr. Ich habe dann beobachtet, wie der Fahrer sich an dem Tisch mit dem Kuchen bediente und die Kasse leeren wollte und bin zu ihm hin, um ihn zur Rede zu stellen.«

»War da sonst noch jemand?«, fragte MacAskill.

»Nein, nur er und ich. Ich habe ihm also gesagt, dass er nicht einfach Sachen und Geld hier wegnehmen kann und dann ist er ausgeflippt und hat eine Waffe gezogen und auf mich gerichtet. Dann habe ich einen Fleck auf seiner Stirn gesehen, einen leisen Knall gehört und dann ist er umgefallen und war tot.«

»Also, Sie waren alleine mit dem Mann. Richtig?«

»Ja.«

»Wie sah er genau aus?«

»Aber das wissen Sie doch?«

»Ich will aber, dass Sie mir ihn beschreiben.«

»Es war ein etwas ungepflegter Typ. Zirka eins achtzig groß. Dunkle, sehr kurze Haare und ein derber Gesichtsausdruck. Seine Ausdrucksweise war ebenfalls sehr deftig mit starkem Dialekt.«

»Aha. Wie sah die Waffe aus, die er gezogen hat?«

»Ein Revolver. Nein ohne Trommel. Eine dunkle Pistole.«

»War das eine echte Pistole?«, hakte MacAskill nach.

»Woher soll ich das wissen? Ich habe sie nicht ausprobiert.«, antwortete Tom etwas irritiert.

»So und dann wurde geschossen. Wo genau kam der Schuss her? Sie waren doch alleine oder?«

»Das weiß ich nicht. Verdammt nochmal, da war ein Fleck, ein Loch, Blut und dann bin ich gerannt. Wollen Sie mir den Mord anhängen oder warum fragen Sie so komisch?«

»Also, Mr. Schmitt.«, CI MacAskill beugte sich nahe an ihn heran, »Ich bin seit fast vierzig Jahren Polizist auf dieser Insel und ich habe dabei viele Spinner erlebt. Aber Sie sind die absolute Krönung.«

»Weshalb?«, fragte Tom erschrocken.

»Mr. Schmitt, nachdem wir informiert wurden, sind wir wie die Bekloppten von Bowmore zum Kildalton Cross gerast und was haben wir dort gefunden?«

»Einen Toten mit Kopfschuss?«

»Einen Asiaten in einem Lederfransen-Kostüm, der neben seiner Harley Davidson sitzend seinen Reiskocher angeschmissen hatte. Dazu noch eine vierköpfige indische Familie, die sich interessiert das Kreuz betrachtete. Die waren rund fünfzehn Minuten vor uns dort angekommen. Da war kein Toter. Da war kein weißer Ford Kuga. Da war noch nicht einmal ein Tropfen Blut. Da war nichts. Außer Ihrem roten Astra natürlich.«

»Das kann nicht sein.« Tom war sprachlos. Verlor er langsam den Verstand?

»Mr. Schmitt, es gibt jetzt drei Möglichkeiten und ich nenne, zu Ihren Gunsten, die für Sie sprechenden zuerst. Also, Sie sind bei dem Sturz auf den Kopf gefallen und haben deswegen Halluzinationen. Die zweite Variante ist, dass irgendjemand Sie tierisch verarscht und Ihnen etwas vorgespielt hat. Das halte ich für nicht so wahrscheinlich. Das Wahrscheinlichste ist, dass Sie uns hier verscheißern wollen und uns eine Räuberpistole erzählt haben.«

»Nein, es war genau so, wie ich es gesagt habe.«, sagte Tom und zweifelte gleichzeitig selbst an seinen Worten.

»So, mein Freund, wir haben jetzt zwei Möglichkeiten. Die eine ist, dass ich Sie als Verdächtigen in einem Mordfall verhafte, für den ich keine Leiche habe. Wenn Sie nur zu zweit dort waren, wer außer Ihnen soll ihn dann erschossen haben? Die zweite und von mir bevorzugte ist, dass wir das Ganze für einen schlechten Scherz eines betrunkenen Whiskytouristen halten und auf ein Protokoll verzichten. Wir bringen Sie zu Ihrem Auto und hören nie wieder etwas von Ihnen.«, er machte eine kleine Pause, »Welche Vorgehensweise bevorzugen Sie?«

Kurze Zeit später saß Tom im Polizeiwagen und wurde von Constable Wagner zum Kildalton Cross gefahren. Der Platz war von den Insassen eines Kleinbusses bevölkert. Er schaute sich erst vorsichtig die Umgebung an. Dann stieg er aus, sofort in seinen Wagen ein und fuhr weg, so schnell es ging.

Kapitel XXIV

Sommer 1980 Islay

Es war Sommer auf Islay und die Temperaturen reichten wieder an die zwanzig Grad Marke heran. Colin musste, an den von Sheena gewählten Terminen, weiter seinen ehelichen Pflichten nachkommen. Nicht, dass er keine Freude daran gehabt hätte, aber selbst nach anstrengendsten Tagen zerrte sie ihn ins Bett. Sie bekam immer noch ihre Tage, so dass kein Ende der Tortur in Sicht war.

In der Angels of Islay Destillerie ging an den Samstagen alles seinen gewohnten Gang. Der Kessel glühte und trotz einiger kleiner technischer Probleme waren die Drei zufrieden und guter Dinge. Die warme Sommersonne trug wohl das ihrige hierzu bei, denn die Arbeit ging leicht von der Hand.

Dennis hatte mit seinen Freunden nie über den Kutter und dessen Ladung gesprochen. Das war seine Sache und sie hatten nach wie vor keine Ahnung, wer der Käufer war. Genau wie es sein sollte, war MacMalt natürlich auch ahnungslos von dem was wirklich passiert war. Das Problem, den bereits gezahlten und verbrannten Whisky jetzt nachliefern zu müssen, belastete diesen aber enorm, da er bei seinem Kunden in der Pflicht stand. Da war es eine glückliche Fügung, dass Dennis noch eine größere Menge in seinem Privatlager hatte. Das war sein ganz persönlicher Coup von dem die anderen nichts wissen mussten. Schließlich war er es, der alles organisierte und beschaffte. Er war es auch, der MacMalt aufgerissen hatte. Ohne ihn wäre hier Garnichts gelaufen. Er mischte jedem Original eine kleine Menge ihres New Makes bei, um die Zusatzeinnahmen etwas zu steigern und lieferte diesen mit dem anderen Whisky aus. MacMalt war inzwischen wieder auf den Transport per LKW umgestiegen, da ihm dies sicherer erschien. Nun, ein zweites Mal hätte Dennis die Nummer ohnehin nicht durchziehen können. Dennis verdiente, durch seinen cleveren Schachzug, gerade mehr als das Doppelte. Andrew und Colin waren jetzt auch wieder motivierter und wenn sie einen Durchhänger hatten, sprang Sheena ihm bei und puschte die beiden weiter zu machen.

»Eh, das mit dem Kutter habe ich doch super gemacht, stimmt's?« Sprach ihn jemand von der Seite an als er in Port Askaig mit der Fähre angekommene Ware lud. Er drehte sich um und sah Bob, der stark nach Alkohol riechend neben ihm stand.

»Hallo Bob, alles klar?«, erwiderte er unwillig.

»Was hast du denn von der Versicherung für den alten Kahn bekommen? Hä?«

»Das geht dich nichts an. Du hast dein Geld bekommen. Ich habe mich an die Abmachung gehalten.«

»Ich bin gerade etwas knapp. Habe gerade keinen Job. Gib mir noch was.«

»Bob, ich habe von der Versicherung nichts bekommen.«, sagte er wahrheitsgemäß.

»Komm, gib mir wenigstens noch fünfzig Pfund, damit komme ich über das Wochenende.« Er versuchte, Dennis in die Tasche zu greifen.

»Nimm deine Dreckspfoten da weg, sonst mach' ich dich platt!«, warnte er Bob. Dann griff er selbst in die Tasche und zog einen Fünfzig Pfund Schein heraus. »Hier, nimm und verpiss dich. Es geht dich einen Scheißdreck an, was ich mit meinem Boot mache.« Bob nahm den Schein und ging direkt in den kleinen Supermarkt am Hafen.

Bei Old Allan entwickelten sich die Dinge etwas anders als Colin es erwartet hatte. Donald MacPhail erwies sich nach einiger Zeit gar nicht als so alt und vertrottelt wie man es zunächst vermutet hatte.

Er hatte, während er vermeintlich döste, die Brennprotokolle der letzten beiden Jahre überprüft und war nach Rücksprache mit den Brennmeistern zu der Erkenntnis gelangt, dass die Anlage renovierungsbedürftig war und altersbedingte Qualitätsschwankungen aufwies. Außerdem waren die Wege zu lang und es war sehr viel Handarbeit nötig. Ganz anders als zum Beispiel bei der neu errichteten Caol Ila Destillerie oder den vielen Neubauten in der Speyside. Doch das alles rechtfertigte nicht die Fehlaromen und die Schwankungen, die sie in den Fässern vorgefunden hatten.

Anfang September hatte er demnach beschlossen, jedes einzelne Fass zu überprüfen und die Werte und die Aromatik zu protokollieren. Dies sollte auf Karteikarten erfasst und jährlich überprüft werden. Colin und seine Kollegen hatten ab diesem Zeitpunkt sehr viel mehr Arbeit zu verrichten. Es war ihre Aufgabe, den Füllstand und den Alkoholgehalt der Fässer zu protokollieren. Zusätzlich wurde jeder Karteikarte ein zehn Milliliter Sample des Fasses beigefügt. Ein Teil wurde wegen der Aromen später von MacPhail verprobt, ein weiterer Teil wurde als Gegenprobe für das nächste Jahr archiviert. Eine derart strukturierte Vorgehensweise beeindruckte alle sehr, zumal sie das bisher nicht gekannt hatten.

Für Colin brach also eine neue Zeit an und er konnte künftig vergessen, ein Nickerchen zwischen den Fässern zu machen. Sie würden sich Warehouse für Warehouse systematisch nach vorne arbeiten. Die Vorgabe war es, beginnend ab September, jeden Monat eines der zehn Warehouses zu erfassen. So hätten sie einen freien Spielraum von zwei Monaten, bevor sie wieder von vorne anfangen würden.

»Dieser MacPhail wird echt zum Problem.«, informierte er die anderen im Lochindaal Pub, »Wenn der alles erfasst hat, merkt er im Jahr darauf, wenn wir uns bedienen.« Dann erzählte er ihnen von der neuen Anweisung.

»Okay. Wo fangt ihr an?«

»Wir haben am Montag im Warehouse eins angefangen. Das müssen wir im September machen. Zwei im Oktober. Drei im November. Im Dezember nichts wegen Weihnachten und weil er Luft haben will, falls wir nicht schnell genug sind. Im Januar geht es dann mit der Vier weiter.«, erklärte Colin.

»Wir können also bis mindestens nächstes Jahr im September weitermachen. Vorher kommt ihr nicht zum zweiten Mal an die Fässer.« resümierte Dennis.

»Stimmt.«, bestätigte Colin, als Sheena gerade zu ihnen stieß.

»Was stimmt?«, wollte sie wissen.

»Sheena.«, sagte Dennis, »Es wird langsam eng bei Old Allan.«, und erklärte ihr den Sachverhalt. »Wir haben also gerade beschlossen, dass wir nächstes Jahr im September aufhören müssen, weil das Risiko zu groß wird.«

Sheena stand auf, ging zum Tresen und kam mit einer Black Bottle und vier Gläsern zurück, die sie fast randvoll füllte.

»Verstehe ich.«, sagte sie, »Aber vorher holt ihr noch alles raus, was ihr kriegen könnt. Slàinte Mhath!«

»Das machen wir!«, stimmten sie ein und hoben die Gläser. Colin war erleichtert, dass ein Ende absehbar war.

Clever gemacht., dachte sich Sheena, *Jetzt halten sie noch ein weiteres Jahr durch...*, und trank den Whisky auf ex.

Kapitel XXV
Samstag 16.03.19 Edinburgh

»Hallo Mr. Cooper, hier ist David Robertson. Wir haben ein Problem hier auf Islay.«

Das waren exakt die Worte, die Jeff Cooper nicht hatte hören wollen. Immer wieder gab es irgendwelche Probleme. Er sehnte den Tag herbei an dem er nur Worte hören würde, wie: Auftrag erledigt, alles in Ordnung oder es läuft bestens.

»Was für ein Problem?«, fragte er nach.

»Garry, Garry Bolland ist verschwunden. Ich finde ihn nirgends und er geht auch nicht an sein Handy.«

»Wie kann er einfach verschwinden?«

»Keine Ahnung. Wir haben die Zielperson observiert und ich war kurz pinkeln. Als ich zurückgekommen bin, waren er und das Auto nicht mehr da. Das war vor der Ardbeg Destillerie. Ich habe fast eine Stunde gewartet. Aber nichts. Irgendwann ist die Polizei vorbeigerauscht. Da habe ich gedacht, er hatte vielleicht einen Unfall oder so. Als ich dann aber mit dem Taxi an der Pension angekommen bin, stand der Mietwagen vor der Tür und der Schlüssel steckte. Auch auf dem Zimmer war er nicht zu finden.«

»Haben Sie gar keine Ahnung?«

»Naja, der war schon den ganzen Tag richtig scheiße drauf. Kann sein, dass der einen Koller bekommen hat und abgehauen ist. Aber wohin, da habe ich keine Ahnung. Ich brauche aber dringend Unterstützung. Vierundzwanzig Stunden kann ich alleine nicht auf den Typen aufpassen. Irgendwann muss ich auch mal schlafen.«

»Läuft ja wirklich superprofessionell bei euch. Sie bleiben jetzt erstmal alleine an dem Deutschen dran und halten ihn weiter auf. Ich kümmere mich um Verstärkung. Das kann aber bis Morgen dauern. Wo kann er Sie finden?«

»Im Finlaggan Bed & Breakfast in Ballygrant.«

»Okay. Wenn dieser Garry wieder auftaucht, hauen Sie ihm, mit schönen Grüßen von mir, eine aufs Maul.«

»Aye, mache ich gerne. Schönen Tag noch.«

»Hören Sie! Verarschen kann ich mich selbst!«, brüllte Jeff ins Telefon und raufte sich die Haare. *Wenn das in die Hosen geht und etwas von damals herauskommt, dann bin ich tot. Nicht nur geschäftlich.*

Dann bin ich wirklich tot. Dafür wird Lacroix mit Sicherheit sorgen. Er griff zum Telefon und wählte die unter „The Butt" gespeicherte Nummer.

»Hallo Elena, wie läuft es bei Ihnen auf Islay?«, eröffnete er das Gespräch unverfänglich.

»Bestens. Keine Probleme. Ich habe diesen Schmitt gestern den ganzen Abend beschäftigt. Heute Morgen ist er dann zu Ardbeg gefahren, wo er offensichtlich zu viel getrunken hat. Als ich vorhin in das Hotel zurückgekommen bin, stand sein Auto draußen und ich hatte eine Nachricht von ihm. »Hallo Elena, ich bin total fertig und lege mich erst einmal hin. Können wir uns heute Abend um neunzehn Uhr zum Dinner treffen?«, las sie diese vor. »Also ich würde sagen, der macht heute gar nichts mehr.«

»Elena, Sie sind ein Schatz. Endlich mal gute Nachrichten.«, freute sich Jeff. »Bleiben Sie dran und melden Sie sich, sobald es etwas Neues gibt.«

»Selbstverständlich, Chef.«, flötete sie und legte mit einem mitleidigen Lächeln auf.

Jeff Cooper ging zum Whiskyregal und schenkte sich einen wunderbaren Dalmore ein. Einen Whisky von Islay konnte er jetzt nicht vertragen. Die Gedanken rotierten in seinem Kopf und das ungute Gefühl, dass hier irgendetwas nicht nach seinen

Vorstellungen läuft, beschlich ihn. Islay hatte ihn vermögend gemacht. Islay hatte ihm aber auch viele graue Haare eingebracht.

»Mr. Cooper, wir müssten jetzt los. Sie haben um siebzehn Uhr einen Termin bei Glenkinchie.«, riss ihn eine junge Dame aus den Gedanken. Jeff drehte sich um. *Auch echt lecker, aber an Elenas Hintern kommt sie einfach nicht ran.*, ging es ihm durch den Kopf.

»Ich mache mich nur noch kurz frisch. In zehn Minuten können wir los.«, antwortete er und verschwand im Bad.

Kapitel XXVI

Herbst 1980 Islay

Die Zugvögel verließen Islay in Richtung Süden und der Wind peitschte über die Torffelder. Der kurze, feuchte Sommer war, wie jedes Jahr, zu schnell vergangen und die ersten Herbstlämmer lagen im nassen Gras.

Die von Dennis organisierten Malzvorräte würden ihnen noch bis ins Frühjahr hinein reichen. So brannten sie, wie gewohnt, jeden Samstag ihren Fusel und achteten auch beim Abzapfen der Fässer nicht mehr auf die exakten Mengen. Da sie die genauen Zeitabläufe bei Old Allan kannten, konnten sie sich sicher sein, dass bis September nichts auffallen würde. Das Motto lautete: Schnell rein und schnell raus. Das einzig verbleibende Risiko war, dass beim Abfüllen eines Fasses etwas aufgefallen wäre, was bis jetzt nicht der Fall gewesen war. Die üblichen Qualitätsschwankungen waren ja bekannt.

So ging auch der Herbst, in dem Sheena von Colin weiterhin ständige sexuelle Aktivität forderte, schnell vorüber. Weihnachten näherte sich und Sheena schmückte das Haus noch mehr als im Jahr zuvor. Sie blühte regelrecht auf, verwöhnte Colin mit seinen Lieblingsspeisen und befriedigte auch seine sonstigen Wünsche nur zu gern. Auch die ständige Forderung nach Sex hatte sich auf ein erträgliches Maß normalisiert.

»Colin, es ist heute so schönes Wetter. Lass uns zur Mull of OA fahren und zum American Monument hochlaufen.«, schlug sie am ersten Weihnachtsfeiertag vor.

»Wenn du willst. Aber nur, wenn wir danach noch ein Bier trinken gehen.« Colin war etwas überrascht, freute sich aber gleichzeitig, wieder einmal an den Ort hinaufzusteigen, wo er mit seinen Freunden noch bevor es legal war einige Bierchen genossen hatte.

Sie fuhren mit dem Auto nach Port Ellen und bogen dann rechts Richtung OA ab. Über die kleinen, teils verwinkelten Straßen gelangten sie sehr weit in den Südwesten der Halbinsel. Dann ging die Straße in einen Feldweg über und endete auf einem überschaubaren matschigen Platz, wo sie das Auto abstellten. In gut einhalb Kilometern Entfernung sahen sie schon den hoch obenstehenden Steinturm. Dieser war von den Amerikanern nach dem Ende des ersten Weltkrieges zu Ehren der Besatzung zweier vor Islay gesunkener Schiffe errichtet worden. Beobachtet von gelangweilten Hochlandrindern, die mit ihrem zotteligen Fell tief im Morast standen, stiegen sie den feuchten matschigen Weg hinauf. Dieser führte durch mehrere Weiden, so dass reichlich Kuhfladen und einige Gatter passiert werden mussten. Die Rinder nahmen die Eindringlinge zur Kenntnis und fraßen unbeirrt weiter. Der Boden war an vielen Stellen so mit Wasser getränkt, dass sie tief einsanken. Je höher sie jedoch kamen, desto imposanter wurde der Ausblick über OA und über Lochindaal hinweg in Richtung Port Charlotte. Bei dem heute sehr klaren Himmel glaubten sie sogar, ihr Haus dort unten erkennen zu können. Der Turm mit der Gedenktafel war nach fünfundzwanzig Minuten erreicht. Auf der südlichen Seite befanden sich steile Klippen, die nahezu senkrecht ins Meer hinabführten. In nördlicher Richtung erstreckte sich eine abfallende Grasfläche, die nach zweihundert Metern ebenfalls an den Klippen endete.

»Komm, lass uns ganz nach vorne gehen.«, sagte Sheena und deutete auf ein weit ins Meer hinausragendes Felsplateau. Colin folgte ihr und als sie die Spitze erreicht hatten, waren sie umgeben vom endlos weiten Meer. Es herrschte nur ein sanfter Wind und die Abendsonne besaß noch etwas Kraft sie zu wärmen. Er musste an die Abende denken, an denen er alleine oder mit seinen Freunden an der Machir Bay einen Whisky getrunken hatte. Dieser Friede, dieses Gefühl der Freiheit stellte sich auch jetzt wieder ein und machte ihn glücklich.

»Danke, dass du mitgekommen bist, Colin.«, Sheena umarmte und küsste ihn, »Ich wollte dir etwas sagen.«

»Was?«, fragte er überrascht.

»Ich bin schwanger!«

»Du bist schwanger? Bist du ganz sicher?«

»Ja, so sicher wie man nur sein kann.«, strahlte sie.

Er blickte von OA auf Lochindaal, das in der Abendsonne glänzte als sei es aus purem Silber. Sheenas rotblondes Haar duftete wie die Blumenwiesen im Frühling. Er drückte sie fest an sich und sie erwiderte dies mit dem schönsten Lächeln, das er je gesehen hatte.

So standen sie schweigend dort oben bis die Sonne begann am Horizont zu versinken. Es war der intensivste Moment in Colins Leben. Zu dritt so zusammen und so hoch über Islay. Die Welt lag ihnen zu Füßen.

»Sheena, wir müssen zurück, bevor es dunkel wird. Sonst kannst du dann zwei Stunden die Kuhscheiße von den Schuhen kratzen.«

»Ja, lass uns nach Hause gehen. Wir zwei haben Hunger.«, antwortete sie und gab ihm einen Kuss. Der Abstieg ging etwas schneller als der Weg hinauf, so dass sie ihr Auto noch erreichten, bevor es vollständig dunkel geworden war und den Weg nach Hause antraten. Colin verzichtete auf das Bier im Pub und sie lagen den ganzen Abend zu dritt aneinander gekuschelt auf dem Sofa vor dem knisternden Kamin.

Kapitel XXVII

Samstag 16.03.19 Islay

Die Pistole war auf ihn gerichtet. Seine Glieder zitterten. Das erstarrte Gesicht mit dem Loch in der Stirn. Er begann zu rennen. Sein Puls stieg, hämmerte in seinem Kopf. Tom riss die Augen auf und sah nichts. Wo war er? Er tastete die Gegend um sich ab und fühlte eine Nachtischlampe. Ein Schalter. Licht. Die Spannung löste sich. *Das Hotelzimmer, ich bin im Hotelzimmer und niemand ist da. Nur ein Traum. Alles gut. Alles gut.* Tom atmete tief durch, setzte sich im Bett auf und bemerkte, dass er noch sein Hemd trug, das schweißnass an ihm klebte. Der Blick auf sein Handy verriet, dass es bereits kurz vor sieben Uhr am Abend war und er einen Anruf von Sabine verpasst hatte. Dann war da noch ein weiterer Anruf von einer unbekannten Nummer. *Zurückrufen,* mahnte er sich. Doch zunächst musste er seine feuchte Kleidung loswerden, sich duschen und dabei seine Sinne ordnen. Das über den Kopf strömende Wasser wirkte Wunder. Tom begann sich zu entspannen und fühlte den vorangegangenen Tag von sich abgleiten. Dann stellte er das Wasser auf kalt, schnappte mehrfach nach Luft und war endlich wieder voll bei Sinnen.

»Hallo Schatz. Sorry, ich habe deinen Anruf verpasst.«, begrüßte er Sabine, »Ich hatte das Handy auf lautlos gestellt und ein bisschen gedöst.«

»Aha. Wie viele Destillerien hast du heute schon besucht?«, antwortet Sabine in einem liebevollen Ton.

»Eigentlich nur Ardbeg. Da war ich eine Weile. Und am Kildalton Cross. Da habe ich natürlich eine Münze abgelegt und an dich gedacht.«

»Ach, wie süß! Ich hab' dich lieb.«, flötete sie.

»Dann bin ich irgendwie müde geworden. Ich glaube der Sturz auf der Fähre hängt mir noch nach. Zusammen mit dem Whisky war das wohl nicht die beste Kombination.«

»Aber sonst geht es dir gut? Oder muss ich mir Sorgen machen?«

»Nein, alles bestens. Ich bin nur etwas schlapp und komme auch irgendwie nicht so richtig weiter.«

»Wann kommst du zurück?«

»Ich denke Montagabend. Ich werde dich aber morgen Abend noch einmal anrufen und dir die genaue Zeit mitteilen. Okay? Gibt es bei dir irgendetwas Neues?«

»Nö, läuft besser als wenn du hier bist.«, sagte sie mit einem Kichern.

»Warte nur! Wenn ich wieder daheim bin, versohle ich dir den Hintern.«

»Oh ja, bitte, bitte du Tier!«, sie lachte laut, »Jetzt kann ich vor lauter Vorfreude bis Montag nicht mehr schlafen. Also Bussi und bis morgen.«

»Tschüss, bis morgen. Ich geh' jetzt noch einen Happen essen.«, beendete er das Gespräch.

Dann wählte er die Nummer, die er niemanden zuordnen konnte.

»Heads.«, meldete sich eine Frauenstimme am anderen Ende der Leitung.

»Hallo, Schmitt hier. Sie hatten versucht, mich zu erreichen.«

»Ah, Mr. Schmitt, Tom Schmitt, nicht wahr? Sie hatten mir im Krankenhaus Ihre Karte gegeben und mich gebeten, wegen Old Allan mit meinem Mann zu sprechen. Er würde sich gerne mit Ihnen unterhalten.«

»Ach ja, der freundliche Engel in Weiß. Schön, dass Sie an mich gedacht haben. Wann wäre es Ihnen denn recht?«

»Montag um elf auf ein Tässchen Tee bei uns zu Hause?«

»Ja gerne, wie ist die Adresse?«

»Shore Street 87, Port Charlotte.«

»Ich freue mich! Bis Montag, Mylady.«

Doch noch einmal etwas, weshalb ich eigentlich hier bin. War Tom über diesen Termin sehr erfreut.

Vollständig erfrischt und angezogen begab sich Tom in die Bar, wo er zunächst nachfragte, ob die Küche noch offen sei.

»Ja, bis einundzwanzig Uhr servieren wir warme Speisen.«, erwiderte der Kellner und reichte ihm die Karte, die Tom kurz checkte und sich ein Steak vom Hochlandrind mit in Butter geschwenkten Kartoffeln bestellte. Heute brauchte er etwas Einfaches, Deftiges ohne Schnickschnack. Aufgrund seines leicht angeschlagenen Zustandes orderte er ein alkoholfreies Bier, was er jedoch schnell bereute, als ihm der Kellner ein Heineken 0,0 in der 0,33 Liter Flasche servierte. In der Hoffnung, dass ihn keiner bei diesem Frevel beobachtete, trank er es schnell aus und wechselte zu einem stilechten Black

Rock von Islay Ales, das er, trotz Alkohol, in vollen Zügen genoss. Als er den Speisesaal betrat, saß da Elena alleine an einem Tisch und genoss bereits ihre Vorspeise, die aus Cullen Skink, einer schottischen Fischsuppe, bestand. *Diese Frau hat einfach Stil.*, dachte er sich. *Ach du Scheiße!*, fuhr es ihm plötzlich in die Glieder. Er hatte sie um sieben zum Essen gebeten und das völlig vergessen.

»Hallo Tom, ich dachte wir hatten um sieben ein Date. Normalerweise kommt die Dame und nicht der Herr zu spät.«, begrüßte sie ihn in einem bestimmten aber doch freundlichen Ton.

»Ich habe mir nur die fünfzehn Minuten von der Witchery wiedergeholt.«, versuchte er die Situation scherzhaft zu retten.

»Aber es ist nach halb acht.«

»Naja, das ist ganz einfach zu erklären. Du kommst immer fünfzehn Minuten zu spät. Ich hole mir die fünfzehn Minuten von Edinburgh zurück. Das macht dreißig Minuten.«, rechnete er ihr verzweifelt grinsend vor. »Quatsch. Ich habe verschlafen. Kannst du mir noch einmal verzeihen?«

»Einem Mann wie dir würde ich alles verzeihen. Möchtest du ein Glas von meinem Wein?«, hauchte sie dem leicht errötenden Tom entgegen.

»Nein, danke. Ich bin nicht so ganz fit und würde lieber bei meinem Bier bleiben.« Tom war erleichtert, die Situation mit seinem unbeschreiblichen Charme gerettet zu haben.

»Okay, dann trinke ich die Flasche eben alleine. Welch ein hartes Schicksal.«, sagte sie lächelnd, »Aber wieso bist du nicht fit?«

»Naja, das ist eine längere Geschichte.«

»Bitte, ich habe Zeit. Die Flasche ist ja noch fast voll.«

Tom erzählte ihr alle Details der Ereignisse am Kildalton Cross. Sie lauschte seiner Geschichte, fragte hin und wieder interessiert nach und legte ihre Hand beruhigend auf seine.

»Tom, das ist eine absolut irre Geschichte. Bist du dir ganz sicher, dass da nirgends Kameras versteckt waren? So für das Fernsehen?«, wollte sie wissen.

»Ich habe keine gesehen. Und normalerweise hätten die mir ja gesagt, dass sie mich verarscht haben.«, antwortete Tom etwas ärgerlich. Offensichtlich nahm sie ihn auch nicht ernst.

»Tom, das ist nicht böse gemeint. Aber die Story ist so schräg. Da ist zufällig, gleichzeitig mit dir, ein Typ der etwas klaut. Sonst niemand. Dort sind doch sonst eher viele Besucher. Du siehst also zufällig, dass der etwas klaut und sprichst ihn an. Der zufällig anwesende Typ hat zufällig eine Waffe dabei. Sonst ist immer noch niemand da. Dann flippt der Typ völlig unmotiviert aus und bedroht dich und irgendwo aus dem Nichts kommt zufällig eine Kugel und trifft ihn in die Stirn. Das sind irgendwie ganz schön viele Zufälle.« Sie strich ihm sanft über den Arm. »Dann findet die Polizei keinerlei Spuren von irgendetwas und auch das Auto ist weg.« Elena blickte ihm tief in die Augen. »Mein lieber Tom, entweder es hat dich hier jemand tierisch verarscht oder du hast das nur geträumt.«

»Elena…«, wollte Tom etwas sagen.

»Tom, du bist ein wirklich lieber Junge, aber ich glaube, dass die Polizei Recht hat und es keinen Toten gegeben hat.« Sie hob die Hand, strich über seine Wange und küsste ihn sanft auf die Stirn. »Vergiss es! Das war alles nur fake.«

Tom schloss kurz die Augen, genoss den Moment und spürte, dass sie Recht haben musste. Sie und auch dieser MacAskill. Sie saßen dann noch eine Weile zusammen und tranken Wein und Bier. Tom erzählte viel von sich, dem Single Malt Castle und nichts von Sabine. Auch wenn er heute Elena würde enttäuschen müssen, ihm war einfach nicht danach, wollte er sie doch nicht aller Träume berauben.

Vor dem, von der tief am Horizont stehenden Abendsonne durchbrochenen, wolkenverhangenen Himmel zog ein kleiner Angelkutter seine Bahn. Die Hochseeangeln ragten, in der Hoffnung auf einen guten Fang, über das Heck des Bootes hinaus in die raue See vor der Westküste Islays. Die zwei Seeleute warfen nach einiger Zeit einen Sack Müll ins Meer und drehten Richtung Portnahaven ab.

Kapitel XXVIII

Samstag 16.03.19 Paris

»Hallo Antoine. Danke für den erstklassigen Cognac. Ich habe ihn gestern Abend gleich von Nadjas Brüsten geleckt.«, begrüßte ihn Vladi am Telefon. Antoine wusste, dass es sich hierbei, nicht wie man vermuten würde, um hormongeschwängerte Sprüche, sondern um die Wiedergabe tatsächlicher Ereignisse handelte. Da dieses Bild sofort den Weg in seine Gedanken fand, kam ihm auch gleich die Idee, diese Variante selbst zu testen.

»Hallo Vladi. Was verschafft mir die Ehre? Gibt es ein Problem in Schottland?«

»Problem ist vielleicht zu viel gesagt, aber es gab einen Zwischenfall bei dem meine Männer eingreifen mussten. Einer dieser schottischen Trottel hat versucht diesen Schmitt zu erschießen. Er ist jetzt bei den Fischen.«

»Ich hatte doch gesagt nur im Notfall eingreifen. Keine Polizei.«

»Ganz ruhig, lieber Antoine. Meine Leute sind absolute Profis. Sie waren in Afghanistan, Georgien und zuletzt auf der Krim und nie hat sie auch nur einer bemerkt. Der Mann ist einfach weg. Keine Zeugen, keine Spuren, alles chirurgisch perfekt erledigt.«

»Aber was ist mit dem Deutschen? Der hat es doch gesehen?«

»Keine Leiche, keine Spuren, kein Mord. Und sein Kollege wird wohl nicht zur Polizei gehen und eine Vermisstenmeldung aufgeben. Der Deutsche hat etwas gesehen, was gar nicht passiert ist.«

»Hoffentlich haben Sie Recht.«

»Gut, für zehntausend extra erledigen meine Leute das Problem auch noch mit, wenn Sie wollen.«

»Nein, nein. Die sollen sich zurückhalten und aufpassen, dass der zweite Mann keinen Mist macht. Aber dem Deutschen darf nichts passieren!«

»In Ordnung. Wir haben dort alles im Griff. Sie können ganz ruhig bleiben. Und Cognac von den Brüsten zu lecken ist sehr entspannend. Das sollten Sie auch einmal probieren.«, verabschiedete sich Vladi mit einem guten Rat.

Antoine Lacroix versuchte mehrfach, Elena telefonisch zu erreichen. Seine Anrufe wurden aber nicht angenommen. Erst später am Abend meldete sie sich bei ihm.

»Hallo Elena, wo haben Sie die ganze Zeit gesteckt? Ich habe mehrfach versucht, Sie zu erreichen.«, hob er unwirsch ab.

»Monsieur Lacroix, Sie können sich beruhigen. Ich habe hier alles im Griff.«

»Ja, aber was ist mit dem Deutschen und dem Toten?«

»Ich habe heute Abend mit Mr. Schmitt gegessen und die ganze Sache ausgiebig besprochen. Wir sind zu der Auffassung gelangt, dass es keinen Toten gegeben hat und ihm nur etwas vorgespielt wurde. Ein böser Streich! Die Polizei ist der gleichen Auffassung. Er hat auch niemanden gesehen, der geschossen hat. Es ist also alles gut. Sie brauchen sich keine Sorgen zu machen.«

»Sind Sie sich sicher?«

»Ganz sicher, Monsieur Lacroix! Morgen Vormittag will er mir die Insel zeigen. Die kenne ich zwar schon in- und auswendig, aber so beschäftige ich ihn wieder einen halben Tag.«

»Danke Elena. Halten Sie mich auf dem Laufenden!«, schloss er das Gespräch. Dann kippte er etwas Cognac über seinen Arm und leckte diesen ab. *Hm...*, dachte er sich, *wäre einen Versuch wert.*

Kapitel XXIX

Sonntag 17.03.19 Islay

Tom war, wie verabredet, um acht Uhr in den Frühstücksraum gegangen und hatte an einem Zweiertisch Platz genommen. Genau fünfzehn Minuten nach ihm erschien Elena in beeindruckendem Gesamtzustand. Sie trug eine, ihr perfektes Körperteil betonende, enganliegende braune Hose und schwere hohe Lederstiefel sowie eine weiße Bluse. Das ganze Ensemble wurde durch eine kurze Harries-Tweed-Jacke mit grüngrundigem Karomuster abgerundet. Ihre langen dunklen Haare hatte sie zu einem Zopf nach hinten gebunden. *Wahnsinn!* war das Einzige was Tom dazu einfiel. Sie frühstückten ausgiebig und er wunderte sich, wie sie bei ihrem kräftigen Appetit diese perfekte Figur halten konnte. Um halb zehn verließen sie das Hotel und gingen zu ihrem Mietwagen. Auch wenn er lieber mit ihr im Hotel geblieben wäre.

»Wo darf ich dich zuerst hinfahren?«, fragte sie Tom lächelnd und startete den Wagen.

»Was hältst du von einem Spaziergang an der Machir Bay an diesem sonnigen Sonntagmorgen?«

»Aber gerne doch, der Herr.«

Sie fuhren Richtung Westen über die schmalen Straßen und Wege, vorbei an der Kilchoman Distillery, bis sie den Parkplatz am Strand erreicht hatten. Entgegen ihren Erwartungen war dieser bereits mit vier Wohnmobilen und mehreren Autos gut gefüllt. Sie stellten den Land Rover ab und liefen durch die Dünen zum Strand, über den sich mindestens dreißig bis vierzig Personen verteilt hatten. Hunde rannten herum und brachten die ins Wasser geworfenen Stöckchen zu ihren Herrchen zurück. Kinder spielten im Sand und einzelne Spaziergänger liefen barfuß durch das acht Grad kalte Wasser. Tom und Elena genossen den Spaziergang, trotz der fehlenden Einsamkeit, und liefen zunächst rund zwei Kilometer, am Wasser entlang, Richtung Süden, um dann den Rückweg unterhalb der Dünen zu nehmen. Die Winterstürme hatten den Dünen stark zugesetzt, so dass diese gut dreißig Meter steil aufragten. Inzwischen waren noch mehr Menschen am Strand unterwegs, so dass Tom beschloss, sich etwas abseits in den trockenen Sand unterhalb der Dünen zu setzen. Obwohl es recht kalt war, zog Tom seine Jacke aus und legte sie in den Sand, um sich darauf zu setzen. So saßen sie bereits eine Weile und Elena erzählte von ihrem Studium und der Zeit in Paris, als sie plötzlich ein schleifendes Geräusch wahrnahmen, das immer lauter wurde. »Achtung!«, rief Elena, die aufgesprungen war und Tom mitgezerrt hatte, so dass sie sich drei bis vier Meter nach vorne bewegt hatten, als die Sandlawine Toms Jacke überrollte und mannshoch bedeckte.

Tom stockte das Blut in den Adern. »Boah, das war knapp! Wenn du mich nicht weggezogen hättest, wäre ich jetzt so platt wie meine Jacke.«

»Ja, Glück gehabt.«, sagte Elena eher beiläufig, als sie den oberen Rand der Klippen musterte. Sie konnte nichts Genaues erkennen, meinte aber einen Kopf gesehen zu haben, der über die Kante schaute. »Wir sollten weiterfahren.«

»Ja, aber meine Jacke. Die ist da drunter.«, deutete Tom auf den Sandberg.

»Willst du sie etwa mit den Händen ausbuddeln?«

»Das ist aber meine Outdoorjacke mit dem Whisky-Doc-Aufdruck! Die habe ich mir extra machen lassen.«, gab Tom nicht auf.

»Tom! Das sind Tonnen von Sand, die da auf deiner Jacke liegen. Die kriegst du nur mit einem Bagger wieder heraus. Ist da irgendetwas wichtiges drin?«

Tom begann, in seinen Hosentaschen zu wühlen. Der Geldbeutel, der Autoschlüssel und in der anderen Tasche das Handy. »Bis auf den Zimmerschlüssel habe ich alles.«

»Gut, das ist das geringste Problem. Sag deiner Jacke Lebewohl, wir gehen.«, sagte sie bestimmt, zog ihn mit und Tom nahm schweren Herzens Abschied von seiner Lieblingsjacke.

»Auf Dauer wird es aber ohne Jacke ziemlich kalt.«, jammerte er, während sie zurück zum Wagen liefen.

»Wir fahren jetzt hoch zur Kilchoman Distillery. Da bekommst du erst einmal einen Whisky und dann eine neue Jacke.«

Sie stiegen ein und fuhren die wenigen hundert Meter zur Brennerei. Diese sah auf den ersten Blick aus wie ein alter Bauernhof, doch dann erkannte man die Kiln und das Stillhouse. Alles sah recht neu aus, da die Brennerei erst vor Kurzem erweitert worden war. Sie folgten dem Schild zum Parkplatz, auf dem einige Autos, unter anderem auch der obligatorische weiße Kuga, standen. Vom Parkplatz aus konnte man auch die weiteren, teils aus Stahl und Blech errichteten, Gebäude erkennen und alles wirkte, von hier aus, wesentlich größer. Dann gingen sie ins gut gefüllte Besucherzentrum und bestellten sich einen Kaffee und, nach dem Schock, einen Machir Bay-Whisky von Kilchoman. Beide Getränke trugen ihren Teil dazu bei, Tom wieder auf Normaltemperatur zu bringen.

»So, jetzt suche ich eine Jacke für dich aus, damit du mir nicht erfrierst. Welche Größe brauchst du?«

»L passt fast immer.«

Nach kurzer Suche reichte sie ihm eine blaue Outdoorjacke mit Kilchoman Aufdruck, die farblich seinen Lieblingsstück sehr nahe kam. Er zog sie an, stellte fest, dass sie passte und bestätigte: »Die ist okay.«. Dann ging er zur Kasse und bezahlte die geforderten einhundertneunundachtzig Pfund. *Ist jetzt auch schon egal, aber diese Frau macht mich noch arm!*, dachte er sich. Dann aßen sie noch eine köstliche Tomatensuppe im Restaurant und waren frisch gestärkt bereit weiter zu ziehen.

»Wo willst du jetzt hin?«, fragte Elena.

»Mach' einen Vorschlag!«, spielte er den Ball zurück.

»Hm, wir besuchen den Navigator. Mit dem hatte ich gestern erst zu tun. Vielleicht ist er ja da.«, schlug sie vor.

»Andrew Brown von Bunnahabhain? Den kennst du?«, staunte Tom.

»Ja, aber nur geschäftlich. Ich weiß auch nicht, ob er heute, am Sonntag, da ist, aber er hat mir gestern sehr viel erklärt, was sie in der Destillerie verändern.« erzählte sie, während sie zum Auto zurückliefen.

»Okay, da war ich dieses Mal noch nicht. Und wenn Andrew da sein sollte, wäre das natürlich klasse.«

Sie fuhren quer über die Insel durch Bridgend und weiter auf der Straße nach Port Askaig. Kurz davor bogen sie nach Norden Richtung Bunnahabhain ab. Die schmale Straße führte sie vorbei an einzelnen Gehöften und der erst kürzlich eröffneten Ardnahoe Distillery.

»Warst du schon bei Ardnahoe?«, fragte Tom.

»Nein, die gehört der Konkurrenz und mit denen machen wir bisher keine Geschäfte, da sie noch keinen eigenen Whisky haben. Die sind ja gerade erst in Betrieb gegangen.«

»Die könnten wir uns auf den Rückweg mal anschauen.«, schlug Tom vor.

»Gerne.«, erwiderte Elena.

Wenige Minuten später waren sie bei Bunnahabhain angekommen. Die Brennerei lag in einer schönen Bucht direkt am Meer. Die Gebäude stammten aus dem späten neunzehnten Jahrhundert und versprühten den Charme einer Nähmaschinenfabrik. Die Fassaden waren grau und wirkten irgendwie trostlos. Er war schon mehrfach hier gewesen, weshalb ihn dies nicht überraschte. Trotz dieses Fabrikflairs, schaffte es Bunnahabhain, absolut überzeugende Whiskys herzustellen. Darunter auch viele, für Islay untypische, ungetorfte Destillate.

Der Eingangsbereich hatte sich im Vergleich zu seinem letzten Besuch erheblich verändert. Auf der rechten Seite waren leere Fässer liegend zu hohen Türmen aufgestapelt. Zur linken, dort wo diese früher lagen, hatte man damit begonnen, ein Gebäude zu errichten.

»Warte kurz. Ich frage ob Andrew da ist.«, bat ihn Elena und verschwand im Besucherzentrum. Kurze Zeit später kam sie wieder zurück. »Schade, er hat heute frei. Familientag. Aber wir laufen ein bisschen herum und ich erzähle dir, was er mir gestern gesagt hat.«

»Schade, ich hätte ihn gern getroffen. Ich kenne ihn nur aus Videos. Aber natürlich wäre es klasse, wenn du mir etwas erzählst.«

Sie streiften dann auf eigene Faust durch die Destillerie und Elena erklärte ihm, dass Umbau und Renovierungsarbeiten für Elf Millionen Pfund im Gange waren. Von der Produktion über die Lagerhäuser wurde alles grundlegend in Stand gesetzt. Auf dem Rundgang kehrten sie im Besucherzentrum ein, in dem sie sich einen dreizehnjährigen Bunnahabhain Moine aus dem Marsala Fass gönnten. Nach einiger Zeit kamen sie wieder zurück zum Eingangsbereich, der immer wieder von Besuchern, Destillerie- und Bauarbeitern passiert wurde.

Sie lehnten sich entspannt gegen die lagernden Fässer, blickten auf die Bucht und die Baustelle, die vor ihnen lag.

»Was wird das?«, wollte Tom wissen.

»Das wird das neue Besucherzentrum. Hier unten in der Bucht ist nicht mehr viel Platz und dies ist der optimale Platz, um die Besucher, die immer mehr werden, aus der Destillerie herauszuhalten. Hier beginnen…«

Elenas Ausführungen wurden durch ein Rumpeln und ein lautes »Achtung« unterbrochen. Tom drehte sich um und sah im Augenwinkel ein vom Stapel fallendes Fass, das auf ein weiteres aufschlug und dieses mitriss. Das Poltern wurde lauter. Er packte Elena am Arm und zog sie vom Fassstapel weg auf die andere Seite des Weges. Weitere Passanten flüchteten zur Seite und das Poltern wuchs zu einem Donnern an. Tom drehte sich schnell um und sah wie aus dem einen Fass eine regelrechte Fasslawine geworden war, die gut die Hälfte des Stapels zum Einsturz gebracht hatte. Die leeren Fässer rollten zum Teil die Straße hinunter, wo sich erschrockene Fußgänger gerade noch in Sicherheit bringen konnten. Einige Fässer zerbarsten auf der Straße und andere prallten gegen Fahrzeuge und Gebäude. Elena blickt ihn etwas verstört und irgendwie zornig an.

»Ich war es nicht. Das Fass ist von oben gekommen.«, versuchte er sich zu rechtfertigen.

Inzwischen meldeten sich die ersten Passanten zu Wort. »Die da waren es!«, und deuteten auf sie, »Die waren am Stapel.«

»Los, schnell weg hier!«, Elena fasste ihn an der Hand und zerrte ihn zum Auto.

»Ich war es wirklich nicht.«, betonte er noch einmal, bevor sie ihn ins Auto stieß, einstieg und mit durchdrehenden Reifen losfuhr. Elena fuhr wie der Teufel und rauschte auch an der Ardnahoe Distillery vorbei.

»Wir wollten doch noch bei Ardnahoe reinschauen.«, machte sich Tom bemerkbar.

»Mir ist jetzt wirklich nicht danach, eine Destillerie anzuschauen.«, gab sie noch mehr Gas. Wenige hundert Meter weiter machte die Straße eine Linksbiegung. Es tauchte wie aus dem Nichts ein Auto im Gegenverkehr auf. Elena war zu schnell um zu bremsen. Das Auto kam immer näher. Tom krallte sich am Haltegriff der Türe fest und wartete auf den Einschlag. Doch Elena riss das Lenkrad nach rechts, passierte den Gegenverkehr auf der falschen Seite und kam von der Straße in den Matsch, wo das Heck ihres Land Rovers ausbrach. Der Wagen drehte sich um die eigene Achse und Tom schloss die Augen. Dann tat es einen Schlag und kurze Zeit später standen sie. Tom öffnete die Augen vorsichtig wieder und blickte in das Gesicht eines Hochlandrindes, das in sein Fenster stierte. Eigentlich vermutete er dies nur, denn durch die langen Haare waren die Augen verdeckt und er konnte nur erahnen, wohin das Rindvieh schaute. Der Blick nach rechts ließ wesentlich eindeutigere Schlüsse zu. Elena saß mit hochrotem Kopf auf dem Fahrersitz und trommelte mit den Fäusten auf das Lenkrad: »So eine Scheiße! Kommt mir der Depp genau in der Kurve entgegen und weicht nicht aus.« Das andere Fahrzeug war zwischenzeitlich einfach weitergefahren. Da rund um das Auto Matsch und Kuhscheiße waren, verzichteten sie darauf auszusteigen. Offensichtlich hatten sie den hölzernen Weidezaun mit der Fahrzeugseite erfasst, so dass keine größeren Schäden am Land Rover waren und der Motor immer noch lief.

Tom überlegte, ob er Elena vielleicht erklären sollte, dass auch sie etwas schnell und nicht ganz auf ihrer Spur war, kam nach sehr kurzer Überlegung aber zu der Auffassung, dass es besser sei zu fahren als zum Hotel zurücklaufen zu müssen. Denn das wäre bei Elenas derzeitiger Verfassung wohl das Ergebnis einer Belehrung gewesen. Tom schwieg. Elena fluchte weiter und legte den Rückwärtsgang ein. Tatsächlich bewegten sie sich aus der morastigen Viehweide rückwärts in Richtung der Straße und erreichten diese auch. Zwischenzeitlich hatte Elena das Schimpfen mit einem Schweigegelübde getauscht. So fuhren sie ohne Worte zurück zum Islay House, wo sie ihren völlig verdreckten und an der rechten Hintertüre verbeulten Mietwagen auf den Parkplatz stellte.

»Na, da haben wir heute ja dreimal richtig Glück gehabt.«, versuchte Tom das Gespräch wieder in Gang zu bringen.

»Tom, mir ist jetzt nicht nach Plaudern. Ich bin gerade wirklich richtig sauer.«

»Aber ich habe die Fässer wirklich nicht umgeworfen. Da muss irgendetwas anderes passiert sein.«, rechtfertigte er sich.

»Lass gut sein, Tom. Ich weiß, dass du es nicht warst. Aber mir geht es gerade nicht gut.«, wiegelte Elena ab.

»Essen wir später zusammen?«, startete er einen letzten Versuch.

»Nein, ich habe keinen Appetit. Ich will heute niemanden mehr sehen. Vielleicht morgen Mittag. Ich lege dir morgen früh eine Notiz an die Rezeption.«

Dann lief sie zum Eingang des Hotels und er lief ihr, ob des Anblicks, nur zu gerne hinterher. Er konnte sie ja verstehen. Sie war eine sensible und junge Frau, die das heute Erlebte nicht so einfach wegstecken konnte wie er.

Kapitel XXX

Dezember 1981 Islay

Über die Weihnachtsfeiertage und den Jahreswechsel hatten ihre Aktivitäten geruht. Colin verbrachte jede freie Minute mit der über alle Maßen glücklichen Sheena. Andrew erholte sich von den harten Wochenenden und Dennis arbeitete weiterhin im väterlichen Betrieb. Am Tag vor Silvester war MacMalt bei ihm aufgetaucht. Dessen Laune schien nicht der verbreiteten Feiertagsstimmung zu entsprechen.

»Du kleiner Wichser!«, begrüßte er ihn wenig charmant, »Wenn du glaubst, du kannst mich über den Tisch ziehen, dann musst du früher aufstehen.«

»Was ist los? Was willst du von mir?«, fragte ihn Dennis.

»Sagt dir der Name Bob etwas?«

»Klar, da war mal einer in der Schule bei mir. In der Tanke arbeitet ein Bob und es gibt bestimmt auch noch zehn andere auf Islay.«

»Du weißt genau, von welchem Bob ich spreche. Von dem, der auf deine Anweisung hin den Fischkutter auf die Felsen gesetzt hat.«

»Quatsch, der war besoffen und ist zu nah ans Ufer gefahren.«

»Der sagt, da wäre kein Whisky an Bord gewesen. Er hätte das Boot mit Benzin angezündet und sonst sei da nichts gewesen.«

»Und diesem Suffkopf glaubst du? Der war doch schon seit einem Jahr nicht mehr nüchtern. Junge, wir haben immer verlässlich saubere Geschäfte gemacht und ich habe dich nie und du mich nie beschissen. Meinst du, ich riskiere das wegen der paar Liter?«

»Dennis, ich sage es dir ganz deutlich. Wenn das stimmt, werde ich es herausbekommen. Ich habe dazu meine Wege. Und dann Gnade dir Gott. Die nächste Lieferung erwarte ich am vierten Januar.« Dann drehte er sich um und ging.

Dennis hätte Bob am liebsten in einem Whiskyfass ertränkt. Er hätte es wissen müssen, dass dieser Alkoholiker nicht dichthalten würde. Aber MacMalt hatte es wohl geschluckt, dass Bob gelogen hatte. Schließlich hatte er einen neuen Liefertermin vereinbart. Dennoch fand er an diesem Abend keine Ruhe. *Hatte er einen groben Fehler gemacht?*

Am Silvesterabend trafen sie sich im Lochindaal Pub und stießen auf die Schwangerschaft, auf das vergangene und das kommende Jahr an. Sheena trank keinerlei Alkohol, war aber dennoch ausgesprochen fröhlich.

»Colin und Sheena, ich habe zur Feier des Tages ein kleines Geschenk für euch dabei.« Mit diesen Worten überreichte er ihnen ein kleines Päckchen. Sheena öffnete es und es war ein Bilderrahmen mit einem Foto, das alle vier vor dem Lochindaal Pub zeigte.

»Das ist schön, danke!«, freute sich Sheena.

»Wenn euer Kind einmal groß ist, könnt ihr ihm zeigen, was wahre Freundschaft ist. Die Angels of Islay.«

»Das ist wahr. Wahre Freunde für immer!«, hob Colin den Krug, prostete ihnen zu und sie tranken einen kräftigen Schluck.

»Und erinnert euch immer an folgenden Satz:«, ergriff Dennis wieder das Wort, »Jede Medaille hat zwei Seiten.«

Sie verstanden den Sinn dieser Worte zwar nicht ganz, aber das machte nichts aus. Heute war man zum Feiern hier.

Das neue Jahr begann für Colin dann mit heftigen Kopfschmerzen und einem fürchterlichen Kater. Erst gegen Mittag war er in der Lage aufzustehen und gelangte mit dem Umweg über die Toilette direkt auf das Sofa im Wohnzimmer. Dort litt er weiter so schrecklich, dass Sheena ihn mit Aspirin, Kaffee und leicht verdaulicher Hühnerbrühe versorgte. Da es absehbar war, dass Colin auch für handwerkliche Tätigkeiten nicht zu gebrauchen sein würde, nahm sie sich selbst den Hammer und einen Nagel und hängte das Bild neben dem Kamin auf. Dann schaute sie es sich noch einmal an und freute sich riesig über dieses kleine Zeichen der Freundschaft.

Die Lieferung am vierten Januar erfolgte wie vereinbart. MacMalt war bei der Übergabe sehr geschäftsmäßig und zahlte wie immer problemlos. Erneut wechselten zahllose Kanister den Besitzer und wie immer zweigte MacMalt ein Viertel für sich ab. Zusammen mit dem höheren Preis, den er vom Käufer verlangte, war inzwischen ein größeres Lager an Old Allan Whiskys und ein beachtliches Sümmchen unter dem Kopfkissen zusammengekommen.

Er wusste nicht, ob dieser Bob gelogen hatte, aber Dennis war sein Werkzeug zum Reichtum. Wieso sollte er es kaputt machen, solange es funktionierte. Dennoch wollte er Klarheit.

Kapitel XXXI
Sonntag 17.03.19 Islay

Tom hatte seine neue Outdoorjacke säuberlich über die Lehne des Stuhles gehängt und wollte gerade duschen, als sein Handy klingelte. *Unbekannte Nummer aus Schottland*, dachte er sich und nahm das Gespräch an.

»Hallo, hier Schmitt, Tom Schmitt.«

»Hallo hier Bond, James Bond im Auftrag Ihrer Majestät.«, meldete sich eine Stimme, die ihm irgendwie bekannt vorkam.

»Wer sind Sie bitte?«

»MacAskill, Hiram MacAskill immer noch im Auftrag Ihrer Majestät für die Islay Police.«

»Hallo, schön, dass wenigstens Sie sich noch an die guten alten Filme erinnern.«

»Sean Connery war eines der Idole meiner Jugend und ist heute noch schottischer Nationalheld. Wie könnte ich das denn vergessen?«

»Aber Sie rufen bestimmt nicht an, um mit mir über die guten alten Zeiten zu plaudern. Haben Sie etwa eine Leiche gefunden? Oder wegen der Fässer oder der Kühe?«, fragte Tom ängstlich.

»Welche Fässer und welche Kühe?«, hackte MacAskill nach.

»Och, nichts, ist mir nur irgendwie durch den Kopf gegangen.«, versuchte er abzuwiegeln.

»Nein, Sie können beruhigt sein. Ich habe mich heute mit meiner Frau über den Vorfall unterhalten und sie meinte, ich soll Sie einfach noch einmal anrufen, ob Sie sich an etwas erinnern, was Sie vielleicht vergessen haben mir zu sagen.«

»Nein, wenn Sie den Vorfall am Kildalton Cross meinen, habe ich Ihnen alles erzählt.«

»Es gab noch andere Vorfälle?«, bohrte MacAskill erneut nach.

»Nein, wieso?«

»Weil Sie von Fässern und Kühen sprechen und fragen, ob ich den Vorfall am Kildalton Cross meine.«, wurde der Ersatz James Bond leicht unwirsch.

»Oh, das. Da habe ich mich wohl unglücklich im Englischen ausgedrückt. Ich bitte, das zu verzeihen.«

»Gut, Sie haben also nichts mehr dazu zu sagen und Ihnen ist auch kein Toter oder Mann mit Loch im Kopf mehr erschienen?«

»Nein, Sir.«, hielt er sich bewusst kurz.

»Gut, dann bitte ich die Störung zu entschuldigen und einen schönen Abend noch.«, verabschiedete MacAskill sich.

Den habe ich aber ordentlich ins Leere laufen lassen., dachte Tom.

MacAskill saß in seinem Wohnzimmer neben seiner Frau, beendete das Telefonat und wandte sich seiner Frau zu: »Jetzt mache ich mir wirklich Sorgen. Der labert total wirres Zeug von Fässern und Kühen. Da haben wir eher eine Einlieferung in die Psychiatrie als eine Mordermittlung.« Dann legte er entspannt seine Füße hoch und verfolgte weiter das Spiel FC Dundee gegen Celtic Glasgow, das zur Halbzeit immer noch null zu null stand.

Tom hatte seine ausgiebige Dusche beendet und bedauerte gerade etwas, dass sie Ardnahoe keinen Besuch mehr abgestattet hatten. Aber als Gentlemen musste er natürlich Rücksicht auf die schwächere Psyche der Frauen nehmen. Es war jetzt schon fast fünf Uhr und er drückte auf seinem Handy die Taste „Sabine Handy". Eine bessere Bezeichnung war ihm nicht eingefallen.

»Hallo mein Schatz.«, meldete sich seine Gattin nach nur zweimal Klingeln.

»Hallo Sabine, wie geht's?«, fragte er unverfänglich.

»Gut, heute habe ich den ganzen Tag die Füße hochgelegt und gelesen.«

»Was denn?«

»Ach, einen Krimi. Der spielt gleich nebenan auf Jura. Den hat ein Franke geschrieben, aber der Name fällt mir gerade nicht ein.«

»Und wie ist das Buch?«

»Och ja, ganz spannend und es fließt massig Blut. Das musst du selbst lesen, wenn du wieder hier bist. Und sonst alles in Ordnung bei dir?«

»Ja. Heute Morgen war ich an der Machir Bay, dann in der Destillerie Kilchoman und danach noch bei Bunnahabhain. Da wird gerade richtig umgebaut und renoviert. Da müssen wir noch einmal hin, wenn sie fertig sind. Aber ich rufe eigentlich wegen des Rückfluges an. Ist es in Ordnung, wenn ich erst am Dienstag komme? Ich würde dann den fünf Uhr Flug nehmen und wäre abends um zwanzig nach sieben in Frankfurt. Ich habe morgen noch ein Treffen mit einem alten Brennmeister, der sich vielleicht noch an etwas erinnern kann. Das ist dann aber auch meine letzte Hoffnung.«

»Okay, ein Tag später. Das kostet eine Woche Müll rausbringen, drei Mal Kochen und eine halbe Stunde Fußmassage.«, lachte Sabine ins Telefon.

»Dein Wunsch sei mir Befehl, oh edle Hüterin des Single Malt Castle.«, scherzte er zurück.

»Na gut, geht klar. Ich schicke dir dann eine WhatsApp, wo ich stehe. So und jetzt mach mir keinen Blödsinn. Zwei Bier, zwei Whisky und dann schön ins Bett.«, verabschiedete sie sich.

Eine Etage höher hing Elena mit hochrotem Kopf am Telefon.

»Wo wart ihr? Der hätte uns heute zweimal fast umgebracht.«, tobte sie, »Es ist euer Auftrag zu verhindern, dass etwas passiert.«

»Wir waren am Strand und wir waren auch bei der Destillerie.«, antwortete eine dunkle Männerstimme ruhig.

»Und warum habt ihr nicht eingegriffen? Ich bin fast draufgegangen?«

»Weil unser Auftrag lautet: Aufpassen, dass dem Deutschen nichts passiert und kein Aufsehen, keine Zeugen und keine Polizei.«

»Und warum ist es dann passiert?«, regte sich Elena immer noch auf.

»Was ist passiert? Nichts ist passiert. Eine Jacke ist verlorengegangen und ein paar Fässer sind umgefallen. Dafür, dass Sie dann die Panik bekommen haben und in die Kuhweide gerast sind, können wir nichts.«

»Aber er hätte uns fast erwischt.«

»Elena, das wissen wir auch, aber wir konnten nicht eingreifen. Am Strand waren wir. Ich unten und Igor hatte ihn oben im Visier, aber dann ist ein Spaziergänger mit zwei Hunden vorbeigelaufen. Die wollte er nicht auch noch erschießen. An der Destillerie waren einfach zu viele Menschen, da konnten wir nichts machen. Ich habe ihn oben gesehen und gerufen. Wenn der aber, mit einem sauberen Loch im Kopf, tot herunterfällt und zwischen den Leuten liegenbleibt, haben wir alles, was wir nicht haben wollen.«

Da er alles haarklein geschildert hatte, wusste Elena, dass sie tatsächlich in der Nähe und aufmerksam gewesen waren, was sie ein klein wenig beruhigte.

»Okay, ich gehe hier heute nicht mehr raus. Passt auf das Hotel und auf den Typen auf. Morgen fliege ich zurück nach Edinburgh. Regelt das hier sauber und abschließend. Ist das klar?«

»Völlig klar. Schlafen Sie gut. Wir passen auf Sie auf.«, mit diesen Worten legte er auf.

Elena wusste, dass die ganze Sache hier auf Islay etwas aus dem Ruder lief. Ursprünglich ging es nur darum, den Deutschen mit Fehlinformationen zu füttern und etwas zu beschäftigen. Nachdem Cooper aber die beiden Chaoten auf ihn angesetzt und die Kontrolle verloren hatte, war diese simple Sache für alle Beteiligten richtig gefährlich geworden. Sie öffnete ihr Notebook, rief die Seite von Loganair auf und buchte für den folgenden Tag den ersten Flug nach Edinburgh.

Kapitel XXXII

Februar 1982 Islay

Es war noch maximal ein halbes Jahr. Dann würden sie mit diesem Irrsinn aufhören. Mit diesem Ziel im Blick schleppte sich Colin jeden Samstag zur Angels of Islay Destillerie. *Welch ein lächerlicher Name!*, dachte er sich immer wieder. Viel lieber wäre er bei Sheena zu Hause und würde sich mit ihr auf die Geburt ihres Kindes freuen. Auch bei Andrew war die anfängliche Freude über die hässliche Heidi weitgehend verflogen. Er konnte hier keinen genießbaren Whisky brennen. Es ging nur darum, möglichst viel, gerade noch genießbaren, Alkohol herzustellen. Das war für ihn als Brenner bei Lagavulin schon etwas unter seiner Würde. Aber das viele Geld minderte die Schmerzen enorm. Dennis, der sonst alles im Griff hatte, war seit Weihnachten fahrig und unkonzentriert. Er sprach weniger als früher und beantwortete alle Fragen recht einsilbig. Vermutlich hatte er Probleme mit einer Flamme gehabt, die ausnahmsweise einmal ihn abserviert hatte, oder er hatte eine Landjungfrau geschwängert und wollte nicht herausrücken mit der Sprache, spekulierten seine Freunde. Die Whiskyabholung, Auslieferung und Zahlung liefen zwar weiterhin völlig problemlos, aber auch das Wetter trug nichts dazu bei, eine fröhliche Stimmung aufkommen zu lassen. Seit Wochen regnete es mehr oder minder stark und die kalten Nordwestwinde zehrten an den Kräften der Ileach.

Es war der letzte Samstag im Februar und schon bald würden die Tage wieder länger werden und die Temperaturen steigen. Mit dieser Aussicht begannen die Drei ihr samstägliches Tagwerk. In dem Schuppen war es zwar trocken und wegen der Brennblase auch warm. Der Weg dorthin war jedoch, da der Boden völlig durchfeuchtet und morastig war, sehr beschwerlich. Sie würden morgen beim Abtransport des New Make erhebliche Probleme haben.

»Leute, jetzt müssen wir aber mal ein bisschen Gas geben. Ich will um acht fertig sein, damit ich noch einen trinken gehen kann.«, feuerte sie Dennis an. Es war schon später Nachmittag und die Sonne ging unter, als mit dem dritten Brennvorgang begonnen wurde. Die hässliche Heidi ächzte, rumpelte und stöhnte wie eine uralte Dampfmaschine und Andrew testete gerade den Alkoholgehalt, als sich plötzlich die Türe öffnete. Nur Colin bemerkte die zwei Männer, die in den Schuppen traten.

»Was wollen Sie hier?«, fragte er die beiden bulligen und unfreundlich blickenden Fremden.

»Wo ist dieser Turner?«, gab der Eine zurück.

Dennis befand sich gerade auf der anderen Seite der Brennblase und tauschte die Gasflasche am Brenner aus. Als er die Fremden wahrnahm, wurde er leichenblass, ging um die Brennblase herum und antwortete: »Hier, was wollt ihr?«

»Wir sollen mit dir reden. So von Mann zu Mann.«

»Wieso seid ihr dann zu zweit und wer schickt euch?«

»Das weißt du genau. Unser Auftraggeber will wissen, was das mit dem Kutter für eine Scheißaktion war.«

Andrew und Colin verstanden kein Wort. Was hatte Dennis mit einem Kutter zu schaffen?

»Sagt ihm, er kann mich mal. Ich habe damit nichts zu tun.«

»Und was ist das hier für eine Scheiße? Junge!«, brüllte ihn der Andere an.

»Das geht euch auch einen Dreck an.«, schaltete sich Colin ein, »Verpisst Euch!«

»Junge, wir gehen erst, wenn dein Kumpel uns gesagt hat, was mit dem Kutter wirklich gelaufen ist und was er damit zu tun hat.«, sagte der Fremde während er Colin mit einer Hand am Hals an einen Pfosten drückte.

»Lass ihn los!«, versuchte Andrew ihm zu helfen, wurde aber weggestoßen, stolperte und krachte mit dem Rücken so heftig gegen Heidi, dass diese fast umgestürzt wäre. Er blieb benommen liegen.

»Also Bürschchen, raus mit der Sprache!«, wandte sich der Andere wieder Dennis zu, der schnell zurückwich und ihm zunächst entwischte. »So, jetzt ist Schluss mit lustig.«, sagte er und trat mit voller Kraft gegen den Eimer mit dem Vorlauf, der in Richtung des Brenners umkippte und sofort Feuer fing. Der lodernde Alkohol spritzte durch die Luft und traf den neben der Brennblase kauernden Andrew an Kopf und Schulter. Dieser schrie auf und rannte brennend aus dem Schuppen. Noch bevor Colin und Dennis die Lage realisieren konnten, standen auch die Kanister mit dem New Make in Flammen und ergossen sich über den Boden. Colin versuchte sich mit einem Hechtsprung durch die Holzverkleidung zu retten. Er krachte mit voller Wucht gegen die Bretter. Diese brachen und er fiel tatsächlich nach außen. Er lag da und konnte sich nicht bewegen. Der Schuppen stand bereits zur Hälfte in Flammen. Andrew war nicht zu sehen, aber ein jämmerliches Wimmern aus Richtung des Baches drang zu ihm durch. Er schleppte sich auf dem tiefen Boden weg von der Wand und nachdem er rund zwei Meter geschafft hatte, tat es einen riesigen Knall und Teile der Holzverkleidung flogen durch die Luft. Er sah zwei brennende Gestalten aus der Hütte rennen. Ihre markdurchdringenden Schreie waren das Fürchterlichste was er je gehört hatte. Dann explodierten die zwei weiteren Gasflaschen. Ein riesiger Feuerball stieg auf und die Außenwand des Schuppens fiel in seine Richtung. Er versuchte noch panisch wegzukriechen, doch einer der Pfosten traf ihn genau im Nacken und quetschte ihn in den Boden.

Andrew war nach seiner Flucht aus dem Schuppen direkt in den Bach gesprungen und hatte das Feuer gelöscht. Die unerträglichen Schmerzen raubten ihm fast den Verstand. Doch das, was er sah und hörte, war noch schrecklicher als seine eigenen Schmerzen. Der Schuppen stand fast vollständig in Flammen und nach der Explosion rannten zwei brennende Körper in seine Richtung. Die Gesichter waren unkenntlich entstellt. Sie schrien fürchterlich. Die Kleider und Haare brannten lichterloh. Der Erste brach nach wenigen Metern zusammen und der zweite rannte brennend weiter in seine Richtung, kam ihm immer näher und stürzte mit dem Kopf voraus in den Bach. Der herausragende Körper brannte weiter und verbreitete einen fürchterlichen Gestank. Unter den zwei folgenden Explosionen löste sich die Angels of Islay Destillerie völlig in Trümmern auf. Der ganze Hang bis hinunter zur Machir Bay war hell erleuchtet und es bot sich ihm ein Bild des Schreckens. Andrew schleppte sich in Richtung Schuppen und versuchte zu erkennen, wer der zweite Verbrannte war. Er konnte es nicht genau erkennen, aber das müsste einer der Fremden gewesen sein. Wo waren seine Freunde? Wenn noch jemand im Schuppen war, hatte er keine Chance mehr. Plötzlich spürte er den Schmerz nicht mehr. Es war alles zu viel für seine Sinne. Er ging gebückt um den Schuppen und sah einen Körper unter einem Balken liegen. Als er näherkam, erkannte er Colin. Er stemmte sich mit letzter Kraft gegen den Balken und konnte ihn tatsächlich von Colin herunterschieben. Doch dieser bewegte sich nicht. Er fasste an den Hals und spürte Colins Puls. Dennis war nirgends zu sehen. Andrew stapfte fast in Trance durch den Morast zum Wagen und fuhr die kurze Strecke nach Machrie, wo ihm Stella McBain die Türe öffnete und bei seinem Anblick fast in Ohnmacht fiel. Sie rief Notarzt und Polizei. Das Feuer war von hier aus als ein schöner roter Schleier über dem Hügel wahrnehmbar. Es wirkte nicht bedrohlich. Eher warm und einladend. Er saß da, wartete, schloss die Augen und sah den Feuerball und die menschlichen Fackeln auf sich zu rennen. Würde er dieses Bild jemals vergessen können?

Kapitel XXXIII

Montag 18.03.19 Islay

David Robertson hatte die zweite Nacht alleine im Bed & Breakfast verbracht. Dieser Bolland, dieser Idiot, war nicht mehr aufgetaucht und auch die angekündigte Verstärkung aus Edinburgh war nicht eingetroffen. Wahrscheinlich hatte Garry sich schon mit der Fähre auf das Festland abgesetzt und war inzwischen in Glasgow oder in Edinburgh in irgendeinem Pub am Saufen. Gegen vier Uhr schreckte er aus dem Schlaf hoch. Ein Gedanke fuhr ihm in alle Glieder. *Wenn alles ganz anders war, wenn er den Deutschen verfolgt und dieser ihn beseitigt hatte? Vielleicht hatten sie diesen Schmitt völlig unterschätzt und der war gar nicht so harmlos wie er tat? Er hatte ihm gestern zweimal richtig Angst eingejagt. Aber der war ganz cool geblieben, nur das Mädchen war durchgedreht.*

Diese Gedanken ließen ihn keinen Schlaf mehr finden. Er wälzte sich noch eine halbe Stunde von einer Seite zur anderen. Dann stand er auf, machte sich frisch, packte alle ihre Sachen zusammen und beseitigte jegliche Hinweise auf sie. Es war noch mitten in der Nacht, als er am Islay House Hotel ankam und sich auf die Lauer legte. Das Ganze kotzte ihn an. Er saß hier alleine und wartete auf einen Killer, der seinen Kollegen beseitigt hatte und er sollte ihm nur zusehen, wie er ihn für dumm verkaufte. Dieser ständige Wind und der Regen trugen auch nicht gerade zu einer guten Laune bei. Er würde jetzt einfach sein Ding machen und nicht auf irgendeine Unterstützung warten. Wenn er die Chance hat, verschwindet dieser Schmitt für immer. Was kann er dazu, wenn der einen Unfall hat? Kurz vor acht verließ die Zielperson das Hotel und fuhr mit seinem Wagen in Richtung Port Askaig. Rund einen Kilometer nach Ballygrant bog er nach links in eine schmale Straße ab. Die Schilder wiesen den Weg zum Finlaggan Castle aus. David folgte diesem Schmitt in großem Abstand und blieb zunächst bei einem Gehöft oberhalb des Sees stehen.

Tom war am Besucherzentrum ausgestiegen, das zu dieser Zeit natürlich noch geschlossen war. Er liebte es, so früh am Tag hierher zu kommen und die Ruhe und den Frieden zu genießen, der über diesem historischen Platz lag. Dann ging er den Fußweg hinunter zum See, in den die leichten Regentropfen nahezu lautlos fielen. Einige Schafe standen entlang des Baches zu seiner Rechten und ließen sich durch ihn nicht beim Fressen stören. Er folgte dem Weg bis er zum See und dem Holzsteg gelangte, der zur Insel führte, die einst der Sitz der Lords of The Isles war. Die MacDonalds hatten sich dort im dreizehnten Jahrhundert niedergelassen und einige Steingebäude errichtet, von denen nur noch Ruinen vorhanden waren. Er war ganz alleine, streifte durch die Ruinen und sog die Ruhe und den Frieden dieses Platzes in sich auf. Das Rauschen des den Steg säumenden Schilfes im leichten Wind, das Blöken der umherstreunenden Schafe und ihrer Lämmer und die Schreie einzelner Möwen waren die einzigen Geräusche, die an sein Ohr drangen. Nach einer Weile mischte sich das Brummen eines Automotors in die friedliche Szenerie. Er blickte hinauf zum Weg und sah einen weißen Ford Kuga in Richtig Besucherzentrum fahren, hinter dem dieser dann auch verschwand. Tom zückte seinen Block und machte bei „Kuga weiß" einen weiteren Strich. *Bald ist es mit der Ruhe vorbei.*, dachte er sich bedauernd.

David stellte sein Auto direkt neben dem Astra ab. Weit und breit war niemand zu sehen und der Deutsche war in zirka zweihundert Metern Entfernung auf der Insel im See. Dann holte er eine Zange aus dem Kofferraum und war gerade dabei sich unter den Astra zu legen, um die Bremsleitungen zu durchtrennen, als er einen wuchtigen Schlag auf den Hinterkopf erhielt. Er fiel nach vorne über und sein Gesicht schlug auf der Kiesfläche auf.

Tom freute sich, dass keine weiteren Besucher gekommen waren und genoss noch bis kurz nach neun Uhr den seit hunderten von Jahren währenden Frieden über Finlaggan Castle. Dann machte er sich auf den Rückweg, wunderte sich, dass der Kuga immer noch neben seinem Auto stand und weit und breit niemand zu sehen war. Auf seinem Weg zurück zur Hauptstraße sah er zwei Wanderer, die auf einer Viehtränke sitzend rasteten und die herrliche Morgenstimmung genossen.

David Robertson erwachte mit auf den Rücken gebundenen Armen und Klebeband über dem Mund in einem Kasten aus Stein, der mit einer Holzplatte abgedeckt war. Er versuchte die Platte mit den Beinen anzuheben. Doch diese war zu schwer. So sehr er sich auch mühte, er konnte sie nicht bewegen. Dann hörte er Wasser plätschern das durch ein Rohr in den Kasten lief. Seine Haare wurden nass, dann die Kleidung. Das Wasser stieg. Er stemmt sich gegen den Deckel. Das Wasser stieg weiter. Er hob den Kopf so hoch es ging und stieß am Deckel an. Panisch zog er die Luft durch die Nase ein. Beim nächsten Zug war es nur noch Wasser, das seine Lunge füllte. Nach einigen Sekunden sank sein Kopf zu Boden und das Wasser lief über den Rand des Viehtroges hinaus auf die feuchte Erde Islays.

Tom fuhr zurück nach Bridgend, um in der Tankstelle ein kleines Mitbringsel für Mrs. Heads zu kaufen. Tatsächlich konnte er eine schöne Packung Pralinen für neunzehn Pfund ergattern. Nicht gerade ein Schnäppchen, aber neue Informationen zu Old Allan waren ihm das Wert. Er verließ den Shop und sah ein vorbeirauschendes Polizeiauto.

CI Hiram MacAskill raste mit Blaulicht und Martinshorn von Bowmore in Richtung Port Askaig. Der Hafenmeister Greg Pardew hatte ihn wegen eines Unfalls alarmiert. Als MacAskill dort ankam war bereits die Seenotrettung mit Tauchern im Einsatz.

»Was ist passiert, Greg?«, versuchte er erste Informationen zu erhalten.

»Die Fähre hatte gerade abgelegt und wir sind zurück ins Hafengebäude. Marc hat dann aus dem Augenwinkel einen vorbeirasenden weißen Wagen gesehen, der voll in den Sound gebrettert ist.«

»Wie viele Leute waren darin?«

»Konnte er nicht sagen. Er kann nicht einmal sagen, was für ein Auto das war. Ging zu schnell. Ich habe auch erst die Schläge gehört, als er gegen die Kisten und Reusen auf der Mole gedonnert ist und dann hat es platsch gemacht.«

»Hat der nicht gebremst?«

»Nein, der ist voll die steile Straße heruntergekommen und dann immer gerade aus. Ich habe dann gleich die Rettung alarmiert. Die sind schon fünfzehn Minuten zu Gange.« Dann unterbrach ihn sein Funkgerät.

»Greg, die Taucher haben ein Auto auf neun Metern. Wir versuchen, es mit der Seilwinde zu heben.«

»Ist da jemand drin?«, fragte er zurück.

»Sehr schlechte Sicht da unten. Das können wir erst später sagen.«, antwortete der Bootsführer.

»Hiram, mehr können die jetzt auch nicht machen. Zwei Boote patrouillieren in Richtung der Strömung ostwärts. Vielleicht ist ja jemand lebend herausgekommen.«

Rund zwanzig Minuten später kam ein weißer Ford Kuga mit offenen Türen an die Wasseroberfläche. Das Rettungsschiff zog ihn zur Mole, wo er mit einem Ladekran herausgehoben wurde.

»Leer…«, zeigte sich MacAskill enttäuscht.

»Die Fahrertüre war unten schon offen, sagen die Taucher.«, informierte ihn Pardew.

»Dann ist er aus dem Auto herausgekommen und wohl von der Strömung weggerissen worden.«

»Ja, es setzt gerade die Ebbe ein. Da haben wir sehr starke Strömung. Da hast du eigentlich keine Chance. Das Wasser ist auch noch sehr kalt. Wenn sie ihn bis jetzt nicht gefunden haben, dann finden sie ihn nie mehr.«, erläuterte Pardew.

»Wenn keiner mehr drinnen ist und nur die Fahrertüre offen war, müssen wir von einem Vermissten ausgehen. Eine Leiche werden wir kaum finden.«, resümierte MacAskill sachlich. »Ich schicke euch heute Nachmittag Sergeant Morris vorbei. Der kann dann in Ruhe die Zeugenaussagen protokollieren.«

Auf dem Weg zurück nach Bowmore fiel ihm ein, dass dieser Schmitt auch von einem weißen Kuga gesprochen hatte. *Vielleicht war gar nicht der Deutsche der Durchgeknallte. Was, wenn der Fahrer ihn in einem Wahn tatsächlich schockieren wollte und er jetzt völlig durchgedreht ist und sich umgebracht hat. Es gibt ja wirklich Verrückte auf dieser Welt.*

Kapitel XXXIV

Februar 1982 Islay

Zirka fünfzehn Minuten nachdem Stella McBain die Polizei informiert hatte, traf Doc Malcolm in Machrie ein. »Was ist Ihnen denn passiert? Sie sehen ja schrecklich aus.«, war dieser sichtlich schockiert.

»Eine Explosion da drüben.«, deutete Andrew in die Richtung des schwächer werden Lichtes hinter dem Hügel, »Sie sind tot.«

»Zuerst sind Sie dran.« Er legte ihm Brandkompressen auf und hüllte ihn in eine Metallfolie. Dann griff der zum Funkgerät: »Wir brauchen einen Hubschrauber. Schwere Brandverletzungen. Patient ansprechbar. Sofortiger Transport nach Glasgow. Aufnahmeort Machrie, oberhalb Machir Bay.« »Sie bleiben hier sitzen und bewegen sich nicht, bis der Hubschrauber kommt. Ist das klar?« Dann wandte er sich an die Hausbesitzerin: »Mrs. McBain, bitte kümmern Sie sich um den Jungen. Wenn er zu zittern beginnt, geben Sie ihm gleich das hier.« Er gab ihr eine Ampulle. »Aufbrechen und in den Mund damit.«

Inzwischen war Inspektor Will Turner mit Hiram MacAskill eingetroffen.

»Was ist passiert?«, fragte er Doc Malcolm.

»Da drüben war wohl ein Feuer oder eine Explosion. Genaueres weiß ich auch nicht. Der Junge hat schwere Verbrennungen und einen Schock. Er sagt, es wären dort Tote.«, informierte er Will Turner. Dann stiegen sie wieder in ihre Wagen und fuhren in Richtung des Feuers. Als der Weg endete, sahen sie die brennenden herumliegenden Teile des Schuppens. Es sah schon aus der Ferne aus als wäre eine Bombe eingeschlagen. Sie kämpften sich über das matschige Gelände, entlang des Baches in die Nähe des Trümmerhaufens.

»Was ist das?«, rief MacAskill und deutete auf zwei schwarze Stümpfe, die aus dem Bach hochragten. Zunächst sah es aus wie ein verbrannter Baumstumpf mit Ästen. Je näher sie kamen umso deutlicher war zu erkennen, dass es sich um die verbrannten Überreste eines kopfüber im Graben steckenden Menschen handelte. Sie zogen ihn vorsichtig heraus und der zuvor im Wasser steckende, relativ unversehrte Kopf wurde sichtbar.

»Oh Gott, Dennis.« Will Turner hatte seinen Neffen trotz der Brandwunden sofort erkannt.

»Schrecklich!«, sagte Doc Malcolm und legte seine Hand auf Wills Schulter. »Hier ist etwas Schreckliches passiert.«

Hiram MacAskill stand drei Meter neben ihnen und übergab sich unüberhörbar.

Im Schein der brennenden Holzteile sahen sie zunächst einen weiteren Körper im Matsch liegen. Sie gingen auf diesen zu, drehten ihn, konnten aber das teilweise entstellte Gesicht keinem Ileach zuordnen. Sie kannten eigentlich jeden Bewohner der Insel. Auch er war tot. Die Reste des Schuppens waren in sich zusammengefallen und bildeten ein Trümmerfeld aus umgestürzten Balken und deformierten Metallteilen. Es war zu heiß und zu gefährlich, da hinein zu gehen.

»Da ist noch einer!«, rief MacAskill, der sich inzwischen völlig entleert hatte und wieder zu ihnen gestoßen war.

Auf der anderen Seite war ein Körper, der neben einem Holzbalken lag, erkennbar. Sie kämpften sich durch den feuchten Untergrund dorthin und drehten den leblosen Körper, der mit dem Gesicht im Schlamm, lag zu Seite.

»Das ist Colin, Colin Brown.«, erkannte ihn Will Turner.

»Sheenas Mann.«, bestätigte Doc Malcolm, »Er hat noch Puls und atmet flach.« Er zückte sein Funkgerät »Hallo Leitstelle, hier Doc Malcolm. Wir haben einen weiteren Schwerverletzten. Zirka dreihundert Meter von Machrie entfernt. Hier brennt es noch. Der Hubschrauber kann es leicht finden. Ebenfalls Transport nach Glasgow.«

Es dauerte rund eine Stunde bis die Hubschrauber eingetroffen und Andrew und Colin verladen waren. Will Turner war in der Zwischenzeit nach Machrie zu Andrew zurückgefahren und hatte noch vor dem Transport mit ihm gesprochen.

»Andrew, höre mir jetzt genau zu. Dennis ist tot und Colin ist schwer verletzt und nicht ansprechbar. Wie schwer wissen wir nicht. Ich werde das alles in unserem Sinne regeln. Ich weiß, was ihr da draußen gemacht habt.«

»Ja.«, antwortete Andrew völlig apathisch.

»Wer ist der Fremde?«

»Es waren zwei. Sie wollten Dennis fertigmachen. Jemand hatte sie geschickt.«

»Okay. Wenn du gefragt wirst, wie das passiert ist, sagst du, dass ihr in dem Schuppen Benzin für Boote gelagert habt und das in Brand geraten ist. Sonst nichts. Klar?«

»Ja.«, nickte er.

»Gut, ich will nicht, dass euer und unser guter Ruf beschädigt wird.«

Die Hubschrauber hoben kurz hintereinander mit dem Ziel Glasgow ab.

Kapitel XXXV

Februar 1982 Islay

Doc Malcolm klopfte mit dem Löwenkopf an Sheenas Türe.

»Hast du deinen Schlüssel vergessen?« Sheena, die Colin zurück erwartete, öffnete die Türe mit einem Lächeln. »Doc Malcolm, Sie? Es ist ja schon nach acht. Ist etwas im Krankenhaus passiert?«, wollte sie wissen.

»Nein, Sheena. Können wir nach drinnen gehen?«, schob er sie ins Haus zurück.

»Was ist los, Doc?«, fragte sie jetzt sichtlich nervös.

»Sheena, draußen an der Machir Bay ist etwas Schreckliches passiert. Colin ist schwer verletzt und wurde nach Glasgow geflogen.«

»Was hat er?« Sie bemühte sich, nicht die Fassung zu verlieren.

»Es hat ein Feuer gegeben und der Schuppen ist eingestürzt. Colin haben wir bewegungslos neben den Trümmern gefunden. Was er genau hat und wie es passiert ist, können wir noch nicht sagen.«

»Was ist mit Andrew und Dennis?« Sie schluckte.

»Andrew hat schwere Brandverletzungen und wurde ebenfalls nach Glasgow geflogen. Und Dennis ist leider seinen Brandverletzungen erlegen.«, versuchte er sich schonend auszudrücken.

Sheena saß leichenblass und ohne jegliche Regung auf ihrem Stuhl. Ihr Bewusstsein weigerte sich, das Gehörte wahrzunehmen.

»Sheena, ich weiß, dass das fürchterlich für Sie ist. Soll ich noch etwas hier bleiben bis Sie es verarbeitet haben? Medikamente kann ich Ihnen wegen der Schwangerschaft leider keine geben.«

Sie nickte und blieb weiter regungslos sitzen. Doc Malcolm bereitete einen Tee und versuchte beruhigend auf sie einzuwirken. Er wusste, dass sie zwar nach außen keine Regung zeigte, innerlich aber die Hölle durchleben musste.

»Ich muss auf die Toilette.«, sagte sie, erhob sich und ging zum Badezimmer.

»Ist alles in Ordnung? Soll ich Ihnen helfen?«

»Nein, geht schon. Ich bekomme wohl Durchfall.«, schloss sie die Türe hinter sich. Ihr Unterleib verkrampfte sich immer mehr und sie schaffte es gerade noch zur Toilette. Dann überwältigten sie die Schmerzen, sie krümmte sich und spürte, wie sie sich entleerte. Dann ließ der Schmerz etwas nach und sie fühlte sich untenherum komisch. Sie blickte an sich hinunter und sah eine Mischung aus Blut und Schleim und ein undefinierbares Etwas in der Toilette.

Sie fiel nach vorne auf den Boden, rollte sich zusammen und schluchzte laut. *Ich habe mein Kind verloren!*, wurde ihr klar.

Doc Malcolm hörte ihr Weinen und als sie die Türe nicht öffnete, trat er diese ein. Er erkannte die Situation sofort, als er die blutende, am Boden liegende Sheena sah. »Ich bringe Sie umgehend ins Krankenhaus.« Er umwickelte sie mit Handtüchern und verfrachtete sie auf den Rücksitz seines Autos, mit dem es nach Bowmore ging.

Will Turner hatte seinen Bruder und seine Schwägerin aufgesucht und Ihnen die traurige Nachricht überbracht. Emma war regelrecht zusammengebrochen und hatte sich weinend in ihr Schlafzimmer zurückgezogen.

Dennis Vater, der Eigentümer von Turner & Sons, der jetzt keinen Sohn mehr hatte, bemühte sich, keinerlei Emotionen zu zeigen und die Sache rational abzuwickeln.

»Was genau haben die da draußen gemacht?«, fragte er Will.

»Das weißt du doch genau, oder?«, gab dieser zurück. »Sie haben einen Moonshine Still aufgebaut und illegal Whisky gebrannt. Andrew hat gesagt, heute seien zwei Unbekannte aufgetaucht, die Dennis fertigmachen wollten. Einen haben wir gefunden. Tot. Kein Ileach. Irgendetwas ist da aus dem Ruder gelaufen und dann ist es ihnen um die Ohren geflogen.«

»Das darf keiner herausfinden. Das zerstört unseren Ruf.«

»Ja. Andrew wird sagen, dass sie dort größere Mengen Benzin für Boote gelagert hatten und diese in Brand geraten sind. Wir müssen morgen noch vor Sonnenaufgang dort sein und die Spuren beseitigen. Da muss Einiges weg. Da brauchen wir euren Laster.«

Am Sonntagmorgen fuhren die Brüder Turner zur Machir Bay, um aufzuräumen. Will hatte die Unfallstelle noch nicht frei gegeben und MacAskill erklärt, dass alles unverändert bleiben musste und sie sich um zehn Uhr zur Spurensicherung treffen würden. Dennis' Leiche war noch in der Nacht von Steve MacDonald mit dem Leichenwagen abgeholt worden. Den Unbekannten hatte Doc Malcolm mit dem Krankentransport ins Bowmore Hospital bringen lassen. Als sie gegen sieben Uhr an der Unglücksstelle eintrafen, wurde es gerade langsam hell. Der ausgebrannte Schuppen rauchte nur noch leicht vor sich hin und Glutnester glimmten noch. Sie begaben sich an die Stelle, wo einst der Holzverschlag gestanden hatte und räumten alle Metallteile und alle noch erkennbaren Destillerie-Utensilien auf die Ladefläche des LKWs. Die Sonne war inzwischen aufgegangen und sendete ihr noch schwaches Licht auf Islay. Will zog ein Stück Blech von einem Haufen. »Scheiße, da ist der zweite Mann!« entfuhr es ihm, als er eine völlig verkohlte Leiche vor sich liegen sah.

»Was jetzt?«, fragte ihn sein Bruder.

»Wir wickeln ihn in deine Decke, dann auf die Ladefläche und ich begrabe ihn.«

Sie waren überrascht, wie leicht die Reste eines verkohlten Menschen waren. Und sie waren überrascht, wie wenig sie diesen Haufen Asche als Menschen betrachteten. Nach einer guten Stunde hatten sie ihre Aufräumaktion beendet und fuhren zurück nach Bridgend.

Gegen 10 Uhr trafen Inspektor Will Turner und Sergeant Hiram MacAskill zur offiziellen Spurensicherung ein. Will Turner wies MacAskill auf Reste verschmorter Kanister hin. »Benzinkanister, wie Andrew gestern gesagt hat.« Es lagen noch ein paar kleine Metallteile und ausgebrannte Holzbalken herum. Verwertbare

Spuren am Boden waren aufgrund des Matsches nicht aufzufinden.

»Ist eigentlich alles klar und deckt sich mit dem, was ich bisher weiß. Die Jungs haben bei meinem Bruder immer etwas Benzin abgezweigt, um es als Treibstoff für ein Boot zu verwenden. Dennis wollte sich einen kleinen Kutter kaufen.«

Hiram MacAskill nickte zustimmend und dachte sich: *Für wie blöd haltet ihr mich eigentlich? Benzin, dass ich nicht lache. Gestern Nacht war hier noch ein Moonshine Still. Aber wenn ihr euch solche Mühe gebt, dann werdet ihr wichtige Gründe haben. Lassen wir es einfach so gut sein.*

Als er später den Bericht las, der von der Explosion eines Benzinlagers mit einem Toten und zwei Schwerverletzten sprach, war auch der unbekannte Tote nicht mehr erwähnt. Er war neu hier und ließ es auf sich beruhen.

Kapitel XXXVI

Montag 18.03.19 Islay

Bewaffnet mit einer zwar nicht großen aber teuren Schachtel Pralinen machte Tom sich auf den Weg nach Port Charlotte. Er passierte die Destillerie Bruichladdich, fuhr etwas weiter und bemerkte dann, dass es erst Viertel nach Zehn war. Für den Rest der Strecke würde er noch drei Minuten benötigen. Er war viel zu früh. Also wendete er sein Auto und fuhr zurück in den Hof der Destillerie. Dort stand noch ein Tanklaster für Whiskytransporte, der, wie vieles andere, in „Laddie Blue" lackiert war. Alle Tore, Türen und Fenster waren in dieser Variante eines Türkistones gestrichen. Auch die Verpackungen einiger Whiskys wiesen diese Farbe auf. In der Destillerie wurde erzählt, dass diese Farbe von der Ehefrau eines früheren Besitzers ausgesucht worden sei, da das Wasser im Lochindaal bei Sonnenschein genau diese Farbe hätte. Aufgrund des anhaltenden leichten Regens war Tom nicht in der Lage, diese Behauptung auf ihren Wahrheitsgehalt hin zu überprüfen. Bei deren inflationären Verwendung drängte sich ihm eher der Verdacht auf, dass ein

Tankschiff mit der Farbe als Inhalt gestrandet sein musste.

Beim Betreten des Besucherzentrums erblickte er zum wiederholten Male die Single Malt Spirit Truppe. *Islay ist zu klein...*, dachte er sich. Die sechs Männer waren bereits zu dieser morgendlichen Stunde bester Laune und hatten offensichtlich schon einige Whiskys gekostet. Er war gerade dabei, sich umzudrehen und die Flucht zu ergreifen, als ihm einer mit den Worten »Servus Whisky Doc. Ich glaube du verfolgst uns!« begrüßte. Auch mit nahezu einem Promille wurde er offensichtlich noch erkannt. Das war dann doch wieder irgendwie schmeichelnd für ihn.

»Wir haben jetzt aber leider keine Zeit mehr, einen mit Dir zu trinken. Unsere Tour geht jetzt los.«, zogen sie von Dannen.

Diese Worte nahm er äußerlich mit größtem Bedauern, innerlich mit wohltuender Erleichterung zur Kenntnis. Er ging zum Tresen und ließ sich zwei Whiskys einschenken, die in Fässern im Besucherzentrum lagerten. Aus diesen Fässern konnte man sich eine eigene Flasche abfüllen und hatte so einen außergewöhnlichen Whisky, der nicht für jedermann verfügbar war. Da von den Angestellten so früh niemand in Plauderstimmung war, stellte er sich an einen Tisch und verkostete die beiden Single Malts in Fassstärke. Sein Blick streifte durch das jetzt fast leere Besucherzentrum. Während er an seinen Whiskys nippte, kamen ihm die Ereignisse der vergangenen Tage wieder in den Sinn. Es war schon außergewöhnlich, was ihm alles passiert war. Dabei konnte es sich aber nur um Zufälle handeln, denn eine andere Erklärung gab es nicht. Aber der Typ, der ihn am Kildalton Cross erschreckt hatte, das war ein echtes Arschloch. Er hätte fast einen Herzinfarkt bekommen, so war er gerannt.

»Bis morgen Jenny!«, sagte ein älterer Herr, »Sag Alex, wenn er kommt, dass er sich die Zuleitung zu Still zwei einmal anschauen soll. Die leckt an der Verschraubung. Ich gehe jetzt wieder. Meine Frau hat Besuch eingeladen. Gegen zwei bin ich zurück.« Tom drehte sich, um den Mann näher zu betrachten. Er war so um die sechzig Jahre alt und trug eine Jeans und eine Winterjacke. Er hatte sich gerade einer Warnweste entledigt, die er hinter den Tresen warf und machte sich auf den Weg zur Türe, wobei er ihm die linke Seite zudrehte. *Nicki Lauda* war der erste Gedanke, der Tom kam. Nicht, weil der Mann ein Österreicher war oder einen Rennoverall trug. Nein, die linke Seite seines Gesichtes und das Ohr waren, wohl nach einem Feuerunfall, völlig vernarbt. Dennoch strahlte er eine Zufriedenheit aus, die irgendwie gemütlich und beruhigend wirkte.

Dann schaute er auf die Uhr. *Zehn vor elf, ich muss los!*, erschrak Tom. Nachdem noch zwei Flaschen mit den Destillerie-Abfüllungen sein Eigen wurden, setzte er seine Fahrt Richtung Port Charlotte fort.

Es waren nur wenige Kilometer entlang der Küste. Er passierte das Port Charlotte Hotel und bog nach links in die Shore Street ab, wo er sein Auto abstellte.

»You are my sunshine, my only sunshine…« bremste ihn sein Handy auf dem Weg zur Hausnummer 87.

»Hallo Binemaus, hat dich die zarte Morgensonne heute schon wachgeküsst?«, nahm Tom das Gespräch an.

»Was hast du denn zum Frühstück getrunken?«, erwiderte Sabine mit einem Lachen, »Dir geht es offensichtlich gut.«

»Ja, passt schon, ich war heute schon ganz früh am Finlaggan Castle. Wahnsinn, wie ruhig und friedlich es da war. Da kannst du dich richtig fallen lassen und in alte Zeiten zurückversetzen. Aber wie geht es dir?«

»Also erst einmal möchte ich darauf hinweisen, dass es bei uns schon Mittag ist und ich seit neun Uhr die Spuren des gestrigen, von mir hervorragend geleiteten, Tastings beseitigt habe.« »Brav.«, schob er ein. »Zweitens ist zu berichten, dass es regnet und drittens, dass ich dich vermisse.«

»Ich dich auch. Schon bald eilt dein Held zu dir. Ich habe jetzt gerade eine Verabredung mit einem Brennmeister und seiner Frau. Wenn da nichts Sensationelles herauskommt, was ich auch nicht erwarte, dann fahre ich morgen zurück nach Edinburgh. Da schaue ich dann, wie es mit Flügen aussieht. Eventuell übernachte ich dann noch einmal und komme erst am Dienstag. Ich gebe dir aber rechtzeitig Bescheid, dass du dich schon einmal elegant auf das Bett drapieren kannst.«

»Keine falschen Versprechungen. Ich werde sehnsüchtig warten, bis du auf deinem weißen Pferd in mein Schlafzimmer reitest und mich errettest.« Ein leicht zynischer Unterton war unüberhörbar. »Also, jetzt mal wieder zurück auf den Boden der Tatsachen. Ich habe noch etwas gewühlt und bin auf einen Artikel gestoßen, der sich mit gefälschten Old Allans beschäftigt. 1998 sind bei einer Auktion in Frankreich achtzehn gefälschte Flaschen Old Allan 1973 versteigert worden. Halt dich fest. Ich sage dir jetzt den Preis pro Flasche. Umgerechnet rund einhundertzehn

Euro.« »Was?«, unterbrach er sie. »Ja, du hast richtig gehört. Das ist lächerlich billig. Der liegt heute bei über viertausend pro Flasche.« »Warum haben wir so spät angefangen?« »Das war gut, dass wir den nicht gekauft haben. Der war ja nicht echt. Aber damals hat auch ein echter so wenig gekostet. Krank, oder?« »Ja und wie geht die Geschichte weiter?« »Also, die sollen über Frankreich importiert worden sein und wurden von einer Firma Lacroix oder so vertrieben. Dann hatte sie ein Russe gekauft und zur Versteigerung gegeben. Der Käufer hat dann, ein halbes Jahr später, versucht die Flaschen neu zu taxieren und ist dabei darauf gekommen, dass die Flaschencodes aus den Jahren 1979 und 1980 stammten. Es war also ein 1973er Whisky der 1998 in Flaschen aus dem Jahr 1979 abgefüllt worden war. Das war irgendwie komisch. Der Importeur konnte alle Papiere vorlegen und die Flaschen waren in Frankreich auch ordnungsgemäß versteuert. Es war also klar, dass der russische Verkäufer manipuliert haben musste. Das Verfahren wurde dann aber gegen Zahlung einer unbekannten Summe eingestellt.«

»Ist komisch, aber das war ja alles nach der Schließung. Trotzdem danke, dass du noch gesucht hast. Das kann ich irgendwann als Geschichte in ein Tasting einbauen. So, die warten jetzt schon auf mich. Ich muss Schluss machen. Also nicht mit dir, nur mit dem Telefonat. Bussi. Ich melde mich morgen.«

»Ja. Viel Spaß noch. Bis morgen.«

Tom klopfte mit dem Löwenkopf drei Mal gegen die Türe der Hausnummer 87.

Kapitel XXXVII

Februar 1982 Islay

Colin war nach acht Tagen aus dem Koma erwacht und fand sich in einem hellen Raum umgeben von Geräten und Apparaturen wieder. *Ich lebe!*, dachte er sich. Dann bemerkt er Schläuche an Mund und Nase und versuchte diese anzufassen. Er konnte seinen rechten Arm nicht bewegen. Der Linke versagte ebenfalls seinen Dienst. Auch seine Beine lagen nur da wie totes Fleisch. Dann kam ihm die Einsicht, dass sein Körper nicht mehr funktionierte wie es der Kopf wollte. Er versuchte zu schreien, was aufgrund der Schläuche nicht gelang und dann spürte er wieder etwas. Es waren die Tränen, die ihm aus den Augenwinkeln hin zu den Ohren liefen.

Seit dem Unglück waren fast drei Monate vergangen und Colin lag immer noch im Queen Elizabeth University Hospital in Glasgow, wo die Ärzte alles versucht hatten ihn wiederherzustellen. Da Sheena nach den beiden Schicksalsschlägen nicht in der Lage war, nach Glasgow zu fahren und mit den Ärzten zu sprechen, tat dies Doc Malcolm für sie. Er hatte sich die gesamte Zeit fürsorglich, fast väterlich, um sie gekümmert.

»Sheena, ich habe gestern ausführlich mit den Kollegen in Glasgow gesprochen. Sie haben alles versucht, aber die Querschnittlähmung oberhalb des C4 ist irreversibel. Sie wird sich nicht mehr bessern. Der Balken hat Colin zwei Wirbel zertrümmert.«

Sheena, die diese Nachricht bereits befürchtet hatte, nahm seine Worte mit versteinerter Miene zur Kenntnis. Sie war in den letzten zehn Wochen um zehn Jahre gealtert. Alle jugendliche Unbeschwertheit war von ihr abgefallen. Als Krankenschwester hatte sie viel Leid gesehen und verdrängt, aber nun da sie selbst betroffen war, traf es sie mit voller Härte und sie hatte dem nichts entgegenzusetzen.

»Sie müssen sich jetzt überlegen, wie es weitergehen soll. Die Therapie im Krankenhaus ist zu Ende. Er kann entweder in Glasgow in einem Pflegeheim untergebracht werden oder Sie holen ihn hier zu sich auf Islay.« Er nahm ihre Hand. »Sheena, das müssen Sie nicht gleich entscheiden. Wenn Sie ihn herholen wollen, müssen Sie aber wissen, dass er apparativ beatmet werden muss und auch Stuhlgang und Harnentleerung betroffen sind. Sowohl Arme und Beine sind bewegungsunfähig. Es würde sehr, sehr schwer für Sie werden und mit dem Transport sind natürlich auch gewisse Gefahren für Colin verbunden.«

Sheena war immer noch fast ohne jede Regung. »Ich gebe Ihnen morgen Bescheid.«, flüsterte sie.

Andrew hatte die Klinik nach zwei Operationen und sechs Wochen Aufenthalt verlassen können. Seine Brandverletzungen an Schulter, Hals und Kopf waren nicht so schwerwiegend wie zunächst befürchtet. Dennoch hatte er erhebliche Narben davongetragen, die sich zwar nach Aussage der Ärzte noch bessern, aber in jedem Fall sichtbar bleiben würden. Er hatte noch nicht den Mut gefunden, Sheena, von deren Schicksal er gehört hatte, zu besuchen.

»Ich brauche ein kleines Keltenkreuz.« McLaughlin war der Steinmetz von Bowmore und ein wirklicher Fachmann für die Gestaltung von Grabverzierungen.

»Wie groß soll es denn sein, Andrew?«

»So um die eins zwanzig und einen Sockel.«

»So eines steht da hinten. Oder willst du etwas Spezielles.«

»Ja, ich will eine Inschrift. Angels of Islay.«

»Kein Name?«

»Nein.«

»Reicht dir nächste Woche?«

»Ja.«

Er holte es eine Woche später ab und fuhr zum alten Treffpunkt. Dem Adlerhorst über der Machir Bay. Die Planen waren von den Stürmen längst zerrissen und davongeweht worden. Aber an zwei Holzpfosten erkannte er noch den ursprünglichen Platz. Er legte das Kreuz in eine mitgebrachte Schubkarre und transportierte es so, sehr beschwerlich, über die Dünen. Zwischen den Balken angekommen, hatte er begonnen zu graben, um den Sockel fest im Sand zu verankern. Plötzlich war er auf etwas Festes gestoßen. Er hatte den Holzdeckel freigelegt, geöffnet und das Fass gefunden. Es war voll mit Whisky. Nun saß er da, im Sand zwischen dem Fass und der Schubkarre, und heulte wie zuletzt als kleines Kind. Der Blick hinab auf den Strand der Machir Bay, der sich schier endlos in beide Richtungen erstreckte, ließ ihn wieder zur Ruhe kommen. Die sanfte Brandung rollte leise über den breiten Strand in Richtung der Dünen. Es war ein gleichmäßiges, immer wiederkehrendes Auf und Ab, das ihn die Fassung wiederfinden ließ. In den darauffolgenden Tagen entleerte er das Fass und brachte es zu sich nach Hause, wo er den Whisky wieder einfüllte. Dann verfüllte er die

Grube und errichtete das Kreuz darauf, das für ewige Freundschaft über der Machir Bay thronen sollte.

Es war Mitte Mai, als ein Krankentransport die schmale Shore Road in Port Charlotte hinunterfuhr. Die Trage mit Colin wurde durch die schmalen Türen in das ehemalige Wohnzimmer bugsiert, wo jetzt ein Krankenbett stand, das Doc Malcolm organisiert hatte. Die zwei Sanitäter hoben Colin, der nur noch ein Schatten seiner selbst war, in das Bett und ließen ihn mit Sheena, die blass und grau aussah, alleine. Sie setzte sich neben ihn, legte die Hand auf seine Wange und streichelte ihm sanft über den Kopf. Er lag da. Sein Kopf funktionierte und sein Körper hing völlig überflüssig an ihm. Was war er, wenn sein Körper nicht funktionierte. Er war jung und stark und kraftvoll gewesen. Jetzt war er Ballast. Für Sheena. Für alle.

»Colin, ich wollte das nicht. Ich wollte doch nur, dass es uns gut geht. Dass wir ohne Sorgen leben können.«, dann brach sie in Tränen aus.

»Sheena, ich will sterben.«, waren die wenigen Worte, die er herausbrachte. Dann lag er noch zwei Tage und Nächte in diesem dunklen Zimmer. Er sah Fotos an der Wand. Das Hochzeitsfoto vor dem Port Charlotte Hotel mit seinen und Sheenas Eltern. Ein gemaltes Bild der Machir Bay und das Foto, dass sie von Dennis bekommen hatten, als Sheena schwanger war. Seine Eltern und auch seine Schwester hatten ihn besucht. Er hatte sie gesehen. Sie hatten ihn angeschaut wie ein Monster und auf ihn eingeredet. Er hatte es nicht hören wollen. Er hatte nichts mehr gesagt, auch zu Sheena nicht. Er war sicher, dass sie ihn verstanden hatte.

Am dritten Tag kam sie wieder zu ihm ans Bett, küsste ihn auf den Mund. »Wir sehen uns wieder.«, flüsterte sie, legte ein Kissen über sein Gesicht und schaltete das Beatmungsgerät aus. Dann drückte sie das Kissen fest auf sein Gesicht, bis er auch seinen Kopf nicht mehr spürte.

»Doc Malcolm, Sie müssen schnell kommen. Colin atmet nicht mehr.« Sheena hatte ihren Chef angerufen. Dieser war einige Zeit später eingetroffen und hatte einen Blick auf Colins Leiche geworfen.

»Sheena, Sie haben nichts falsch gemacht. Es sollte wohl so kommen. Er ist offensichtlich durch die Lähmungen erstickt.«, resümierte er sachlich und nahm sie in den Arm. »Sie werden das schaffen. Sie sind noch jung und denken Sie daran, Ihr Leben liegt noch vor Ihnen. Leben Sie es!«

Zwei Tage später fand die Beerdigung auf dem Friedhof von Port Charlotte statt. Wie bereits bei Dennis' Beisetzung waren sehr viele Menschen anwesend. Neben Sheena fanden sich ihr Vater und Colins Eltern und Schwester ein. Es regnete immer wieder leicht und Islay zeigte sein wechselhaftes Gesicht. Die Schlange der kondolierenden Menschen schob sich an ihnen vorbei bis Andrew, mit einem Verband über den Hals und den halben Kopf, vor ihr stand. »Sheena, es tut mir leid, dass ich nicht vorher gekommen bin. Ich konnte es einfach nicht.« Dann drückte er sie an sich und ging weinend weiter. Das Grab wurde verfüllt und der immer stärker werdende Regen spülte die Erde ins Grab und die Menschen nach Hause.

Kapitel XXXVIII

Montag 18.03.19 Islay

Es war schon zehn Minuten nach Elf. Durch den Stopp bei Bruichladdich und das Telefonat mit Sabine hatte er sich, entgegen seinen Prinzipien etwas verspätet. Sein Klopfen wurde aber erhört und Mrs. Heads öffnete ihm die Türe.

»Guten Morgen Mr. Schmitt. Hatten Sie Probleme uns zu finden?«, begrüßte sie ihn freundlich. Die Spitze bezüglich der Verspätung konnte sie sich aber nicht verkneifen.

»Guten Morgen Mrs. Heads. Nein, es war eigentlich ganz einfach. Ich hatte nur einen Anruf von meiner Frau und dann musste ich mich entscheiden, welche Frau ich jetzt verärgern sollte. Da ich meine Gattin wohl noch über einen längeren Zeitraum genießen werde, hatte ich mich dafür entschieden, doch besser zuerst Sabine zufrieden zu stellen. Sie hatte ich auch so gütig eingeschätzt, dass Sie mir diesen Lapsus verzeihen würden. Um mich für die Verspätung zu entschuldigen, habe ich Ihnen auch noch ein kleines Präsent mitgebracht.« Er überreichte ihr die Pralinen und schenkte ihr ein unschuldiges Lächeln.

»So sei Ihnen die Verspätung gerade noch einmal verziehen, Mr. Schmitt, Tom Schmitt.«, zwinkerte sie ihm zu. »So, aber jetzt genug gescherzt. Sie wissen „We are on Islay Time" bedeutet, dass wir es nicht eilig haben und es auch nicht auf die Minute ankommt. Aber ihr Deutschen seid bei dem Thema Pünktlichkeit immer so sensibel, dass ich es mir nie verbeißen kann, wenn einer von Euch zu spät kommt.« Dann gingen sie gemeinsam in das kleine und sehr altmodisch eingerichtete Wohnzimmer. Die Möbel waren ein typisches, schottisches Sammelsurium aus Geerbtem, Gefundenem und Geschenktem. Sie hätten zum Möblieren eines vierzig Quadratmeter großen Raumes locker ausgereicht, drängten sich jedoch auf maximal achtzehn Quadratmetern zusammen. „Der Raum wirkt etwas überladen.", hätte Sabine es charmant aber treffend ausgedrückt.

»Nehmen Sie Platz, Mr. Schmitt. Mein Mann ist gerade erst gekommen und zieht sich um. Er kommt gleich herunter.«

Tom setzte sich auf einen Ohrensessel neben dem Kamin. Gegenüber stand ein Gegenstück, dass jedoch offensichtlich aus einer anderen Erbmasse stammte. Der Bezug wies ein völlig anderes Muster auf und war zusätzlich teilweise unter einer Decke versteckt. Mrs. Heads trat hinter ihn und fasste Tom an den Kopf. »Lassen Sie mich mal sehen, wie die

Wunde aussieht.« Sie hatte die Haare zur Seite geschoben und betrachtete die genähte Stelle. »Sieht ganz gut aus. Sie sollten aber zu Hause noch einmal einen Arzt drüber schauen lassen. Nicht, dass es sich entzündet.«

»Werde ich machen.«

»Darf ich Ihnen einen Tee anbieten? Ich habe gerade für Andrew einen gekocht.« Zuhause trank er eigentlich nie Tee. Da brauchte er immer seinen starken schwarzen Kaffee. Aber hier in Schottland empfand er das Getränk doch als wesentlich besser. Die Briten hatten einfach eine andere Tradition beim Aufbrühen der fermentierten Blätter als der Franke, der traditionell mit Wein oder Bier aufgezogen wurde.

»Ja, gerne.«, antwortete er daher recht schnell.

»Ich muss nur kurz in die Küche und bin gleich wieder da.«, entschuldigte sie sich.

Kaum hatte sie den Raum verlassen, öffnete die Türe sich erneut und Nicki Lauda betrat den Raum. Das war zumindest der Name, der ihm sofort wieder einfiel, als er den Mann aus der Destillerie heute zum zweiten Mal sah.

»Guten Morgen Mr. Schmitt.« Tom streckte ihm die Hand entgegen und schüttelte die Seine. »Mein

Name ist Andrew Heads. Was verschafft uns die Ehre Ihres Besuchs?«

»Nun, Ihre Frau, die ich glücklicher oder eher unglücklicher Weise im Krankenhaus kennengelernt habe, hat mir gesagt, dass Sie Brennmeister bei Bruichladdich sind. Ich bin ja in Deutschland in der Whiskyszene stark engagiert und natürlich immer an Informationen aus erster Hand interessiert.«

Die Türe öffnete sich, Mrs. Heads kam mit einem Tablett herein und stellte beiden ihren Tee und Shortbread auf ein kleines Tischchen.

»Danke, Sheena.«, bedankte sich Mr. Heads, der inzwischen auf dem zweiten Sessel Platz genommen hatte.

Sie setzte sich ebenfalls auf das seitlich stehende Sofa. »Andrew; Mr. Schmitt hat bereits umfangreiche Nachforschungen zur Schließung von Old Allan angestellt und da du schon damals in der Industrie auf Islay warst, wollte er einfach mal mit dir plaudern.«

»Genau, Mrs. Heads.«, stimmte Tom zu.

»Nennen Sie mich Sheena und mein Gatte heißt Andrew.«

»Danke. Gerne, ich bin Tom.«, erwiderte er. »Andrew, ich habe Sie vorhin bei Bruichladdich gesehen. Arbeiten Sie schon lange dort?«

»Ich bin schon seit 2000 bei Bruichladdich und plane dort auch in Rente zu gehen. Das dauert aber noch ein paar Jährchen bis ich den jungen Kollegen unsere Stills überlassen werde.«

»Was haben Sie vorher gemacht?«

»Ich habe meine Ausbildung zum Brennmeister bei Lagavulin gemacht und war bis 2000 dort. Ich bin eine treue Seele. Aber dann hat Mark Reynier Bruichladdich gekauft und hat mir ein gutes Angebot gemacht.«, erzählte er. »Es sind nur drei Kilometer. Es war einfacher für mich hinzukommen und da habe ich zugesagt.«

»Aber Mr. Schmitt ist ja nicht wegen deiner Lebensgeschichte hier. Ich glaube du langweilst ihn etwas. Er wollte ja etwas über Old Allan erfahren.«, warf Sheena ein.

»Ganz und gar nicht. Ich finde das sehr interessant. Gerade weil Lagavulin ja erstklassige Whiskys produziert, die sich aber sehr ähnlich sind. Bei Bruichladdich brennen sie aber sehr unterschiedliche Whiskys.« Tom hatte gerade ein völlig neues Recherchefeld entdeckt bei dem Andrew Heads eine sehr ergiebige Quelle sein würde.

»Mr. Schmitt,«, schaltete sich Sheena erneut resolut ein, »Sie haben doch schon reichlich über das Ende von Old Allan nachgeforscht. Erzählen Sie uns doch einfach, was Sie wissen und wir sagen, was wir für realistisch halten.«

Tom besann sich auf den Grund seiner Anwesenheit und erzählte von den Qualitätsschwankungen und der schwierigen Marktlage. Von der alten technischen Ausstattung, dem Wechsel in der Brennereileitung 1980 und dem folgenden Niedergang.

»Ich hatte am Dienstag noch das Vergnügen, mit Jeff Cooper, der Name ist Ihnen sicher ein Begriff, in Edinburgh sprechen zu können. Er hat mich etwas verunsichert. Wir haben zwei Old Allan aus den letzten Jahren getrunken und keinerlei Unterschiede gefunden.«

»Ja, den kenne ich. Der war früher mal im Vertrieb von SID und heute macht er auf absoluter Whiskykenner. Der ist jedes Jahr zur Feis Ile, dem Whiskyfest im Mai, hier und hält seine Nase in jede Kamera.«, erwähnte Andrew eher gelangweilt.

»Sie mögen ihn nicht so, wenn ich das richtig interpretiere?«

»Och, geht so. Ich mache Whisky mit den Händen. Ehrliche Arbeit für bestmögliche Qualität. Er beurteilt Whiskys nach seinen Vorstellungen und ist dabei nicht immer ganz objektiv. Finde ich. Was er allerdings mit FMOS aufgezogen hat, verdient allen Respekt. So aus dem Nichts.«

Sheena war inzwischen aufgestanden und hatte aus einem Dekanter drei Whiskygläser gefüllt. »Wenn ich die Herren einmal stören darf. Der Grund des Gespräches war glaube ich Old Allan. Um nicht völlig abzudriften, habe ich mir erlaubt einen außergewöhnlichen Whisky einzuschenken.«

Schon als sie ihm das Glas gab, sah Tom die erstaunlich dunkle Farbe. Auch an der Glaswand klebte der Whisky geradezu und verströmte einen verlockenden sanft rauchigen Duft. Er führte das Glas zur Nase und fühlte sich sofort in die Library der Scottish Single Malt Association zurückversetzt. Dieselben Noten, die er auch mit Jeff Cooper herausgearbeitet hatte. Er nahm einen Schluck und auch hier fand er Altbekanntes wieder. »Das ist ein Old Allan, ich tippe um 1980 oder älter. Bourbonfass. Erstklassig!«, schoss er einfach ins Blaue.

»Richtig!«, bestätigte ihn Andrew. »Sehr gut. Wie sind Sie so schnell darauf gekommen?«

»Er schmeckt nahezu identisch zu den Beiden, die ich mit Mr. Cooper verköstigt habe. Also ehrlich. Schon alleine wegen dieses Glases hat sich mein Trip auf Islay gelohnt.«

»Es freut mich, dass ich Ihnen eine Freude machen konnte, aber was wissen Sie sonst noch über die Zeit damals?«, hakte Sheena nach.

»Naja, meine Frau hat noch ein bisschen Internet Recherche betrieben. Dabei ist sie auf ein paar Vorfälle gestoßen, die Sie sicher auch kennen. Da war ein LKW-Unfall mit Whiskytransporter, ein ausgebrannter Kutter und die Explosion eines Treibstofflagers. Also nichts, was mit Old Allan in Zusammenhang zu bringen wäre.«

»Nein, da sehe ich auch keine Zusammenhänge.«, sagte Andrew ganz ruhig.

»Mr. Heads, wenn ich fragen darf, wo haben Sie ihre Verbrennungen erlitten?« Tom sah wie Andrew und Sheena in ihre Sitze sanken und merklich blasser wurden.

»Ein Destillerie Unfall in meiner Jugend.«, sagte er nach kurzem Zögern, »Ein ganz blöder Unfall.«

Tom stand mit dem Glas in der Hand auf und betrachtete die Bilder, die neben dem Kamin an der Wand hingen. »Ah ein schönes Hochzeitsfoto. Wann haben Sie denn geheiratet?«

»1983.«, antwortete Sheena kurz.

Tom schaute sich weiter um, sah aber keine Bilder von Kindern oder Enkeln. Er beschloss, besser nicht nach Kindern zu fragen. Nur ein Bild von drei jungen Männern und einer Frau vor einem Pub erregte seine Aufmerksamkeit.

»Sheena, sind das Sie auf dem Foto?«, fragte er fast rhetorisch, da er sie eigentlich schon erkannt hatte.

Sheena zögerte sehr lange: »Ja, damals war ich noch sehr jung und hatte das Leben vor mir.«

»Dafür haben Sie heute die Erfahrung Ihres ganzen Lebens.«, philosophierte Tom, »Sie sehen, jede Medaille hat zwei Seiten.« Er blickte weiter auf das Bild. »Sind Sie das, da links, Andrew?«

»Mr. Schmitt, es tut mir sehr leid, aber ich muss Sie jetzt bitten zu gehen. Meiner Frau geht es gerade nicht gut.«, bat ihn Andrew ohne seine Frage zu beantworten. Tom drehte sich um und sah die kreidebleich auf ihrem Sofa kauernde Sheena, der es offensichtlich unwohl war.

»Selbstverständlich, wenn es Ihnen nicht gut geht, gehe ich natürlich sofort, Sheena.«, wandte er sich an sie und trank sein Glas aus.

Andrew geleitete ihn zur Türe und dankte für sein Verständnis. »Wenn Sie das nächste Mal auf Islay sind, können Sie sich gerne bei mir melden. Dann machen wir eine Privatführung bei Bruichladdich. Kommen Sie gut nach Hause.«, verabschiedete er ihn und schob Tom eilends auf die Straße.

»Danke, auf diese Einladung werde ich gerne zurückkommen, Andrew. Es war mir eine Ehre, Sie getroffen zu haben.«

Tom war über das schnelle Ende des Gespräches etwas traurig. Gleichzeitig freute er sich jedoch über den neu gewonnenen Kontakt und die Aussicht auf ein weiteres Treffen mit Andrew Heads.

Andrew ging zurück ins Wohnzimmer, wo ihm Sheena zuvor einen Wink gegeben hatte, Tom zu verabschieden. Sie stand vor dem Kamin und betrachtete das Bild mit ihr und den drei Jungs vor dem Lochindaal Pub.

»Was ist Sheena?«, fragte Andrew völlig ahnungslos.

»Er hat das Gleiche gesagt wie Dennis, als er mir damals das Foto geschenkt hat.«

»Was?«

»Jede Medaille hat zwei Seiten.«, sie überlegte kurz. »Es muss etwas bedeuten. Dennis hatte das nicht nur einfach so gesagt. Der Satz hat eigentlich gar nicht zu ihm gepasst.« Sie nahm das Foto von der Wand und betrachtete die Rückseite des Rahmens. Außer „Made in China" war dort absolut nichts zu sehen. Sie drehte ihn wieder um und wollte das Foto zurückhängen, als Andrew sie unterbrach.

»Mach ihn auf. Vielleicht meinte er die Rückseite des Fotos.«

Sheena gab den Rahmen Andrew weiter, dieser öffnete die Klammern und nahm das Bild heraus.

»Sheena, hier steht etwas! Es ist etwas an dich geschrieben. Setz dich besser hin.«, bat Andrew sie.

»Liebe Sheena,« begann er vorzulesen,

»da du die Stärkste von uns bist, gebe ich vorsorglich etwas an dich weiter. Ich habe Scheiße gebaut und es könnte sein, dass es große Probleme mit unserem Abnehmer gibt. Nur falls mir etwas passiert, sollst du wissen, dass es Jeff Cooper, von SID ist. Er hat den ganzen Whisky gekauft. Und er hat mir gedroht. Ich hoffe, wir lachen in ein paar Wochen über diese Worte. Aber jetzt habe ich Angst. Dennis«

Andrew ließ den Kopf nach unten sinken und das Foto glitt ihm aus der Hand. Dann begann er wie letztmals vor fast vierzig Jahren zu weinen. Sheena war nach wenigen Minuten aufgestanden und hatte sich einen Stift und ein großes Blatt Papier geholt. Sie schrieb in die Mitte Jeff Cooper und um den Namen herum die Ereignisse und dann fügte sich Alles zu einem Bild zusammen.

Kapitel XXXIX

Montag 18.03.19 Islay

Es war bereits nach Mittag und Toms Magen knurrte. Von Tee und Whisky alleine konnte sich selbst der Whisky Doc nicht ernähren. Die unerwartet schnelle Verabschiedung bei Andrew Heads hatte es unmöglich gemacht, sich an dem köstlichen, selbstgebackenen Shortbread satt zu essen. Er stieg in seinen Wagen und fuhr die Shore Street entlang, um die nächste Straße nach rechts abzubiegen. Dann steuerte er erneut nach rechts in die Hauptstraße, um nach Bridgend zurück zu fahren. Nach wenigen Metern erblickte er auf der linken Seite das Gebäude, das er zuvor auf dem Foto neben dem Kamin der Heads gesehen hatte.

„Lochindaal Hotel" stand in schwarzen Lettern auf einem blauen Schild, das an einem in Reihe gebautem Cottage hing. Bei näherer Betrachtung stellte er fest, dass es eigentlich zwei Cottages waren, die zu einem Hotel zusammengefasst wurden. Tom stellte seinen Astra direkt vor der Eingangstüre ab und betrat das kleine Restaurant, dessen Holzvertäfelungen in einem freundlichen Türkiston gestrichen waren.

»Hallo.«, begrüßte ihn ein Mittdreißiger mit gelocktem schwarzen Haar. »Möchten Sie etwas essen?« Der französische Akzent war unverkennbar.

»Ja, gerne. Auf dem Schild draußen steht eine Meeresfrüchteplatte. Die hätte ich gerne.«, antwortete Tom und nahm Platz.

»Das ist schlecht. Die haben wir nur auf Vorbestellung, weil wir alles frisch machen. Aber ich könnte Ihnen einen leckeren Beefburger anbieten. Der ist wirklich toll.«

»Ja, dann bitte den Beefburger mit Chips und ein Belhaven.« Tom hatte sich schnell damit abgefunden, dass sein Speiseplan über den Haufen geworfen worden war. Kurze Zeit später wurde ihm das Bier serviert. Er war der einzige Gast im Restaurant, was an einem Montag um kurz nach zwölf, abseits der Destillerien, auch nicht verwunderlich war.

»Sind Sie der Eigentümer hier?«, fragte er den Franzosen.

»Nein, ich habe nur das Restaurant gepachtet. Das und das Hotel gehören DonDon.«

»DonDon, was ist das?«, fragte Tom etwas verwundert.

»Donald McDonald, das ist mir zu lang, deshalb DonDon.«

»Wie lange sind Sie dann schon hier?«

»Ich bin 2015 auf Islay gekommen, wegen eines Mädchens. Ich bin noch hier.«

»Das heißt, sie ist nicht mehr hier?«, hakte Tom nach.

Der Franzose zuckte mit den Schultern: »Ich habe mich neu verliebt, in Islay.«

Eine Nebentüre ging auf und ein Mann um die sechzig betrat mit einem riesigen Teller den Gastraum. Er sah Tom als einzigen dort sitzen und schrie mit voller Kraft: »Beefburger und Chips, wer von euch hat das bestellt?« Dann geschah zunächst nichts und erst als Tom die Hand hob, ging er zu ihm hin und servierte mit den Worten »Wohl bekomm's, der Herr.«

»Das ist DonDon.«, rief der Franzose, der inzwischen auf einem Stuhl neben der Theke Platz genommen hatte. »Er ist auch mein Koch.«

»Danke Sir, Sie sind Eigentümer und Koch ihres Pächters?«

»Ja klar, ist doch überall bekannt, dass die Franzosen nicht kochen können.«, antwortete er mit einem Grinsen. »Und hier auf Islay braucht jeder mindestens zwei Jobs. Da verdiene ich mir als Koch etwas dazu.«

»Sind Sie Ileach?«

»Aber sowas von. Meine Mutter kommt aus Nerabus und der von dem sie behaupten, dass er mein Vater sei, aus Portnahaven.«

»Ein echter Ureinwohner also. Ich habe vorhin ein altes Foto gesehen mit vier jungen Leuten und dem Pub im Hintergrund. Das dürfte so fünfunddreißig Jahre alt gewesen sein. Hatten Sie da das Hotel schon?«

»Wo haben Sie das Foto denn gesehen?

»Bei Familie Heads, da war ich kurz zu Besuch.«

»Ah, bei Sheena und Andrew. Nein, ich habe das Hotel 1998 von den beiden gekauft. Der Laden hatte Sheenas Eltern gehört und zuerst ist ihre Mutter im Januar gestorben und keine zwei Wochen später ist ihr Vater plötzlich tot umgefallen. Damals hatte keiner damit gerechnet. Sheena wollte das Ganze nur loshaben und hat mir den Schuppen zu einem guten Preis verkauft. Okay, wenn ich so überlege, was hier alles zu machen war, war der Preis eher angemessen als günstig.«

»Und was haben Sie vorher gemacht?«

»Da war ich bei der Marine. Nach der Ausmusterung haben sie mir ein schönes Sümmchen mitgegeben. Ich habe mir damals gedacht, bevor ich das Geld hier versaufe, kann ich auch gleich die ganze Hütte kaufen.«

In diesem Moment öffnete sich die Türe und zwei großgewachsene Männer mittleren Alter betraten das Lokal. Sie trugen schwere Outdoorkleidung und sahen ein wenig aus wie die Wanderer, die er heute Morgen am Finlaggan Castle gesehen hatte. Sie setzen sich an einen kleinen Tisch neben der Türe und bestellten in gebrochenem Englisch zwei Ardbeg Ten und zwei Heineken. Dann begannen sie sich auf Russisch zu unterhalten.

»Entschuldigen Sie.«, sprach Tom sie auf Englisch an.

»Was?«, fragte der Größere der beiden knapp.

»Kann es sein, dass ich Sie heute früh in der Nähe vom Finlaggan Castle gesehen habe?«

»Ich verstehe nur schlecht.«, antwortete der Große wieder.

»Bei den Ruinen im Wasser. Waren Sie da?«

»Wir waren auf Wasser. Angeln. Ganze Vormittag. Mit Boot.«

»Entschuldigung, da habe ich mich wohl getäuscht.« Tom war das Gespräch zu einsilbig und zu unergiebig, so dass er auf weitere Anstrengungen verzichtete, es wieder in Gang zu bringen. DonDon hatte sich inzwischen wieder in die Küche begeben, um zwei weitere Beefburger für die osteuropäischen Petrijünger zu braten und Tom trank langsam sein Bier aus. Dann zahlte er die Rechnung und ging am Tisch der beiden Russen vorbei. Plötzlich hielt ihn der Kleinere am Arm fest und sagte in perfektem Deutsch: »Sie sollten nach Deutschland zurückkehren. Das derzeitige Klima auf Islay könnte Ihrer Gesundheit abträglich sein.«

Tom war derartig perplex, dass er nur seinen Arm wegzog und »Danke für den Tipp!« antwortete. Dann verließ er schnell das Lokal, setzte sich in seinen Wagen und fuhr los. Gut dreihundert Meter weiter, im Hof der ehemaligen Port Charlotte Distillery, gegenüber einer Jugendherberge, musste er erneut anhalten, um seine Gedanken zu sortieren. Was wollte der Mann von ihm? War das eine Drohung oder hatte er sich nur unglücklich ausgedrückt? Oder war er bei seinen Nachforschungen irgendjemandem zu nahegekommen? Der Typ hatte zuvor Garnichts gesagt. Vielleicht wollte er auch einfach nur seine Ruhe haben und das Ganze sollte nur „Halts Maul!" bedeuten. So stand er einige Zeit im Hof und lediglich eine landwirtschaftliche Zugmaschine war vorbeigefahren. Offensichtlich verfolgten sie ihn nicht. Vermutlich wollten sie auch nichts von ihm und, da war er sich ganz sicher, der Typ mit dem Loch im Kopf war keiner von den beiden. Dann fuhr er zurück auf die Straße und setzte seinen Weg zum Islay House, wo er Elena treffen würde, fort. Während er an der Bruichladdich Distillery vorbeifuhr, sah er rechts am Strand eine Harley Davidson mit befransten Satteltaschen. Daneben stand sein Lieblingsasiate. Die Fransen der Lederjacke wehten im böigen Wind und er erleichterte sich in das gar nicht laddiebluefarbene Meer vor Bruichladdich. *Jetzt fehlt mir nur noch die fränkische Whiskytruppe zu meinem Glück!*, dachte er sich und hoffte, verschont zu bleiben.

Kapitel XXXX

Montag 18.03.19 Islay

CI Hiram MacAskill hatte über das Kennzeichen des Kugas den Halter ermitteln lassen und war auf die Firma Wellington Real Estates in Edinburgh gestoßen. Das Kennzeichen gehörte zu einem Jaguar F Type und war am vergangenen Mittwoch entwendet worden. Die weitere Recherche hatte ergeben, dass Dienstagnacht in Musselburgh ein weißer Ford Kuga als gestohlen gemeldet worden war. Im Fahrzeug fanden sich keinerlei Anhaltspunkte zum Fahrer auch die sonstige Spurenlage im Fahrzeug war aufgrund des Tauchganges des Autos hoffnungslos.

Hiram hatte sich in seinen fast vierzig Jahren auf Islay dem Rhythmus der Insel und den Gepflogenheiten seiner Bewohner bestens angepasst. Da er von Skye stammte, war ihm die Mentalität der Inselbewohner gut vertraut. Schon zu Beginn seiner Tätigkeit auf Islay lernte er schnell, dass es besser war, nicht alles zu hinterfragen und aufzuklären. Die Ileach waren ein derbes und manchmal streitlustiges Völkchen, doch wenn es um Feinde von außen und ihren Stolz ging, hielten sie stets zusammen. Nach rund zwei Jahren hatten sie ihn als einen von ihnen und auch als würdigen Schwiegersohn anerkannt. Er hatte Anne in der runden Kirche oberhalb von Bowmore geheiratet und war in die Gemeinschaft aufgenommen worden. Wie es sein sollte, folgten ein kleines Häuschen in Bowmore und zwei Kinder, die inzwischen selbst ihrer Wege gingen. Er war stets gut damit gefahren, den Frieden auf Islay so zu wahren, wie er es von seinem damaligen Chef Will Turner gelernt hatte. *Manchmal ist es besser, nicht alles zu wissen oder es zumindest schnell wieder zu vergessen.* Das waren die Worte, die er ihm mitgegeben hatte.

Es war jedoch nicht hinnehmbar, dass irgendwelche dahergelaufenen Gauner auf Islay ihr Unwesen trieben und seine Insel in Verruf brachten. Hin und wieder ein betrunkener Tourist? Ja. Ein gestohlenes Fahrzeug, ein Ertrunkener und die sonstigen Merkwürdigkeiten? Nein, nicht akzeptabel.

Über Argyll FM, einen in Campbeltown ansässigen Privatsender, hatte er eine Suchanfrage nach einem weißen Ford Kuga veranlasst. Tatsächlich kamen nach kürzester Zeit zwei Hinweise. Einer betraf das Islay Hotel in Port Ellen. Dieser erwies sich aber als falsche Spur, da es sich um den Mietwagen eines französischen Pärchens handelte, das noch vor Ort war. Der zweite Hinweis kam aus Ballygrant. Eine

Nachbarin hatte vor einem Bed & Breakfast die letzten Tage ein solches Fahrzeug stehen sehen.

CI Hiram MacAskill fuhr nach Ballygrant, das auch nicht weit von der Unfallstelle in Port Askaig entfernt lag und klingelte an der Türe des Finlaggan B&B. Rachel Henderson öffnete ihm die Türe: »Hallo Mr. MacAskill, was führt Sie zu mir?«

»Hallo Mrs. Henderson, ich ermittle in einer komischen Sache und hoffe, Sie können mir helfen.«, eröffnete er das Gespräch.

»Gerne, worum geht es?«

»Wir haben einen Unfall mit einem weißen Ford Kuga und wir haben den Hinweis erhalten, dass bei Ihnen Gäste mit einem solche Fahrzeug logieren sollen.«

»Stimmt, die sind aber nicht da.« Sie öffnete die Schublade an einer Kommode und zog einen Zettel heraus. »Tom Selleck und Paul Newman aus Edinburgh.«, las sie vor und errötete sofort, »Sorry, ich habe mir die Ausweise nicht zeigen lassen. Bekomme ich jetzt Probleme?«

»Nein, Mrs. Henderson. Die Probleme haben wir aber jetzt.«

»Ich hätte auch gleich darauf kommen können, dass mit denen etwas nicht stimmt. Die haben gesagt, sie seien Whiskytouristen, hatten aber keine Ahnung welche Destillerien auf Islay sind.« Sie schüttelte den Kopf. »Sind die nach dem Unfall wohl geflüchtet?«

»Nein, Mrs. Henderson. Das Auto ist bei Port Askaig über den Anleger in den Sound gefahren. Und der Fahrer wird vermisst. Aber Sie haben gesagt, es seien zwei Gäste?«

»Ja, stimmt. Aber der eine war schon am Sonntag zum Frühstück nicht mehr hier und sein Kollege hat gesagt, er sei bei einer Frau versumpft. Heute Morgen sind sie dann beide ohne Frühstück los.«

»Könnte ich vielleicht einen Blick in ihre Zimmer werfen? Vielleicht finden wir einen Hinweis auf die richtigen Namen.«

»Ja gerne, wenn Sie mir meinen Fehler verzeihen. Das passiert mir nicht noch einmal.«

Sie ging voraus, die Treppe hoch und öffnete die Türe zu einem Zimmer. »Leer, alles weg, die haben ihr Gepäck mitgenommen und sind ohne zu zahlen abgehauen.« Als sie die zweite Türe öffnete und dieses Zimmer ebenfalls leer vorfand, wurde sie noch bleicher im Gesicht. »Solche Schweine, einfach abhauen ohne zu zahlen!«, regte sie sich auf, bis ihr fast schlecht wurde.

»Ganz ruhig, Mrs. Henderson. Fällt Ihnen noch irgendetwas zu den Männern ein?«

»Nein, eigentlich nicht. Die waren beide ganz durchschnittliche Typen. Ich fand sie nicht sympathisch, weshalb ich auch nicht viel mit ihnen gesprochen habe.«

»Ich würde mich morgen noch einmal wegen einer detaillierten Beschreibung bei Ihnen melden. Wir haben eine vermisste Person, die sich im Auto befunden haben muss. Wo der Zweite ist, wissen wir nicht. Im Auto kann er eigentlich nicht gewesen sein. Sollte der noch einmal hier auftauchen, bitte ich Sie mich sofort zu informieren.«

»Gerne CI MacAskill und danke für Ihr Verständnis.«, verabschiedete Mrs. Henderson ihn und verriegelte die Türe.

Liam Boyce sah aus rund dreißig Metern Entfernung den Polizisten wieder aus der Pension kommen. Er stand nun schon über drei Stunden hier und wartete auf David Robertson, den er unterstützen sollte. Samstagnacht hatte er einen Anruf mit dem Auftrag erhalten. Es passte ihm eigentlich überhaupt nicht in den Kram. Das Zureiten zweier neuer Mädchen aus Rumänien wollte er nur sehr ungern unterbrechen, zumal die Viagra noch mindestens zwei Stunden anhalten würde. Außerdem war er dieses Mal wirklich an der Reihe. Er hatte die Mädchen immerhin holen lassen und ebenfalls dafür gesorgt, dass sie laut ihrer neuen Pässe über achtzehn Jahre alt waren. Auch am Sonntagmorgen war er aufgrund der Unmengen weißen Pulvers, das er sich mit ihnen ins Hirn gezogen hatte, jedoch noch nicht in der Lage nach Islay aufzubrechen. Erst gegen zwei Uhr gelang es ihm, sich zu sortieren und sein Auto Richtung Kennacraig in Bewegung zu setzen. Er fuhr an Glasgow vorbei und erreichte die Straße, die am Loch Lomond entlangführte. Anstatt jedoch die erwartete freie Fahrt zu haben, stand er in einem nicht enden wollenden Stau, dessen Ursache er erst nach über drei Stunden erkannte. Ein LKW stand quer zur Fahrbahn. Das Führerhaus hing über dem Ufer von Loch Lomond und der Auflieger blockierte die Fahrbahn fast vollständig. Die Unfallstelle konnte er nur sehr vorsichtig passieren. Ein Blick auf die Uhr verriet ihm, dass er die letzte Fähre nicht mehr erreichen würde. So hatte er sich entschieden, zu übernachten und die erste Fähre am Montag zu nehmen. Da das Auto nicht vor dem B&B stand, hatte er mehrfach vergeblich versucht Robertson auf dem Handy, das wohl ausgeschaltet war, zu erreichen. Ihm war nichts Anderes übriggeblieben als zu warten, bis David wiederauftauchen würde. Und jetzt war hier die Polizei.

»Hallo Mr. Cooper, Liam Boyce hier. Mein Boss hat gesagt, ich soll Sie anrufen, wenn ich noch Fragen zum Auftrag habe. Und jetzt hätte ich ein paar Fragen.«

Nicht schon wieder..., dachte Jeff Cooper. »Was haben Sie denn für Fragen?«

»Soll ich den Bullen, der in Davids Pension aufgetaucht ist, auch umlegen?«

»Sie sollen niemanden umlegen!«, brüllte Cooper ins Telefon. »Sie sollen nur verhindern, dass die Zielperson zu viele Fragen stellt. Am besten wäre, Sie würden ihm einfach nur erklären, dass es das Beste wäre, nach Hause zu fahren. Aber was soll der Quatsch mit dem Bullen?«

»Das ist kein Quatsch, Mr. Cooper. Ich bin auf Islay vor dem B&B, in dem die beiden abgestiegen sind. Ihr Auto ist nicht da und das Telefon von David ist tot. Und gerade eben ist hier ein Bulle aufgetaucht und war eine viertel Stunde im Haus. Ich glaube da ist irgendetwas falsch gelaufen. Beide sind nicht mehr zu erreichen und die Polizei schnüffelt hier herum.«

»Ganz ruhig. Der Deutsche ist ungefährlich. Behalten Sie ihn einfach im Auge.«

»Wo ist er?«

»Er wohnt im Islay House in Bridgend und hat einen roten Astra. Wie gesagt, bleiben Sie ruhig.« Jeff Cooper legte auf und irgendwie blieb er gar nicht ruhig. Er schleuderte sein Handy mit voller Wucht auf das Sofa, von dem es abprallte, in hohem Bogen auf den Boden krachte und in seine Teile zerfiel.

»Hi Boss, hier Liam. Das läuft hier alles aus dem Ruder. Ich weiß zwar noch nicht, was passiert ist, aber David und Garry sind nicht hier und auch nicht zu erreichen. Außerdem schwirrt hier die Polizei herum und durchsucht die Pension, in der sie schliefen.« Er hörte kurz zu. »Ja, ich habe mit Cooper gesprochen. Der faselt nur ständig etwas von ungefährlich und nichts unternehmen. Kann das sein, dass er etwas gegen uns hat und uns hier in eine Falle laufen lässt?« Wieder lauschte er. »Okay, ich habe völlig freie Hand.«, bestätigte er dann die Worte seines Bosses.

Nachdem das Polizeiauto weggefahren war, wendete er sein Fahrzeug und fuhr zum Islay House in Bridgend, wo er auf den Deutschen warten würde.

Kapitel XXXXI

Montag 18.03.19 Islay

Gegen zwei Uhr fuhr Tom auf den Parkplatz des Islay House Hotels und freute sich darauf, den Nachmittag oder zumindest den letzten Abend mit Elena verbringen zu können.

»Hallo Mr. Schmitt, Tom Schmitt.«, sprach ihn die Dame an der Rezeption, die sich die korrekte Ansprache gemerkt hatte, an. »Ich habe eine Nachricht für Sie.«, mit diesen Worten reichte sie ihm ein Kuvert, das er gleich öffnete.

Hallo Tom,

ich musste heute Morgen dringend zurück nach Edinburgh. Es handelt sich um wichtige geschäftliche Angelegenheiten. Ich wünsche Dir noch eine schöne Zeit auf Islay. Gerne kannst du Dich einmal wieder melden, wenn Du in Edinburgh bist.

Grüße und viel Erfolg

Elena

Er las diese Zeilen mehrmals durch und war sich ziemlich schnell im Klaren darüber, dass Elena den Brief bewusst sehr sachlich geschrieben hatte, damit er ihren Abschiedsschmerz nicht zu sehr merkte. Natürlich wäre sie noch gerne hiergeblieben und hätte die Nacht ihres Lebens mit ihm verbracht, aber es war ihr einfach nicht vergönnt. Sie musste ihren Pflichten folgen und stellte diese über ihre persönlichen Bedürfnisse. *Eine große Frau mit Stil und einem super Hintern!*, dachte er sich.

Was fange ich mit dem Rest des Tages an?, fragte sich Tom und kam sehr schnell zu der Erkenntnis, dass die Antwort nur »Whisky« lauten konnte. Caol Ila bot sich an, da die Brennerei in der Nähe lag und auch kurzfristig Führungen verfügbar sein dürften. Außerdem liebte er den schweren öligen und leicht rauchigen Whisky, der dort produziert wurde.

Als Tom die Straße zu Caol Ila hinunterfuhr, stellte er fest, dass dort gerade erhebliche Baumaßnahmen stattfanden, da ein neues Besucherzentrum errichtet werden sollte. Es waren überall Baufahrzeuge und viele destilleriefremde Arbeiter vor Ort. Er schlängelte sich bis zum Besucherparkplatz am Sound of Jura durch und ging in den kleinen Shop im Hauptgebäude, der in den neunzehnhundertsechziger Jahren in weiten Teilen neu errichteten

Brennerei. Caol Ila war optisch und funktional eine Whiskyfabrik, dennoch wurde dort hervorragender Whisky hergestellt. Eine junge Dame im Shop bot ihm gleich ein Dram zur Probe an und teilte ihm mit, dass die nächstmögliche Tour in zwanzig Minuten beginnen würde. Außer ihm befanden sich noch zwei junge Pärchen aus Spanien und ein Schotte, der nach ihm gekommen war, im Shop. Tom genoss den achtzehnjährigen und einzigen ungetorften Single Malt der Destillerie, als sich die Türe öffnete und seine schlimmsten Alpträume wahr wurden. Die fränkische Whiskytruppe hatte ihre Uniform zwar inzwischen gegen Beanies der besuchten Destillerien getauscht, war aber aufgrund ihrer Sprache immer noch unverkennbar.

»Servus, Whisky Doc. Hast du immer noch nicht genug?«, begrüßte ihn ein stämmiger Franke.

»Hallo, ihr seid ja immer noch da. Ich habe gedacht, ihr wärt schon auf dem Heimweg.«

»Nein, wir fahren morgen zurück. Das ist jetzt unsere letzte Tour auf Islay und morgen geht es dann noch nach Campbeltown.«

»Ja, ist auch Klasse da unten. Da war ich auch schon ein paar Mal.«, gab er zurück.

Ein kleingewachsener Mitvierziger betrat den Raum. »Ladies und Gentlemen, mein Name ist

Steven. Ich bin Ihr Guide auf dieser Tour.«, begrüßte er die Anwesenden. »Wer war schon einmal hier?«

Tom und zwei der Franken hoben die Hand. »Sehr schön, dann können Sie ja alles erklären und ich lege mich wieder hin.«, scherzte er. »Also gehen wir los. Bitte keine Fotos und keine Filme in der Anlage.«

Sie begannen die Tour mit den üblichen Informationen zu den Bestandteilen des Whiskys und dessen Herstellung. Die Pärchen und die Franken belagerten den Guide regelrecht, während er und der Schotte immer etwas Abstand hielten. Er wollte auch nicht andauernd in Fachgespräche verwickelt werden. Speziell die Spanier, die keine Ahnung von Whisky hatten, löcherten Steven mit geradezu lächerlichen Fragen.

Nach zwanzig Minuten hatten sie den Raum mit den Gärbottichen erreicht. In jedem der zehn Washbacks wurden achtundfünfzigtausend Liter bierähnlicher Flüssigkeit gebraut. Sie waren aus Holz gebaut, zirka zwölf Meter hoch und acht Meter im Durchmesser. Abgedeckt wurden diese mit aus Brettern zusammengesetzten Holztafeln. Beim Betreten des Raumes kam ihnen schon der wohlbekannte Geruch von Kohlendioxyd, Hefe, Malz und Rauch entgegen. Steven ließ sie die einzelnen Reifestufen des Gebräues riechen, in dem er die Deckel unterschiedlicher Bottiche öffnete.

»Könnte ich das Wash einmal probieren?«, wandte sich Tom an den Guide.

»Ja, aber da muss ich erst mal etwas holen.«, ging Steven weg, um kurze Zeit später wieder mit einem Milchkännchen ähnlichen Gefäß, das an einer dicken Schnur hing, zurückzukommen.

Er hackte das Schnurende an einem Zuleitungsrohr ein und ließ es kurz in den Washback, der gerade teilweise zum Brennen entleert worden war, hinunter. Die Flüssigkeit stand etwa drei Meter unter dem Rand. Dann zog er das gefüllte Kännchen wieder heraus und der Rest der Truppe stürzte sich darauf als hätte nicht er zuerst gefragt. Aufgrund des rauchigen und eher schalen Geschmacks wurden sowohl die Spanier als auch die Franken sehr mitteilsam und fielen, mit Fragen und Meinungen, geradezu über Steven her. Als ihm dies zu viel wurde, versuchte er die Truppe in den nächsten Raum zu dirigieren.

Tom sah, dass Steven vergessen hatte, das Kännchen herauszuholen und den Deckel zu schließen. Er blieb zurück, beugte sich über den Rand und wollte das Kännchen nach oben ziehen, um zu probieren. Plötzlich verspürte er einen Schlag auf den Rücken, der ihn nach vorne zusammensacken ließ. Er schlug mit der Brust auf den Rand des Washbacks, rang nach Luft und wollte sich wieder aufrichten. Ein Gewicht drückte ihn jedoch nach unten. Er hörte jemanden hinter sich schwer atmen. Verzweifelt trat er nach hinten aus, wobei er dem Angreifer immer wieder ans Bein trat. Dieser ließ jedoch nicht ab und drückte ihn immer weiter nach vorne. Tom spürte noch, wie jemand blitzschnell seine Beine fasste und hochhob. Er schnalzte nach vorne, verlor das Gleichgewicht und fiel kopfüber. Er fiel ohne jeglichen Halt, durchschlug eine Schaumdecke und tauchte tief in das Wash ein.

Er konnte nichts sehen; alles trüb, alles dunkel. *Wo ist oben?* Er wollte nach Luft schnappen, konnte sich gerade noch zusammenreißen.

Denk Schmitt, Denk!, befahl er sich. *Ruhig bleiben, ruhig bleiben.*

Dann spürte er, wie es ihn wieder nach oben trieb und er mit dem Kopf die Schaumdecke durchdrang. Es wurde hell, er schnappte nach Luft und versuchte sich die Augen frei zu wischen. Am Rand hing die Schnur mit dem Kännchen. Mit zwei Zügen kämpfte er sich hin und ergriff die Schnur. Dann wurde es wieder dunkel. Der Deckel über ihm schlug zu und nahm ihm die Sicht. Er klammerte sich an die Schnur, Panik stieg in ihm auf.

Bleib ruhig, Schmitt, bleib ruhig!, sagte er sich immer wieder. *Es sind nur drei Meter. Das schaffst du. Streng dich an!*

Dann begann er sich an der Schnur hochzuziehen. Diese war so dünn, dass sie tief in seine Finger einschnitt und er sich vor Schmerzen fast nicht mehr halten konnte. Er versuchte sich mit den Füßen an der Wand abzustützen. Die Wand war durch das Wasch hoffnungslos glitschig. Er rutschte immer wieder ab. Also zog er sich weiter an den Händen hoch und war schon fast bis zu den Knien aus dem Wasch heraus. Er hörte oben Geräusche, Getrampel auf Stahlgitterboden. Einen dumpfen Schlag. Er zog weiter und merkte, wie er wieder in die Flüssigkeit eintauchte. *Die Schnur ist gerissen!*, wurde ihm klar. Er tauchte unter und spürte, wie er sich seinem Schicksal ergab.

War es nicht eine Ironie des Schicksals, dass der Whisky, der sein Leben so bereicherte, diesem auch ein Ende setzen würde. Dass er, der Whisky Doc, in einem Washback auf Islay ertrinken würde. Er trieb schwerelos in der trüben Brühe und sah vor sich Sabines gütiges, nachsichtiges Lächeln mit den kleinen Fältchen um die Augen. Dann verwandelte sich ihr Gesicht in ein helles Licht.

Er mühte sich es zu erreichen, bewegte sich darauf zu, durchbrach die Schaumkrone und konnte wieder atmen. Jemand hatte den Deckel geöffnet. Tom versuchte sich durch Schwimmbewegungen über der Oberfläche zu halten. Bevor er rufen konnte, kam von oben etwas seilähnliches Schwarzes geflogen. Er griff danach. Ein Stromkabel. Vorsichtig zog er daran und blickte nach oben. Er meinte einen Kopf gesehen zu haben, der aber gleich wieder verschwunden war. Er zog weiter und das Kabel bot Widerstand. Jemand musste es festgebunden haben. Er rang immer noch nach Luft, als er eine Stimme hörte.

»He, Whiskydoc, wo bist denn du?«

»Hier.«, konnte er nur krächzend von sich geben. Dann tauchte ein ihm bekanntes Gesicht über dem Rand des Washbacks auf.

»Also Doc, du kriegst ja wirklich gar nicht genug.«, flachste der Landsmann, der offensichtlich den Ernst der Lage nicht erkannt hatte. »He Jungs, kommt mal zurück. Der Doc nimmt gerade ein Vollbad und wir müssen ihm aus der Wanne helfen.«, rief er in den nächsten Raum. Dann eilten alle herbei und zogen ihn mit vereinten Kräften aus dem Gärbottich heraus.

»Das war aber jetzt schon ein bisschen arg gierig.«, meinte einer der Truppe noch. »Jetzt kannst du dich erst mal trockenlegen lassen.« Dann ging alles schnell. Es erschienen mehrere Destilleriemitarbeiter mit einer Trage und brachten Tom in ein Zimmer des Hauptgebäudes, wo sie ihn auszogen und unter die Dusche stellten. Anschließend wurde er in Decken gewickelt und auf einer Pritschte abgelegt.

»Nicht schon wieder Sie!«, begrüßte ihn Doc Wallace, der zur Hilfe gerufen worden war. »Was fehlt uns denn?«

»Ich weiß nicht, was Ihnen fehlt, aber ich wurde in ein Washback geworfen und wäre fast ertrunken.«, antwortete Tom vorwurfsvoll.

»So, so.«, Hiram MacAskill hatte kurz nach Doc Wallace den Raum betreten. »Es hat Sie also jemand in den Washback geworfen. War es vielleicht der Mann mit dem Loch im Kopf?«

»Das finde ich überhaupt nicht lustig. Ich wäre beinahe gestorben und Sie halten mich für einen Spinner.«

»Ja, Mr. Schmitt, wir haben da wieder ein kleines Problem. Keine Zeugen. Die Tour-Teilnehmer sind, bis auf Ihre Landsleute schon alle verschwunden. Die hatten wohl heute noch etwas Besseres vor, als auf der Polizeistation in Bowmore ein Protokoll schreiben zu lassen. Aber die waren wohl auch alle in einem anderen Raum und haben ohnehin nichts gesehen.

Die Spurenlage ist Folgende: Ein deutscher Tourist hat sich auf der geführten Tour von der Gruppe abgesetzt und ist an einem Stromkabel in einen Washback gestiegen, um zu schwimmen. Der Mann war bereits vorher durch psychische Störungen auffällig geworden. Die örtliche Polizei hat eine medizinische Ersthilfe veranlasst und dem Besucher nahegelegt, sich umgehend in seiner Heimat in Behandlung zu begeben.«

»Aber das ist doch gelogen. Das stimmt doch nicht. Ich bin völlig klar. Mich wollte jemand umbringen.«, redete sich Tom in Rage.

»Doc Wallace gibt Ihnen jetzt ein leichtes Beruhigungsmittel und dann fahre ich mit Ihnen zum Hotel. Da bleiben Sie heute den ganzen Abend. Ihr Auto bringen wir hin. Morgen um neun geht die erste Fähre von Port Askaig nach Kennacraig. Ich werde dort sein und sicherstellen, dass Sie die Insel verlassen. Im Moment läuft so viel Mist hier, dass ich mich nicht auch noch um Sie kümmern kann. Ist das bei Ihnen angekommen?« MacAskills Ton war sehr nachdrücklich.

»Ich habe verstanden.«, sagte Tom, obwohl er eigentlich etwas ganz anderes sagen wollte. Aber hier war Islay und es galten die Regeln der Ileach. »Auf das Beruhigungsmittel können Sie verzichten.

Ich brauche nur etwas zum Anziehen, dann fahre ich selbst zum Hotel.«

»Doc Wallace, kann er fahren?«

»Ich glaube ja. Er scheint sich beruhigt zu haben.«, antwortete dieser.

Tom bekam eine Arbeitshose, Arbeitsschuhe und eine Destilleriejacke, die er anzog. Dann ging er durch den Shop, von MacAskill begleitet, zu seinem Auto.

Die Franken hatten noch auf dem Parkplatz gewartet und wünschten ihm gute Erholung und eine sichere Heimreise. »Wir haben es auf Video!«, riefen sie ihm noch nach.

Oberhalb der Destillerie schob eine Raupe Erdreich in eine Kuhle und begrub einen Müllsack darunter. *Soviel zum Thema Umweltschutz!*, dachte sich Tom und fuhr daran vorbei. Er konnte sich ja nicht um Alles kümmern.

Kapitel XXXXII
Montag 18.03.19 Islay

Es war später Nachmittag, als Tom in seinem absurden Aufzug am Islay House ankam. Seine stinkende, durchnässte Kleidung hatten die Leute von der Destillerie in einen Müllsack gepackt und in seinen Kofferraum gelegt. Die Dame an der Rezeption begrüßte ihn mit einem freundlichen: »Hallo Mr. Schmitt, Tom Schmitt, kann ich etwas für Sie tun?« Irgendwie verursachte diese Begrüßung gerade keine besondere Freude bei ihm.

»Ja, gerne. Könnten Sie das gleich für mich waschen lassen?« Er öffnete den Sack und ein Gestank von schalem Bier, Hefe und Rauch stieg auf, der auch die Dame offensichtlich nicht sonderlich verzückte.

»Was ist Ihnen denn passiert?«, wollte sie wissen.

»Ach, das ist eine lange Geschichte. Kriegen Sie das noch heute hin?«

»Ja, ich lasse es gleich erledigen. In drei Stunden haben Sie die Sachen wieder.«, bestätigte sie ihm.

»Könnte ich heute mein Essen auf das Zimmer bekommen?«

»Ja, natürlich. Das Menü finden Sie auf der Kommode. Sie können dann telefonisch bei mir bestellen.«

»Ich zahle dann auch gleich, weil ich morgen recht früh abreise.«

»Ich mache die Rechnung fertig.«

»Besten Dank!«

Dann schleppte er sich über die gewendelte Holztreppe hoch zu seinem Zimmer. Tom öffnete die Türe vorsichtig und stellte zu seiner Erleichterung fest, dass das Zimmer unberührt und menschenleer war. Eine erneute heiße Dusche und die wohlige Wärme des Bettes ließen ihn langsam wieder zu klarem Verstand kommen. So sehr er sich auch anstrengte, er konnte sich einfach nicht erklären, was passiert war. *Warum sollte ihn jemand in den Washback geworfen haben? Wer hatte etwas gegen ihn?* Er war zwar ein in der Whiskyszene anerkannter Fachmann, aber hatte immer versucht bei seinen Kritiken sachlich zu bleiben. Konnte jemand in der Whiskyindustrie es auf ihn abgesehen haben? Caol Ila war immer gut weggekommen. Die hatten sicher keinen Grund. Und bei seinen Nachforschungen zu Old Allan war er ja in eine Sackgasse geraten. Die Spur war tot. Da war nichts mehr herauszufinden. Es gab also keinen Grund, dass jemand es auf ihn abgesehen haben könnte und dennoch wäre er fast im Wash ertrunken. Er hatte Angst.

Er hatte aber auch Hunger, also bestellte er sich Scallops mit Tomaten und Spargel und als Nachtisch, für die Seele, Hot Sticky Toffee Pudding mit Vanilleeis. Nachdem er heute schon in Bier gebadet hatte, verzichtete er gänzlich darauf und bestellte sich eine große Cola und einen doppelten zwölfjährigen Bunnahabhain. Kurz nachdem er sein Dinner auf dem Zimmer beendet hatte, klopfte es erneut an seiner Zimmertüre. Tom zuckte zusammen.

»Wer ist da?«, fragte er in Richtung der Türe.

»Hausservice, ich bringe Ihre Wäsche.«, antwortete die weibliche Person auf der anderen Seite der Türe.

Tom öffnete diese vorsichtig, blickte durch den Spalt hinaus und sah eine ältere Dame mit seiner Kleidung auf dem Arm.

»Danke sehr! Das ging ja schnell.«, bedankte er sich und drückte der Dame erleichtert fünf Pfund Trinkgeld in die Hand. Dann schloss er die Türe zweimal zu und schob die Kommode davor.

Es war natürlich Quatsch, wer sollte etwas von ihm wollen? Aber sicher ist sicher!, dachte sich Tom und kroch in sein Bett.

In der darauffolgenden Nacht fand er nur sehr wenig Schlaf. Bei jedem Geräusch schreckte er hoch und konnte nur schwer wieder einschlafen. Es war schon beeindruckend, welche Geräusche diese alten Gemäuer von sich gaben. Kein Wunder, wenn immer wieder von Geistern erzählt wurde. Bereits um fünf Uhr war Tom hellwach. Er duschte und packte seinen Koffer. Auf das Frühstück verzichtete er und nahm sich nur zwei Hörnchen vom Buffet mit. Er wollte jetzt eigentlich nur noch nach Hause zu Sabine.

Schon kurz vor acht reihte er sich in Port Askaig in die noch kurze Schlange am Anleger ein. Dann ging er schnell in das kleine Terminalgebäude, löste sein Ticket und eilte wieder zurück in den Astra. Die Türen verriegelte er von innen. So langsam füllten sich die Wartereihen und in der Ferne konnte er schon die sich nähernde Fähre sehen. Durch ein Klopfen am Fenster wurde er aufgeschreckt und verschluckte sich fast an seinem trockenen Hörnchen. Er drehte sich nach rechts und sah CI MacAskill, was zu kurzfristiger Erleichterung führte.

»Guten Morgen Mr. MacAskill!«, begrüßte Tom ihn, während das Fenster nach unten glitt.

»Guten Morgen, Mr. Schmitt. Es freut mich, dass Sie meiner Reiseempfehlung folgen und die Insel verlassen. Das ist auch wirklich gut so.«

»Ihr Wunsch sei mir Befehl. Und ehrlich gesagt, freue ich mich nach gestern auch wieder auf mein Zuhause.«

»Ja, da gibt es noch eine Kleinigkeit, die ich Ihnen sagen wollte. Ich wurde gestern Abend von Caol Ila noch informiert, dass ein Auto auf dem Besucherparkplatz zurückgeblieben war. Ich habe dann eine Halteranfrage laufen lassen. Es gehört einem gewissen Liam Boyce. Der ist im Edinburgher Milieu bekannt und mehrfach, auch wegen Gewaltverbrechen, vorbestraft.«

»Und wo ist der jetzt?«, Tom blickte sich suchend um.

»Das wissen wir nicht. Für Sie hoffe ich, dass er nicht in einem der Washbacks dort gefunden wird. Das würde neue Fragen aufwerfen.«

»Das verstehe ich jetzt nicht. Was habe ich mit dem zu tun?«

»Mr. Schmitt, ich verstehe auch nicht, was hier in den letzten Tagen passiert ist. Und ehrlich gesagt, will ich es auch gar nicht verstehen. Ich will nur Ruhe auf meiner Insel haben und Ihre Abreise ist ein guter Schritt in die richtige Richtung. Und jetzt zum Abschied noch ein paar persönliche Worte. Ich habe Sie die ganze Zeit über für einen durchgeknallten Spinner gehalten, der in die Klapse gehört. Aber es gibt so viele Merkwürdigkeiten, dass ich inzwischen fast glaube, dass an Ihren Geschichten etwas dran sein könnte.« MacAskill lächelte. »In den Protokollen werden Sie das aber nicht finden.« Dann blickte er wieder ernster. »Passen Sie auf dem Rückweg auf sich auf!«

»Danke, Mr. MacAskill. Ich habe auch schon an mir gezweifelt.«

»Gute Reise und in zwei Jahren können Sie gerne wiederkommen.« MacAskill grinste breit. »Dann bin ich nämlich in Pension.«

Kurze Zeit später öffnete sich der Bug der Fähre und Tom fuhr mit den anderen Fahrzeugen hinein. Die ganze Überfahrt blieb er im Restaurantbereich der Fähre, um von möglichst vielen Menschen umgeben zu sein. Die zwei weißen Ford Kuga auf dem Fahrzeugdeck hatte er, trotz des ganzen Stresses, feinsäuberlich in seine Liste aufgenommen. Auch die Fahrt von Kennacraig zurück nach Edinburgh absolvierte er ohne Stopp und völlig problemlos, wie auch den Rest seiner Reise.

Sabine, die er per WhatsApp informiert hatte, holte ihn um halb sieben am Frankfurter Flughafen ab. Sie wartete im Auto vor dem Terminal und als Tom kam, öffnete sie den Kofferraum und er warf sein Gepäck hinein. Dann umarmte er sie, so fest wie schon lange nicht mehr, und ein paar Tränen rollten über seine Wangen.

»Geht es dir gut?«, fragte Sabine besorgt.

»Ja. Alles ist Bestens. Ich bin nur froh wieder bei dir zu sein.« Dann fuhren sie nach Hause und Tom erzählte ihr über seine Reise, auf der es keinerlei Zwischenfälle und auch keine Begegnung mit Elena gegeben hatte.

Kapitel XXXXIII

16.11.2019 Edinburgh

Jeff Cooper saß entspannt in seinem Büro in der Queen Street oberhalb der Scottish Single Malt Association. Er hatte die Nähe zur bekannten Society bewusst gewählt, da dies seinem Image zusätzliche Kompetenz verlieh. Der Regen prasselte aus dem tiefgrauen Himmel gegen die Fensterscheiben und erzeugte bei ihm ein Gefühl der Zufriedenheit. Er saß im Trockenen. Der Regen konnte ihm nichts anhaben. Das Feuer im Kaminofen knisterte beruhigend vor sich hin. Das Gebäude war natürlich mit einer Heizung ausgestattet. Dennoch bestand er an solchen Tagen mit schlechtem Wetter immer auf ein kleines Kaminfeuer. Es streichelte seine Seele, verlieh ihm ein Gefühl von Geborgenheit und machte zusätzlich einfach herrlich warm.

»Ihre Post Mr. Cooper.« Die Türe zu seinem Büro öffnete sich und Elena betrat dieses mit einer kleinen Mappe und einem Päckchen in der Hand.

»Und, ist etwas Wichtiges dabei?«

»Nein, das Übliche. Ein paar Einladungen. Eine Stellungnahme Ihres Verlages zur neuen Whisky Enzyklopädie und wieder drei Tasting-Proben.«
»Kommen die von Lacroix?«
»Nein, Absender ist Angels of Islay, Port Askaig.«
»Kenne ich nicht. Sind wahrscheinlich wieder irgendwelche Whiskyverrückten, die den Bodensatz von Coal Ila oder Bunnahabhain gekauft haben und jetzt glauben, sie hätten da ein Schätzchen. Stellen Sie es auf die Kommode. Wenn ich Lust habe, rieche ich vielleicht später einmal daran.«
»Ja, Mr. Cooper. Dann möchte ich Sie noch an Ihre Termine erinnern. Um ein Uhr Essen mit John MacDonald von Balblair im White Hart Inn und um vier Uhr Eröffnung des Robert The Bruce Whisky Shops in der Forest Road.«
»Wahnsinn, für was der arme Robert alles missbraucht wird.«, schmunzelte er.
»Gut, dann legen wir mal los.«

Elena drehte sich um. Die fünf Schritte bis zur Türe waren viel zu schnell gegangen. *Dieser Hintern! Wenn er ihn doch jemals haben könnte.* Dann schloss sich die Türe.

Der Regen hatte den ganzen Tag angedauert und ihn mehrfach benässt. Das Essen mit John war der wirklich angenehme Teil dieses Tages. Sie hatten sich über Whisky und die Industrie ausgetauscht und er hatte auch wieder ein, zwei interessante Neuigkeiten erfahren. Der nachfolgende Termin war eher von der Schattenseite seine Jobs. Bei der Eröffnung der Shops waren Freunde und Verwandte des stolzen Besitzers und zukünftigen Konkurskandidaten sowie einige Whiskyfans zugegen. Wie meist waren die Erwartungen des Eigentümers bezüglich des Kundenansturms bei Weitem nicht erfüllt worden. Jeff hatte Fragen der halbwissenden Gäste beantwortet, einige Autogramme geschrieben und natürlich auch ein paar seiner Bücher verkauft. Nach den exakt zwei bezahlten Stunden hatte er das Event verlassen. Die hierfür bereits gezahlten zweitausend Pfund waren ihm eine ausreichende Entschädigung für die vergeudete Lebenszeit.

Er fuhr zurück zur Queen Street und betrat sein wohlig warmes Büro, in dem das Kaminfeuer immer noch brannte und legte seinen Schirm und den feuchten Mantel ab.

Der Sessel neben dem Kamin schien genau der richtige Platz zu sein, sich wieder aufzuwärmen und zu entspannen. Er knabberte an etwas Short Bread und erinnerte sich an die Whiskyproben. Diese standen neben ihm in einem kleinen Karton, begleitet von einem Brief den er öffnete.

„Sehr geehrter Mr. Cooper,
wir sind ein bisher unbekanntes Unternehmen auf Islay, das es sich zum Auftrag gemacht hat, erstklassige lokale Single Malt Whiskys zu vermarkten. Wir haben Zugang zu außergewöhnlichen Fässern bestimmter Destillerien. Den Mythos des handgemachten und aus lokalen Produkten hergestellten Whiskys gepaart mit dem Hauch der Geschichte wollen wir in die Zukunft tragen und wären froh, Sie als unseren Vertriebspartner gewinnen zu können. Wir wären Ihnen dankbar, wenn Sie die drei Whiskys verproben könnten und uns Ihre Meinung mitteilen würden. Für Fragen stehen wir jederzeit gerne zur Verfügung.

Ihre Angels of Islay"

Jeff nahm sich eine Sampleflasche aus dem Karton und war von der dunklen Farbe überrascht. Derzeit erhielt er Unmengen sehr junger Whiskys, die zu schnellem Geld gemacht werden sollten, zur Verprobung. Dieser hier sah anders aus.
Beschriftet war er mit Moonrise, 43,8 % Alkohol, ungefärbt. Er goss ihn sich in ein Glencairn Glas.

Riechen konnte er ja einmal. Die dunkle Farbe und die fast sirupartige Konsistenz beeindruckten ihn sofort. Er schwenkte das Glas. Wunderbare Tears und Legs. Dann stieg ein Duft auf, der ihm irgendwie vertraut vorkam. Da waren süße und rauchige Noten mit Holztönen. Honig, geräuchertes Fleisch und Wurzelgemüse gepaart mit frischer süßer Minze und Zitrone.

Ein Old Allan, ein alter Old Allan!, dachte er sich, während er ihn einordnete. *Wenn auch die Aromatik stimmt, ist das ein Schatz.*
Er nahm einen kleinen Schluck und wurde von der milden Rauchigkeit und dem sanften Mundgefühl überwältigt. Süß, trocken, mit Marmelade, Toffee und karamellisierter Orange und allem anderen was einen hervorragenden Old Allan ausmachte.

Ein Traum mit dem man sicher viel Geld machen kann.

Dann griff er zum zweiten Fläschchen. Feuerball, 43,8% Alkohol, ungefärbt. Aufgrund des Namens erwartete er jetzt einen wesentlich jüngeren und schärferen Whisky. Im Glas wirkte er dem vorangegangenen jedoch sehr ähnlich. In der Nase waren leichte Abweichungen erkennbar. Er nahm einen subtilen Mandelgeruch wahr, der eindeutig auf einen größeren Holzeinfluss in einem anderen Fass zurückzuführen sein musste. Etwas ungewöhnlich für Old Allan, aber durchaus interessant. Dann nahm er einen Schluck und spürte auch hier die bekannten Aromen. Eine kleine Abweichung tat sich auf. Er wirkte etwas bissiger im Mund. Jeff hielt noch einmal die Nase über das Glas. Der Mandelgeruch war etwas verblasst.

Er musste tief Luft holen. Roch nichts mehr. Holte immer tiefer und schneller Luft. Er atmete, bekam aber keine Luft.

Dann begann er zu zittern. Jeff schnappte nach Luft. Er würde sterben, wurde ihm klar. *Feuerball*.... kam ihm die letzte Erkenntnis. Es wurde ihm Schwarz vor den Augen, die Glieder erschlafften, er sackte in seinen Sessel und das Glas fiel zu Boden. Der Whisky verteilte sich und sickerte langsam in den karierten Teppichboden zu seinen Füßen.

Als Elena das Büro am nächsten Morgen betrat, war das Kaminfeuer abgebrannt. Jeff hing schlaff in seinem Sessel und mit seiner rosa Gesichtsfarbe sah er irgendwie friedlich aus.

»Monsieur Lacroix, Jeff Cooper ist heute Nacht von uns gegangen.«, informierte sie Antoine sachlich.

»Welch ein Schicksalsschlag! Rufen Sie die Polizei und wenn alles geklärt ist, kommen Sie nach Paris zurück.«

Manchmal lösen sich die Probleme von selbst..., dachte sich Antoine Lacroix und goss sich einen wundervollen Old Allan Whisky ins Glas, der ihm jetzt, auch zu so früher Stunde, besser denn je schmeckte. Der Tag verging mit einer lange nicht mehr gekannten Leichtigkeit.

Kapitel XXXXIV

16.11.2019 Paris

Antoine Lacroix hatte den ganzen Nachmittag mit den Planungen der Destillerie in Arbroath verbracht und war nach einem kleinen Geschäftsessen müde aber glücklich in sein Appartement am Boulevard Hausmann zurückgekehrt.

Er setzte sich in seinen Louis XV Sessel und schenkte sich einen BenRiach aus dem Jahr 1992 ein. Ein wirklich schöner Tropfen mit einer ganz leichten rauchigen Note, etwas Sherryfass-Einfluss und floralen Anklängen. So stand es auf der Packung. Er konnte es einfach nicht riechen.

Da klingelte sein Telefon.

»Hallo Antoine, wie geht es Ihnen?«, begrüßte ihn Vladi.

»Haben Sie schon gehört, dass Jeff Cooper verstorben ist?«, fragte Antoine zurück.

»Wie soll es mir da gehen. Er war ein wichtiger Mann vor Ort für mich und die Nase unseres Unternehmens. Da können Sie sich sicher vorstellen, dass ich nicht begeistert bin.«, log er.

»Wie können Sie mich da fragen wie es mir geht?«

»Ganz ruhig, Antoine. Deswegen rufe ich Sie genau heute an. Ich gebe Ihnen den besten Tipp, wie Sie sich völlig entspannen können. Dazu ist Old Allan Whisky übrigens noch viel besser geeignet als Ihr Cognac. Lassen Sie Elena sich vor sich hinknien und gießen Sie ihr den Whisky über ihren perfekten Arsch und dann lecken Sie ihn wieder blank.«

»Was wollen Sie damit sagen?«

»Nur, dass ich das schon mit Elena gemacht habe und es wundervoll war. Mehr nicht.«

»Was haben Sie mit Elena zu schaffen?«, wurde er sichtlich nervös.

»Antoine, was für eine Frage? Ich leckte ihr schon Whisky vom Arsch, da hatten Sie diesen noch gar nicht gesehen. Das macht mich an. So wie Sie sich von Nadine auspeitschen und anpissen lassen, lecke ich.«

»Woher wissen Sie das?«

»Mein Lieber, die Welt ist ein Dorf und ich bin der Bürgermeister. Alle Informationen, die ich brauche, laufen bei mir zusammen. Eigentlich laufen alle Informationen bei mir zusammen. Auch die, die ich nicht brauche. Ich sammle diese und baue sie zu einem Bild zusammen. Manchmal sind es schöne Bilder. Manchmal nicht. In diesem Fall war ich wirklich von Ihnen überrascht. Sie waren viel spannender als erwartet. Das hat richtig Spaß gemacht.« Er machte eine kleine Pause.

»Antoine Lacroix, der perverse Betrüger, der Morde an harmlosen Islay-Reisenden in Auftrag gibt. Da freut sich die Presse. Da sind Sie und Ihre Familie für immer ruiniert.«

»Warum machen Sie das? Was wollen Sie von mir?«

»Nun, lieber Antoine, das will ich Ihnen gerne erklären. Ich bin 1995 mit fast nichts nach Frankreich gekommen und habe versucht Geld zu machen. Ein bisschen hier und ein bisschen da. Da ist dann auch ein schönes Sümmchen zusammengekommen. Dann habe ich auch Whisky gekauft und verkauft. Immer mit etwas Gewinn. Sie müssen wissen, da habe ich noch sehr, sehr klein gedacht. 1998 habe ich dann von Ihrer Firma einhundertzwanzig Flaschen Old Allan gekauft. Achtzehn davon habe ich versteigern lassen. Wie sich dann herausstellte, waren es Fälschungen und Sie haben mit gefälschten Dokumenten bewiesen, dass ich, der dumme Russe, den Whisky gefälscht habe. Ich habe dann umgerechnet fünfzigtausend

Euro bezahlt, damit das Verfahren eingestellt wird und ich in Frankreich bleiben konnte.« Vladi machte wieder eine Pause.

»Aber Vladi, ich wusste doch nicht…«

»Das waren meine ersten Ersparnisse und ich habe mir geschworen, dass Sie mir das zurückzahlen werden. Und, lieber Antoine, heute ist Zahltag.«

»Was wollen Sie?«

»Um den Preis zu verstehen, müssen Sie wissen, dass ich die Mordaufträge, den Betrug, und Ihre perversen Spielereien natürlich beweisen kann. Wir haben Videos und Tonaufnahmen. Den ganzen anderen Kleinkram wie Schmuggel, Steuerhinterziehung und so weiter können wir glatt vergessen, da Sie jetzt auch noch den Mord an Jeff Cooper auf dem Gewissen haben.«

»Damit habe ich nichts zu tun. Das ist eine Lüge.«, wehrte sich Antoine.
»Das mag sogar stimmen. Aber niemand wird es Ihnen glauben. Es gibt keine Beweise, wo der vergiftete Whisky herkam. Proben bekommt er aber immer von Ihnen und Motive haben Sie auch.«

Antoine gefror das Blut in den Adern und er war unfähig zu widersprechen.

»Und jetzt kommen wir zum Preis. Ich kaufe Ihnen fünfzig Prozent von Lacroix Vins et Spiritueux für zwei Millionen Euro ab.«
»Aber die Firma ist mindestens zehn Millionen wert und nach dem Bau der Destillerie noch viel mehr. Das kann ich nicht machen.«

»Antoine, verstehen Sie mich bitte richtig. Ich mache Ihnen ein einmaliges Kaufangebot, zu dem Sie nicht nein sagen können. Und wenn Sie es noch einmal tun, zahle ich nur noch eine Million. Elena wird an meiner Stelle, gleichberechtigt mit Ihnen die Aufgaben in der Geschäftsleitung wahrnehmen. Den Mord an diesem Cooper schaffe ich Ihnen ebenfalls vom Hals.« Vladi überlegte kurz. »Und dann wurden Sie sicher informiert, wie effektiv meine Leute im Beseitigen von Problemen sind.« Vladi holte nochmals Luft. »Da wollen Sie doch sicher nicht das Problem sein. «

»Nein«, erwiderte er schmallippig.

»Sehr schön, mein lieber Geschäftspartner. Dann freue ich mich auf eine erfolgreiche Zusammenarbeit. Die Vertragsentwürfe haben Sie gleich. Ich melde mich dann morgen und viel Spaß mit Nadine.« Dann legte er auf.

»Ich liebe es, wenn ein Plan aufgeht. Wenn es besser läuft als der Plan, ist es perfekt und das mit diesen Angels of Islay und dem Gift hat mir perfekt in die Karten gespielt. Manchmal muss man nur warten bis der richtige Moment da ist.« Er lehnte sich entspannt zurück. »Ich glaube, jetzt ist der richtige Moment. Du kannst weitermachen, Nadja. Ich habe es mir verdient.«

Antoine saß zusammengesackt und ratlos in seinem Louis XV Sessel. Er musste das Gesagte alles erst verarbeiten, doch dazu hatte er keine Zeit. Es klingelte an der Türe. Er öffnete und da stand Nadine im langen schwarzen Regenmantel.

»Antoine, mir wurde gesagt, Sie wüssten Bescheid.«, mit diesen Worten drückte sie ihm ein großes Kuvert in die Hand. »Hier, Ihre Verträge und die Behandlung ist heute gratis.«

Kapitel XXXXV

18.11.2019 Islay

Sheena saß im Wohnzimmer an ihrem Laptop und suchte nach Nachrichten zu Jeff Cooper. Nach wenigen Sekunden stieß sie in der Onlineausgabe des „The Scotsman" auf einen brandneuen Artikel.

Mysteriöser Selbstmord einer Whiskyikone

Der bekannte Whiskyconnaisseur und Eigentümer der FMOS Ltd. Jeff Cooper wurde gestern Vormittag in seinem Edinburgher Appartement in der Queen Street von einer Mitarbeiterin tot aufgefunden. Auf der heutigen Pressekonferenz teilte der die Ermittlungen leitende CI Trevor Davis mit, dass Cooper an einer Zyanid-Vergiftung gestorben ist und keine Spuren von Fremdeinwirkung erkennbar waren. Es ist von einer Selbsttötung auszugehen. Laut einer Mitarbeiterin habe Cooper unter Angststörungen gelitten und sei zunehmend depressiv gewesen.
Die Polizei wollte hierzu keine Angaben machen. Die Scottish Single Malt Association gab bekannt, dass sie Jeff Cooper wegen seiner Verdienste für den schottischen Whisky postum zum Ehrenmitglied ernennt. Die Bestattung

findet am 21.11.2019 um 10:00 Uhr auf dem Greyfriars Kirkyard statt.

Sie las den Artikel Andrew und sich nochmals vor. Sie verstand nicht was da stand. *Jeff Cooper, Selbstmord?*

»Das ist eine Falle der Polizei. Die sind uns auf der Spur und benutzen die Presse nur.«, spekulierte Andrew, »Die müssen doch den Whisky mit dem Zyanid gefunden haben.«

»Andrew, selbst wenn, es gibt keine Fingerabdrücke. Und keine Spuren von uns. Sie wissen nur, dass der Whisky von Islay kommt. Abgeschickt wurde das Päckchen in Glasgow und Angels of Islay kann eine falsche Fährte sein.«, versuchte Sheena ihn zu beruhigen. »Außerdem hat dieses Schwein mein ganzes Leben kaputt gemacht. Der hatte es verdient.«

In den darauffolgenden Tagen rechneten sie jede Minute damit, dass die Polizei an ihrer Türe klingeln und sie abholen würde. Doch es klingelte nicht und die Adventszeit begann. Es wurde Weihnachten und es hatte immer noch nicht geklingelt. Sie verstanden nicht, was passiert war, aber es suchte wohl keiner nach ihnen. Auch in der

Presse war nichts mehr über den Tod von Jeff Cooper zu lesen.
Er war vergessen.

Am Boxing Day fuhren Andrew und Sheena zur Machir Bay. Der Regen hatte Islay für einen Nachmittag verschont. Ihr Weg führte sie vorbei an der erst vor einigen Jahren errichteten Kilchoman Distillery. Dann gelangten sie zu einem kleinen Parkplatz, auf dem sie ihr Auto abstellten. Der Aufstieg zum Platz, wo einst der Adlerhorst stand, war viel beschwerlicher als früher. Das Leben hatte seine Spuren hinterlassen. Nicht nur im Kopf, auch in den Knochen. Nach zehn Minuten hatten sie den Punkt erreicht, an dem ein schräg stehendes Keltenkreuz gerade noch so aus den Dünen ragte und setzten sich daneben in den Sand.

Der Sonne war es nicht gelungen, durch die Wolken zu dringen und das Meer zeigte seine ungebändigte Kraft und ließ die Wellen weit über den Sandstrand der Machir Bay rollen. Nach einer Weile, in der sie beide ihren Gedanken nachhingen, schenkte Sheena vier Gläser mit Old Allan ein. Dann hoben sie in jeder Hand ein Glas, stießen an, tranken je ein Glas aus und gossen das zweite mit den Worten »Der Anteil der Engel« über das Keltenkreuz in den Dünen von Islay.

Epilog

Tom hatte in der Mai-Ausgabe des Malt Ambassador einen Bericht über seine weiteren Nachforschungen zum Ende von Old Allan veröffentlicht.

Im Wesentlichen berichtete er, dass es nichts Neues zu berichten gab. In Insiderkreisen wurde dies wohlwollend zur Kenntnis genommen.

Zu weltweitem Ruhm als „Der Mann, der bei Caol Ila baden ging" verhalf ihm ein YouTube Video, das die Jungs von Single Malt Spirit veröffentlicht hatten. Sagenhafte 12,8 Millionen Menschen hatten ihn im Washback Nr. 6 von Caol Ila schon schwimmen sehen. Das zirka fünfzig Sekunden lange Video endete mit einer von Hefeschaum überzogenen Großaufnahme von ihm.

Sabine wusste, dass er das wegen einer, gegen die Single Malt Spirit Jungs, verlorenen Wette getan hatte. Mit denen hatte er sich offensichtlich angefreundet, da sie sich hin und wieder besuchten. Ja, er war schon ein verrückter Hund, ihr Schmitt, Tom Schmitt.

Elena hat er seither nicht mehr wiedergesehen und auch nichts von ihr gehört. Aber manchmal musste er an ihre perfekte Rückansicht denken.

To be continued…….

Printed in Great Britain
by Amazon